本书获广东外语外贸大学外国文学文化研究中心立项经费资助
属"外国文学文化论丛"系列成果之一

Jiamiu de Shenhua Yishi Yanjiu

外国文学文化论丛

主编 栾栋

加缪的神话意识研究

尚丹/著

·广州·

版权所有 翻印必究

图书在版编目（CIP）数据

加缪的神话意识研究/尚丹著. —广州：中山大学出版社，2018.6
（外国文学文化论丛/栾栋主编）
ISBN 978-7-306-06296-3

Ⅰ.①加… Ⅱ.①尚… Ⅲ.①加缪（Camus，Albert 1913—1960）—文学研究 Ⅳ.①I565.065

中国版本图书馆 CIP 数据核字（2018）第 028426 号

出 版 人：徐　劲
策划编辑：吕肖剑
责任编辑：王　璞
封面设计：林绵华
责任校对：周　玢
责任技编：何雅涛
出版发行：中山大学出版社
电　　话：编辑部 020 - 84111996，84113349，84111997，84110779
　　　　　发行部 020 - 84111998，84111981，84111160
地　　址：广州市新港西路 135 号
邮　　编：510275　传　　真：020 - 84036565
网　　址：http://www.zsup.com.cn　E-mail：zdcbs@mail.sysu.edu.cn
印 刷 者：佛山市浩文彩色印刷有限公司
规　　格：787mm×1092mm　1/16　12.5 印张　238 千字
版次印次：2018 年 6 月第 1 版　2018 年 6 月第 1 次印刷
定　　价：38.00 元

如发现本书因印装质量影响阅读，请与出版社发行部联系调换

"外国文学文化论丛"序

广东外语外贸大学外国文学文化研究中心成立已有12个年头。作为广东省文科基地，该中心为广东外语外贸大学这所专业型和实用性特征突出的学校增添了几分人文气质，使广东省这个改革开放的"前沿码头"多了些了解他山之石的深度。今天，我们推出"外国文学文化论丛"，就是想对本中心研究的状况和相关成果做一个集结，也是为了把我们的工作向广东的父老乡亲做一个汇报。

"外国文学文化"是一个庞大的范畴。任何一个同类研究机构，充其量只能箪食瓢饮，循序渐进。我们的做法是审时度势，不断进行学术聚焦，或曰战略整合。具体而言，面对"外国文学文化"这个极其宽泛的研究对象，我们用12年时间完成了内涵、外延、布局、人员、选题、服务学校和社会等方面的核心建构。

其一，12年的艰苦努力，基地真正地完成了对广东外语外贸大学重要外语种类文学文化研究实力的宏观联合。经过这些年的精心组织和努力集结，英、法、德、日、俄、泰、越等国别文学及其相关研究初具规模，跨文化的择要探索、次第展开，突破比较研究局限的熔铸性创制有序进行。从总体上看，虽然说各语种实力仍然参差不齐，但是几个重要的语种及其交叉研究，都有了可以独当一面的人才，有了相对紧凑的协作活动，优选组合的科研局面日臻成熟。

其二，基础研究和个案研究、单面进取与多向吸纳的交叉研究态势业已形成。长期以来，广东外语外贸大学的外语师资在科研方面比较分散，语各一种，人各一隅，教学与科研大都是单面作业，几十年一条"窄行道"，一辈子一个"小胡同"，邻窗书声相闻，多年不相往来。近几年基地积极推荐选题，从战略上引导，在战术上指点，通过活动来整合资源，基础研究与个案研究的结合颇有成效，单向研究的局限有所突破，交叉研究的方法也有较大面积的推广。这个进步将会对学校的师资建设产生积极而深远的影响。

其三，领军人才和高端人才的培养在有重点地推进。在当今中国，高教发展迅速，不缺教书匠，缺少的是高水平的教师，尤其缺乏大气磅礴的将帅之才。自古以来，有些知识分子以灵气或知识自傲，文人相轻，是己非人，一偏之才易得，淹博之人寥寥，而可以贯通群科的品学兼优之才更是凤毛麟角。我们这些年在发掘和培养科研人才方面，花了不少心血。外国文学文化研究中心以人文学为集结号，在本校相关专业的教师当中培养了一批师资力量。让我们感到欣慰的是，最近几年基地持续多年的创新学术导向渐入佳境，熔铸性的科研蔚成风气，专兼职人员知识结构的改造成为本中心的自觉行动，科研人才的成长形势喜人。随着学校支持力度的加大，陆续有高端人才引进，他们的加盟对基地来讲，是具有战略意义的人才布局。

其四，科研有了质量兼美的提升。从2011年到2013年，"人文学丛书"第3辑15种著作全部付梓。截至目前，1、2、3辑共35种著作，加上丛书外著作5种，总计达40多种著述（不包括2011年之前基地已经出版的10多种"人文学丛书"外著作），成建制地推向学界，产生了积极的学术影响。在基地的专兼职研究人员中，有些学者善于争课题、做课题，有些学者精于求学问、搞创新。我们对这两种学者的特长都予以支持。相比较而言，前者之功，在于服务政策，应国家和社会所急需；后者之德，在于积学储宝，充实学林，厚道人文，是高校、民族和国家的基础建设。从学术史和高教发展史来看，两个方面都有其贡献，后者的建树尤为艰难。埋头治学者不易，因为必须淡泊名利、宁静致远，然而，不论是对于一所高校、一个民族、一个国家，还是对全人类，做厚重的学问是固本培元的事情。有鉴于此，基地正在物色人选，酝酿专题，力求打造拳头产品，做一些可以传之久远的著述。

其五，将战略性选题和焦点性课题统筹安排。诸如，以"人文学研究"（即克服中外高校学科变革难题）为龙头，以"文学通化研究"为核心，以"美学变革研究"为情致，以"外国文论翻译研究"为舟楫，以"人文思潮探讨"为抓手，以"重要人物研究"为棋子，推出了一系列比较厚重的研究成果，如人文学原理、文学通化、感性学、文学他化、存在主义、女性主义、后现代主义、新小说、副文学现象、日本汉诗、莫里哀、波德莱尔、艾略特、柏格森、阿多诺、海德格尔、勒维纳斯、海明威、萨特、古埃尼亚斯、本居宣长、厨川白村、川端康成、大江健三郎、村上春树、米兰·昆德拉、伊里加蕾、鲍德里亚、麦克·布克鲁、雅克·敦德、德尼斯·于斯曼、勒克莱齐奥、哈维等，一盘好棋渐入佳境。

其六，全力配合学校的总体规划。本基地为学校的传统特长——外国文学文化研究增砖添瓦，为学校学科建设的短板——文史哲学科弱项补偏救急，为学校"协同攻关"和"走出去"身先士卒。事实上，基地的上述工作，早就开始"协同攻关"。试想，把这么多语种的文学文化研究集于一体，冶为一炉，交叉之，契合之，熔铸之，应该说就是"协同攻关"。"人文学中心建设"也是一种贯通群科的"协同攻关"。比较文化博士点的复合型人才培养，同样是一种"协同攻关"。我们做的是默默无闻的工作，基地的专兼职研究人员甘愿做深基础、内结构和不显山露水的长远性工作。我们为之感到高兴。笔者一贯用"静悄悄，沉甸甸，乐陶陶"勉励自己，也以之勉励各位同事。能够默默地奉献，那是一种福分。在"走出去"方面，我们也下了相当大的功夫，仅2013—2014年，基地就有5名教授分赴法、德、俄、美等国访问与讲学。这些活动的反响都很积极。对方国家的高层学者，直接把赞扬的评价反馈给我国教育部、汉办等领导部门。我们努力响应国家和学校的号召，认认真真地"走出去"。这在今后的工作中还会有进一步的体现。

以上几个方面的工作，在"外国文学文化论丛"中都有聚焦性的著作推出。还有一些方面，比如外国语言文学如何固本培元的问题，外国语言文学选择什么提升点的问题，"人文学"的后续发展问题，诸如此类，都是今后基地科研工作的关注点。这些方面也会在"外国文学文化论丛"中陆续有所表现。序，是个开端。此序，也是12年来基地工作的一个小结。

栾　栋
2015年4月19日
于白云山麓

目录 Contents

绪论 ·· 1
    一、"神话意识"及其衍生的概念 ··· 1
    二、加缪及其研究述略 ··· 10
    三、研究目的、方法及研究思路 ··· 19

第一章 神话的过去与未来 ··· 23
    一、神话的概念界定及研究 ··· 25
    二、神话的延续 ·· 31
    三、神话的现代含义 ·· 34
    四、神话在不同国度的影响意义——以古希腊和中国神话为例 ··· 38

第二章 加缪的文化谱系和思想来源
    ——地中海之子奇特的法国身份 ·· 43
    一、赤子情怀——加缪的阿尔及利亚 ·· 44
    二、夹缝中的加缪 ··· 47
    三、文化根源：地中海精神及古希腊文化的滋养 ······················· 55
    四、荒诞哲学——另辟蹊径的思想轨迹 ······································ 62
    五、尼采之后——完美的先行者与参照者 ·································· 64
    六、异教徒——基督教的对面 ··· 68

第三章 加缪：神话的传承者 ·············· 73
 一、《鼠疫》：洪水记忆与英雄反抗 ············ 75
 二、《西西弗神话》与《反抗者》：反抗——从西西弗斯到
   普罗米修斯再到涅墨西斯 ·············· 85
 三、《误会》：一个命运的伦理悲剧 ············ 91

第四章 加缪：新神话的缔造者 ·············· 97
 一、文明社会的新神话 ················ 99
 二、超越"局外人"——挣脱文明的枷锁 ········· 102
 三、《卡利古拉》审美的个性光辉 ············ 112
 四、《堕落》：对现代生活的无情讽喻 ·········· 120
 五、加缪之死——以生命践履神话 ············ 125

第五章 润物细无声
  ——神话意识在中西文化中的比照 ············ 129
 一、神话与精神信仰之培育 ··············· 131
 二、中国神话信仰与文学传统的价值判断——以余华为例 ··· 135
 三、中西神话的弥缝功能——以加缪与鲁迅做比 ······ 142

第六章 弥缝
  ——加缪神话精神的当代意义 ·············· 151
 一、本真意义上的"神话人"——加缪及神话精神的复兴 ·· 152
 二、加缪神话精神的现实情怀和时代意义 ········· 156

结语 ·························· 168

参考文献 ······················· 172

附录 加缪年谱 ···················· 182

后记 ·························· 190

绪 论

一、"神话意识"及其衍生的概念

　　探讨阿尔贝·加缪的神话意识，首先要在数不胜数的神话理论中理出一条关于"神话意识"的确切定义。之所以用到意识，而不是思维或其他，是因为"意识"是指"人的头脑对于客观物质世界的反映。是感觉、思维等各种心理过程的总和，其中的思维是人类特有的反映现实的高级形式"①，而"思维"是"在表象、概念的基础上进行分析、综合、判断、推理等认识活动的过程，思维是人类特有的一种精神活动是从社会实践中产生的"②，从动态的功能角度，意识是指人脑的一种特殊的功能。这种功能包括思维的能力，又不止思维的能力，它还包括不用语言的体验的能力。思维是意识之花，它的诞生伴随着语言的诞生。思维活动离不开语言。但是，在语言产生之前，人类的意识就已经产生，就是说，意识活动不一定需要语言。比如，基于情绪、情感和意志的体验活动。具体到神话意识和神话思维，区别在于神话思维是一个群体性的概念，是人类思维结构的形式之一，而神话意识是个体性的，就是神话思维在特定作家身上的呈现，即经过主观意识加工所呈现出来的神话思维，二者之间如同太阳光和七彩虹之间的关系。所以，在具体作家这里探讨神话意识是成立的，并且是更为恰当而精准的。作为一种感觉的心理活动总和，意识更为私人化和个性化，更可总括那些可意会难言说的心理过程。

　　在各论家表述的过程中，以及本书的推演过程中，对高频出现的一个表述——神话意象——也有必要解释一二。神话意象是"原型"的早期表述，"荣格终于找到了把由里比多转化而成的象征形式同集体无意识的存在统一起来的、可经验的、可实证的实体。在瑞士心理学家卡尔·古斯塔夫·荣格

---

① 中国科学院语言研究所词典编辑室：《现代汉语词典》，商务印书馆1973年版，第1221页。
② 中国科学院语言研究所词典编辑室：《现代汉语词典》，商务印书馆1973年版，第970页。

(Carl Gustav Jung，1875—1961）的早期著作中，这种实体被叫作'原始意象'（primodial images）或'优势遗传物'（dominants），后来则正式命名为'原型'（archetypes）"。简而言之，神话意象是基于人类集体无意识层面的原初心理轨迹，它表现为某一具象或实体，但蕴含的是人类早期的文化心理。神话意象与神话意识、神话思维是互证发生的关联概念，在一定程度上，神话思维的生成是建立在对诸多神话意象的归纳和总括的基础之上的；同时，神话意象的形成又基于神话思维的运作；神话意识在神话思维的发生过程中集聚成具体的个体思考模式。

鉴于前人研究多集中于神话思维的综合探讨，本书先对神话思维进行厘定和梳理。

在神话思维发轫之初，还有一个更加带有指向性的概念——原始思维——与之相近。这个从时间或质量上明显有贬低之意的概念，是建立在"原始"的基础上，用于区别现代的、理性的、让今人心生优越感的进化论式的文明思维。

法国社会学家、哲学家、人类学家路先·列维-布留尔（Lucien Lévy-Bruhl，1857—1939）撰写的《低级社会中的智力机能》（1910）以及后来的《原始人的心灵》（1922）和《原始人的灵魂》（1927）等一系列著作构成了其关于"原始思维"的系统理论。这也是迄今为止，对"原始思维"概念阐述最详尽的相关著述。

指导列维-布留尔全部研究的核心概念，是法国社会学家、社会学的三大奠基人之一的涂尔干（Emile Durkheim，1858—1917）的"集体表象"（representations collective）概念。根据这一概念的指导，布留尔发现即使"具有自己制度和风俗的一定类型的社会，也必然具有自己的思维方式"[1]，通过将"地中海文明"的文明思维模式与"不发达民族"的原始思维模式之间进行比较，布留尔得出结论：这两种"距离最大"的思维类型"本质差别最触目"。造成这种差别的原因就在于集体表象。布留尔由此得出结论："所谓集体表象，如果只从大体上下定义，不深入其细节问题，则可根据所有社会集体的全部成员所共有的下列特征来加以识别：这些表象在该集体中是世代相传的，它们在集体中的每个成员身上留下深刻的烙印，同时根据不同情况，引起该集体中每个成员对有关客体产生尊敬、恐惧、崇拜等感情。"[2]

英国人类学家、人类学的先驱泰勒（Edwward Burnett Tylor，1832—1917）

---

[1] ［法］列维-布留尔：《原始思维》，丁由译，商务印书馆1981年版，第20页。
[2] ［法］列维-布留尔：《原始思维》，丁由译，商务印书馆1981年版，第5页。

和费雷泽（James George Frazer，1854—1941）认为，原始人的思维模式与现代人并无太大差异，只是有高级和低级的差别。但布留尔则通过比较两种思维模式，得出结论：原始思维毫无逻辑，遵循的是"前逻辑"。

原始思维不依照逻辑规律思维，对矛盾漠不关心，其具体特征就是"集体表象""前逻辑"和"互渗律"。布留尔认为，客观存在物所具有的神秘力量是原始人思维认知的共同表征，这种神秘力量源于自然且非人力可实现，但可以通过一系列"接触、转移、感应、远距离作用等想象"的奇特能力，将一种神秘的改变赋予客观存在物，使之也拥有一种超越自身力量的能力。原始人的集体表象以其本质上神秘的性质有别于我们的表象，"原始人的意识已经充满了大量的集体表象，靠了这些集体表象，一切客体、存在物或者人制作的物品总是被想象成拥有大量神秘属性的"①。神秘力量与自然客观事物的是通过想象完成力量的转移的，这种想象被赋予一个名字就是"互渗"。通过互渗，某种事物特征即集体表象就与其他事物特征有了紧密的联系。原始人这种把现实对象的本质与人们对现实对象的理解与想象，被布留尔称作"原逻辑的思维"。在布留尔的认识中，"原逻辑的思维"是与逻辑思维具有相同认识能力的一种思维模式。

布留尔关注到了原始思维的情感互渗。他说，原始人创造的神话，不是为了解释逻辑的成立，而是为了印证神秘的真实性。"对原始人的思维来说，神话既是社会集体与它现在和过去的自身和与它周围存在物集体的结为一体的表现，同时又是保持和唤醒这种一体感的手段。"② 证有易，证无难。要用逻辑的思维方式证明神的不存在是很困难的，但用前逻辑式的思维方法说明神秘的共性之有却是相当容易的。后者需要互渗式的参与，它带有过多的"感情或运动因素"和浓厚的主观色彩，对逻辑思维的正确性是熟视无睹的。因为既然一切都决定于神秘的力量，那么何必再劳神去推理呢？个人的努力也不过是神秘力量的再现罢了。基于此，布留尔总结道："对原始思维来说，一切都是奇迹，或者更正确地说，一切又都不是奇迹；因而，一切都是可信的，没有什么东西是不可能或荒谬的。"③ 他为此举了一个有趣的例子说：我们不会相信妇女能够生出蛇或鳄鱼，因为这种观念是与自然规律矛盾的，即使最畸形的生育也受自然规律的支配。但原始思维，则把这当作顺理成章的。因此，神话思维与科学思维是截然不同的，原始思维遵循"前逻辑"，与科学思维背道

---

① ［法］列维-布留尔：《原始思维》，丁由译，商务印书馆1981年版，第69页。
② ［法］列维-布留尔：《原始思维》，丁由译，商务印书馆1981年版，第438页。
③ ［法］列维-布留尔：《原始思维》，丁由译，商务印书馆1981年版，第444页。

而驰。

在布留尔的观念中，"前逻辑"和"互渗"的烙印将原始思维置于科学和哲学的对立面。这也成为布留尔理论为人诟病的关键点。按照布留尔的观点，当原始人脱离了这种神秘互渗的本能自觉时，神话的创造就会减弱直至消亡。"当社会集体的思维连同它的制度、它对周围集体的关系一起进化了，则在创作神话的那个时刻具有优势的神秘因素可能失掉自己的意义。"① 也就是说，在布留尔的理论体系中，神话服从于进化论，它势必随着原始人思维方式的转变而消亡。

布留尔虽然没有将原始思维定义清楚，但已敏锐地捕捉到了原始思维的各种特征，如非逻辑性、神秘性、互渗性。他的部分观点，得到了德国哲学家、文化哲学创始人卡西尔（Ernst Cassirer，1874—1945）的重申和发展。

卡西尔以一本书的完全篇章，以及散见于其各大著作的不时论述，对"神话思维"这个概念进行了深入和系统的探讨和界定。卡西尔认为，"神话的意义远不只充作材料；它被认为是人类认识世界方式——于神话的环境是必需的——一种特定功能"②。因为这样的基本定位，神话不再只被当作一种客观存在，而成了一种思辨方式。这种思辨方式即为神话思想，抑或称为神话意识、神话思维。神话思维以"精神内容的物质化"③作为其基本形式，"神话思维缺乏观念范畴，而且为了理解纯粹的意义，神话思维必须把自身变换成有形的物质或存在"④。生发于原始思维的神话思维无法祛除其固有的定式与局限。原始时代的初民们，与外界接触最多的就是有形的自然世界，将有形的自然物质和存在作为理解世界的思维方式也是不难理解的。同时，人类的一些行为举止也被想象为自然同时拥有的行为方式。这样人类具有拟自然化与自然具有拟人化就成为一种普遍和正常的关系。这种"你中有我，我中有你"的亲密关系是原始时代人与自然关系的最好体现。"神话是用人的、社会存在的语言表达一切自然存在，而用自然的语言表达一切人的、社会的存在。"⑤

卡西尔所理解的神话思维的特点在于：

---

① [法] 列维-布留尔：《原始思维》，丁由译，商务印书馆1981年版，第440页。
② [德] 恩斯特·卡西尔：《神话思维》，黄龙保、周振选译，中国社会科学出版社1992年版，第3页。
③ [德] 恩斯特·卡西尔：《神话思维》，黄龙保、周振选译，中国社会科学出版社1992年版，第63页。
④ [德] 恩斯特·卡西尔：《神话思维》，黄龙保、周振选译，中国社会科学出版社1992年版，第45页。
⑤ [德] 恩斯特·卡西尔：《神话思维》，黄龙保、周振选译，中国社会科学出版社1992年版，第211页。

第一，它是一种感性直观和经验直觉的思维方式，不是纯概念性的抽象思维。"神话凝结成持久的构型，它把客观的形式世界之稳定轮廓呈现在我们面前，就此而言，只有当我们能在其背后感受到它最初由之产生的生命情感之原动力，我们才能了解这个意义。……如果不能从纯粹的神话思维形式追溯到神话的直觉形式及其特有的生命形式，那么这种描述一定仍然是不充分的。"①据此，在卡西尔看来，神话思维是一种以情感为内驱力的思维方式。

第二，神话思维是一种"天人合一化"的交感性思维。这一特点的产生仍然是建立在情感的基础之上的。在原始人那里，自然科学的物种关系没有产生明显的划分界限，人与自然之间没有物种的区别，所有的生命都是一种客观的自然存在。人类与自然之间可以随心所欲地任意转化，个体与外在之间也可以无拘无束地随意交流。神话世界中天马行空的想象赋予人间和意识形态内最大化的自由空间。卡西尔认为，在神话思维中，所有的生命存在都是相关联的，人与自然界万事万物是平等的生命个体，他们有相同的祖先，有相同的生活模式，有相同的思维方式，人与万物通过通感的方式进行无障碍的沟通。"在神话世界观的早期阶段，尚无分离人和生物总体、动物界和植物界的鲜明界线；尤其是在图腾崇拜中，人和动物的亲族关系，更主要的，部落与其图腾动物或图腾植物之间的关系，绝非只是象征意义，而是有严格的现实意义。人在其活动和习性中，在其生命的全部形式和方式中，感觉自己与动物同为一体。"②

第三，神话思维是一种"象征式思维"。神话思维具有象征性，它把所有的一切事物都看作某种象征的表现形式。但作为一种原始的象征思维，这种象征并不是自觉的。在这一阶段，人类自我意识仍不发达，难以区别这种象征是一种想象还是一种对于事物本质的真实看法。卡西尔对这个问题曾有过较为清晰的区分："神话似乎是把它触到的一切都不加区别地裹进统一性，而科学认识只有通过把诸因素区别开才能把它们联合成相同的基本的批判性原则。"③思维所指是一方面，但所指背后所关联的具象或实体，及其隐含的精神或神秘力量成为神话思维象征性的集中表现。神话思维中，这种神秘力量在进行了内在关联性的比对之后，其内在的逻辑性终于被发现，并冠之以一个在之后的神

---

① ［德］恩斯特·卡西尔：《神话思维》，黄龙保、周振选译，中国社会科学出版社1992年版，第78页。
② ［德］恩斯特·卡西尔：《神话思维》，黄龙保、周振选译，中国社会科学出版社1992年版，第199页。
③ ［德］恩斯特·卡西尔：《神话思维》，黄龙保、周振选译，中国社会科学出版社1992年版，第70页。

话中产生重要价值和意义的词汇:"命运"。"命运"本身是一个神奇的词汇,所有无法解释的力量都可以在"命运"这里找到解读。"这种概念最初成形于希腊诗作,个体以及与无比强大的命运抗争的伦理自我之新意义和力量,首先发现于悲剧之中;然而古希腊思想不单单和这个与悲剧始源的、神话-宗教根源逐渐分道扬镳的过程并肩而行,而且为此过程奠定了真正的基础。"① 神话思维来自于自然事物的直观印象,并对这种直观印象做形象和逻辑的想象,事物的内在发展规律没有被系统地理解和总结。神话思维具有象征式的特征决定了对事物的阐释是一种夸张的、直观的想象。神话思维的这些特征是不同于理性思维,但是,并不能因此对这两种思维方式做高下的区分。如果没有神话思维的基础,理性思维是无法发展的,神话思维的诸多特征是为理性思维的发生、发展甚至反拨提供了依据和对象的。卡西尔认为"理论的要素"作为神话思维的内在逻辑结构,是一种活跃的元素,这种元素在思维的发展、运动、提炼、升华的基础上,逐渐凸显理性的特征,为逻辑思维的逐渐形成奠定了基础;"感性的因素"则相对平稳,作为相对稳定的人性因素,逐渐发展成艺术思维。一个明显的例证就是,"神话那种作为命运的时间概念,越来越被赋予新的伦理深度和内涵"。卡西尔对布留尔关于神话思维充满情感性的见解持认同态度,同时他还进一步强调神话的自主性,将神话与知识、语言、艺术等同。更难能可贵的是,虽然卡西尔也认为神话是原始的,但他没有因此而认为神话是一种意识的初级阶段,他并不认为进化论适用于神话的发生发展。作为一种独立的知识体系,神话是人类情感和逻辑的符号创造形式。当然,卡西尔肯定神话思维的逻辑性,并将这种逻辑性与理性思维的发生建立了关联。

  卡西尔通过对神话、思维、神话思维的分析,发现了神话与思维的共通性与关联性。作为人类精神生活的参与者和主导者,思维活动在人类文化成果的形成过程中发挥了至关重要的作用,同时文化成果又促进了思维活动的活跃与发展,并为思维活动的提升提供智慧源泉。神话也具有同样的特质,故而神话本质上是思维的一种。神话思维由于其特定的发生背景,无法完全主动地区分本体与客体、现实与想象的界限,但是,不能因此而判断神话是一种混乱而随意的思维。因为,在今人看来,荒谬或无法用科学解释的事物的在原始人看来是源于心底真实而合理的现实。原始思维还没有建立科学推演与论证的思维模式,事物的逻辑都立足于内心的主观感受。按照这种思维推演模式建立起来的主观意识只能是对世界的模拟。神话是建构在对外界世界的模拟基础之上的,

---

① [德]恩斯特·卡西尔:《神话思维》,黄龙保、周振选译,中国社会科学出版社1992年版,第148—149页。

神话中的事物既是本初的形象，又是被赋予的象征。对神话意识的主体，卡西尔进行了哲学意义上的阐释。在人类生活的初期阶段，人的意识发展速度较为缓慢，现代科学推演的逻辑思维样式尚未建立起来，同时人类无法真正意识到自己与外部世界的界限。人类与动植物、自然生物的关系，往往被看作一种亲缘或同源的关系。随着自我意识的逐步增强，外在世界和内在世界的界限日渐清晰，个人、他者、精神等概念能逐渐被区别清楚，当然，这是一个缓慢而复杂的过程。在卡西尔看来，人类生活包括精神领域，也有现实存在领域。当人剥离出自我意识，成为有意义价值观念的主体时，对于外部世界的认识也从客观反映提升至整体关照的层面，象征被视为沟通主观世界与客观世界的连接网络。神话作为一种思维，却不是以逻辑而是以情感作为基质的。情感的趋同性使得初民们深以为然的是：人的生命与其他林林总总的生命以一种共同的生命机制紧紧相连，因此，二者之间没有确定界限，这种共同的生命机制贯通于自然与人类的全部历史之中。以人类社会的语言通感性地表现自然现实的原始神话，可谓人类最古老有力的精神活动。卡西尔的研究体系完善而庞大，更加生动和富有想象力地探讨了神话的特征和形成，对后世的神话研究有着不可磨灭的影响，对许多派别的神话研究都有着具体的指导意义。

　　法国社会人类学家、结构主义人类学创始人列维-斯特劳斯（Claude Lévi-Strauss，1908—2009）对"原始思维"这一概念予以摒弃，改用另一个在他看来没有明显褒贬倾向的词："野性的思维。"斯特劳斯将"野性的思维"用他特有的逻辑术语进行了深入剖析。他之所以弃用"原始思维"，是因为当这样使用时，对于"原始思维"已经有了一个"初级、不成熟"的判断，这对初民们的思维形式是不公允的。斯特劳斯认为："当我们谈论'原始'社会的时候，我们一般要用引号，目的是让人们知道，'原始'这个词用得并不恰当，它是约定俗成强加于我们的。"① 他与卡西尔的观点相悖的是：他不认为原始思维和科学思维有承接关系。斯特劳斯认为，原始思维不是科学思维的初级阶段，科学思维也不是原始思维的升华和提高，两者不是思维的两个发生阶段，而是并列共存、不分高下的两种思维模式，两者之间是同时发生的。"在所谓原始民族的思维和我们的思维之间没有鸿沟。……这些思维形式是始终存在、活跃在我们中间的。我们常常使用这些思维形式。它们与依赖科学的思维形式是并存的，它们也同样是现代的。"② 斯特劳斯用这样的神话理论举证了神话

---

① ［法］克劳德·列维-斯特劳斯：《结构人类学》，陆晓禾、黄锡光等译，文化艺术出版社1989年版，第259页。
② ［法］迪迪埃·埃里蓬：《今昔纵横谈：克劳德·列维-施特劳斯传》，袁文强译，北京大学出版社1997年版，第140页。

的连续性。

　　在所有这些对神话思维的界定中,卡西尔的处理最契合本研究的主题,即:神话思维是人类的一种基本思维方式,并不存在古今之别,也不存在落后和先进的分别。神话是以情感作为发生基质的。用神话这种人类智慧之光去反观当代作家作品中所呈现出的神话思维模式,梳理他的神话意识,是可行并有积极的现实意义的。作为人类反观自我、认识自我的重要方式之一,神话既是一种思维方式,又是一种认识观论。虽然唯理性至上的思维定式使神话长久背负"初级、粗糙"的认识印象,神话在人类发展过程中的重要意义在相当长的一段时间、相当广的认知范围内被弱化,但随着人们认识深度和广度的拓展,特别是经历精神家园的迷失的切肤之痛后,神话与神话思维的价值和意义逐渐被发掘和凸显。人们越来越发现作为人类精神文化的无意识的结构,神话和神话思维在人们的心理深层积淀的稳固性和广博性。在现代神话的发生和发展过程中,虽然其形式和结构有所变化,但神话意象的本质和内核确是稳固和坚实的。

　　对这个问题,加拿大文学理论家诺斯洛普·弗莱(Northrop Frye,1912—1991)的看法是,文学总的来说是"'移位'的神话","神的生与死,死后又复活,包含着文学的一切故事"①。荣格认为,在人类文化史上拥有伟大建树者往往都是具备自觉或不自觉神话意识的人,他们借助相关的神话意象表达其深沉的思想意蕴。"艺术家常常借助素材的性质,借助神话使他们的经验以最合适的形式表现出来。"② 弗莱和荣格之后,神话意识在文学批评中开始备受关注。神话研究者们发现,神话元素在后世文学中成为一种心理积淀,这种人类童年时期的回忆,掺杂了想象和未能实现的愿望,经过了主体的选择和阐释,将自我意识中的记忆结构艺术性再现,更易引发强烈而持久的共鸣。

　　尽管各论家对于神话思维、神话意象或者他们使用的其他类似的术语如"集体无意识""原型"等有着不同的表述或者界定,甚至有着截然不同的态度,但他们都从不同的角度或者方向论证了这样一个事实:神话中蕴含一种思维方式,这一思维方式拥有某种不可言说的神秘力量,使其得以传承,在人类的文化和意识形态领域发挥着向心力。本文将这一思维方式归纳为"神话意识"。作为一种自觉或非自觉的意识形态,神话意识在一定程度上影响了人类的思考行为。并且尽管时代变迁,神话意识仍根植于人类心灵的最深处,以稳

---

① 邱运华:《文学批评方法与案例》,北京大学出版社 2005 年版,第 125 页。
② [瑞士]卡尔·荣格:《寻求精神的现代人》,见赖干坚《西方文学批评方法评介》,厦门大学出版社 1986 年版,第 168 页。

定而深厚的影响力发挥着作用。

综合以上的观点，本书提炼及所运用的"神话意识"概念是人类神话生理、心理、思理的综合现象，是神话思维在人类知、情、意方面的集中体现，其表现有自然推崇、万物有灵、物我浑一、人己含混等对抗宰治理性和有别于科学逻辑的原发精神。这种意识与西方人所说的"酒神精神""模糊思维""浪漫情绪""魔幻现象"有深邃的渊源。神话意识在古希腊罗马时期经历理性精神的规训，在中世纪受过宗教神学的洗礼，近代以来受到现代性——即科学、逻辑和政治意识形态的整合。尽管人类文明视神话意识为黑马，启蒙思想视神话意识为异类，科技主义视神话意识为蒙昧，但是谁都不能否认神话意识是人类文化长河中不可或缺的宝藏。它在古希腊以来的所有文化样态中存在，可以说潜移默化，神出鬼没。从神话意识漫漫历程可以看出，神话意识和思维是人类心理的根基之一，是人类文艺的资源之一，是人类哲学的翅膀之一。

自幼在古希腊文明的熏陶下成长起来的加缪，在神话中发现了一个取之不尽的宝库，这一宝库丰富了他的想象力，并大大刺激了他的创作和思考。在其创作过程中，无论他使用的是何种表达方式，这种古希腊文明的浸淫效果都是如此的强烈，使得后世可以在古希腊神话的启示下可以更为深入地重新解读他的作品。加缪使用古希腊神话的精神内核去审视和创作的途径，不仅仅限于对于神话典故和元素的频繁运用，也不囿于提炼神话含义投射于作品之中，更是将神话转化为一种意象，内化为作家的思维范式。在加缪的作品中，频繁使用神话中的元素。比如神话人物，西西弗斯、普罗米修斯、涅墨西斯；比如神话类型，洪水神话、英雄神话；比如神话的情节设置，命运悲剧、伦理悲剧。同时，更为强大的神话意象在加缪的意识中发挥了重要的作用，使他的作品、人生、思考都呈现出一种神话的审美观照。神话意识作为一种文学意象，是创作者在大脑中构思的文学模型、文学蓝图。它作为一种稳定和固化的心理模式，是创作者借助记忆与想象，对曾经体验过的情绪感受的回味与提炼，以及对某种未实现的理想的憧憬与向往。

加缪的神话意识是神话结构、符号、元素、意象在个体创作和思考方面的综合体现。加缪神话意识的价值和意义在于，它不仅继承了古典神话中结构、元素、思维等要素，还创造了文明社会的新神话，以新的存在范式和符号象征赋予神话现代意味，这些现代意味更对当下的生活和思考有着重要的指导意义和反思价值。

本研究着眼于神话意识，落脚点是神话精神。事实上，神话意识在整个研究中，处于一个工具性的作用之上。加缪的思考起势于神话意识，但最终的成果是他的神话精神。从神话意识这样一种相对零星而片段式的思考方式上升为神话精神这一完整而浑厚的思考成果，需要有一个解释和推演的过程。简单地说，神话意识作为一种思考过程和认知方式，势必导致一种结论式的成果。神话意识在加缪精神世界里的沉潜和积聚，内化为一种认识世界的角度，升华为一种改变世界的方法，这种成果可以被称为加缪的"神话精神"。如果说神话意识对于加缪本人的创作和人生来说意义非凡，那么，加缪的神话精神对于后世的价值则非比寻常。总结来讲，加缪的神话精神有着节制有度、振作坚韧、珍视生命、尊重价值等特质，这些糅合了地中海精神、古希腊文化特质的思想，成为加缪逐渐成熟的价值取向和哲学依归。之所以用"神话精神"来作为加缪思想的界定，是因为这种思想体现了古希腊神话和现代神话的范式、价值与旨归。

二、加缪及其研究述略

阿尔贝·加缪（Albert Camus，1913—1960）这个名字无论对国际还是国内，无论对过去还是现在都有着非同寻常的意义。这个著名的小说家、戏剧家、评论家、艺术家和道德家，这个以富有深意的视角明晰洞见并阐明时代种种问题的智者，这个诺贝尔文学奖最年轻的得主之一，这个穷其一生苦苦思索正义、死亡、人性等形而上问题的哲学家，在其逝世50余年之后，仍以其巨大的力量打动我们的心。加缪在其短暂的一生中，始终以关切的目光、直面的勇气及悲悯的情怀关注人类现世的孤独无助、个体的日益异化以及死亡的不可避免。但即便世界如此荒诞，加缪并没有因此而绝望颓唐，他主张要在荒诞中奋起反抗，"知其不可而为之"。这种精神引领了几代人的精神探索和人生信条。

加缪短暂的一生，笔耕不辍。他的写作领域形式涵盖几乎所有文体：小说、戏剧、散文、随笔、文学评论、时政评论、调查报告等；从1935年写作生涯开始到生命戛然而止，加缪共有作品20余部。其中小说4部，依出版时间顺序分别是：《局外人》（*L'Etranger*，1942）、《鼠疫》（*La Peste*，1947）、《堕落》（*La Chute*，1956）、《第一个人》（*Le Premier Homme*，未完成，1995年出版）。小说《幸福的死亡》（*La Mort heureuse*，一译《快乐的死亡》）因内容结构不严整，加缪在世时未能出版，伽利马出版社于1971年出版，但未见中译本。中篇小说集 1 部：《流亡与独立王国》（*L'Exil et le Royaume*，1957）。戏剧 5 部，依出版顺序分别是：《阿斯图里亚斯起义》（*Révolte dans les Asturies*，1936）、《卡利古拉》（*Caligula*，1938）、《误会》（*Le Malentendu*，1944）、《戒严》（*L'Etat de Siège*，1948）、《正义者》（*Les Justes*，1949）。改编剧 6 部：《闹鬼》（*Les Esprits*，1953）、《信奉十字架》（*La dévotion à la croix*，1953）、《医院风波》（*Un cas intéressant*，1955）、《修女安魂曲》（*Requiem pour une nonne*，1956）、《奥尔梅多骑士》（*Le Chevalier d'Olmedo*，1957）、《群魔》（*Les Possédés*，1959）。散文集 6 部：《反与正》（*L'Envers et l'Endroit*，1937）、《婚礼集》（*Les Noces*，1938）、《夏》（*L'Eacuteté*，1954）、《致一位德国友人的信》（*Lettres à un ami allemand*，1945）、《西西弗神话》（*Le Mythe de Sisyphe*，1942）、《反抗者》（*L'Homme révolté*，1951）。时政评论集 3 部，分别出版于 1950 年、1953 年、1958 年。另有时政评论文章、随笔等若干不述。

加缪是一个耐人寻味的思想家、艺术家、哲学家、文学家。在他出道、扬名、去世的短短几十年间，经历了褒贬不一、起落悬殊的评价。随着时光的流逝，世人愈发现他的醇厚与深邃，久而弥笃。于是论者愈众，关注更广。"他的小说蕴含着哲学家对人生的严肃思考和艺术家的强烈激情。在短暂的创作生涯中，他赢得了远远超过前辈的荣誉。他的哲学及其文学作品对后期的荒诞派戏剧和新小说影响很大。评论家认为加缪的作品体现了适应工业时代要求的新人道主义精神。"[①]

在西方，对加缪的研究一度是以政治倾向批判取代文学批判的。这一点在加缪在世时已表现突出，对他的关注在他去世之后甚至多年持续走低。同时西方学院派哲学的影响及对学术正统的追求，使得西方批评界对于加缪的认识长期处于"浅显"这个认知层面上。事实上，在加缪获选诺贝尔文学奖之际，就有相当多的不同声音："右翼的雅克·洛朗（Jacques Laurent）宣称，授奖给加缪的'诺贝尔奖委员会嘉奖了一个人的全部成就'，而左倾的《法兰西观察家》则认为瑞典学院可能认为它正在选出一名年轻作家（加缪去世时也不过 46 岁），但实际上它导致了一种'早熟后的僵化症'。人们普遍认为，加缪的黄金年代已经离他远去：他已有多年没有推出真正的重量级作品了。"[②] 20 世纪六七十年代法国激进分子对加缪的批判尤为严苛。"例如让-雅克·布罗契埃 1970 年发表的论加缪的小册子的标题是'毕业班的哲学家'，整本小册子

[①] 古陶客：《影响西方文学五十载》，载《深圳特区报》2010 年 1 月 4 日，第 B3 版。
[②] ［英］托尼·朱特：《责任的重负：布鲁姆、加缪、阿隆和法国的 20 世纪》，章乐天译，中信出版社 2014 年版，第 128 页。

极尽污蔑攻击之能事,造成不小的影响,使加缪一度处于遭遗弃、受冷落的境地。"① 对于加缪的作品和成果,在习惯了以貌似高深的理论框架和分析方法评述作品的西方文学批评界,确实犹如"小调"之于"歌剧","速写"之于"油画",显得有点单薄了。托尼·朱特的看法可以代表其中的一大部分人的观点:"说起在批评界的声誉下降,加缪本人也难辞其咎。为了赶上时代潮流,他投入到一种他极不适应且资质不足的哲学思考中去——就算掷地有声的格言警句迭出,《西绪福斯神话》(1942)仍然难称成功。"② 在这样的接受背景之下,加缪的研究文章一度较少。但经得住时间考验和推敲是经典文学与流行文字的区别,加缪的思想在其去世后的几十年,特别是进入20世纪80年代以后,因其与时代的走向高度契合,才逐渐被人们重新发掘。

事实上,虽然批评声音甚嚣尘上,但不可否认,加缪的文学作品拥趸众多。自问世以来反响巨大,许多作品接连再版,其作品在他生前就已有多种文字译本,半个世纪以来对其作品的阅读、评论、研究持续升温。即使在对加缪批评的浪潮铺天盖地袭来之际,也始终有赞誉的声音坚定地响起。"《纽约时报》在第一版刊登文章称加缪是专制主义最猛烈的攻击者,他的文学创作阐明了我们时代的问题。"③ 法国哲学家、作家萨特为加缪作的悼词是:"代表着一个漫长的道德家谱系的当代继承人,而这个道德家谱系的作品可能是法国文学中最有特色的部分。"④ 法国文坛公认的杰出人物,加缪得知获诺贝尔奖之后认为应该获奖的安德烈·马尔罗,给予加缪一个前辈对于后辈的莫大鼓励,他认为加缪的作品始终"与追求正义紧密相连"⑤。曾获过诺贝尔奖的法国作家弗朗索瓦·莫里亚克虽然批评过加缪,但也承认:"这个年轻人是青年人最信服的导师之一……他凭良心做事。"⑥ 1957年,加缪由于"通过一个存在主义者对世界荒诞性的透视,形象地体现了现代人的道德良知,戏剧性地表现了自由、正义和死亡等有关人类存在的根本问题"⑦而被授予诺贝尔文学奖。他是继鲁德亚德·吉卜林之后最年轻的获奖者。美国作家威廉·福克纳在加缪获

---

① 张荣:《形而上的反抗——加缪思想研究》,社会科学文献出版社1998年版,第3页。
② [英]托尼·朱特:《责任的重负:布鲁姆、加缪、阿隆和法国的20世纪》,章乐天译,中信出版社2014年版,第128页。
③ 张容:《加缪——西绪弗斯到反抗者》,长春出版社1995年版,第169页。
④ [法]让-保罗·萨特:《阿尔贝·加缪》,见沈志明、艾珉主编《萨特文集》(第7卷),人民文学出版社2000年版,第347-348页。
⑤ [美]埃尔贝·R.洛特曼:《加缪传》,肖云上、陈良明、钱培鑫等译,漓江出版社1999年版,第723页。
⑥ [美]西恩·B.卡罗尔:《勇敢的天才》,孙璐译,中央编译出版社2015年版,第307页。
⑦ 王逢振:《诺贝尔文学奖辞典》,漓江出版社1997年版,第526页。

奖后发电报"向永恒地自我追求、自我寻找答案的灵魂致敬"①。加缪在青壮年时期就取得的文学成就，以及他在作品中表现出的勇气、坚持和道德，赢得了许多文学家、评论家对他推崇或赞赏。

对加缪进行研究的官方和非官方的组织在很多国家都存在，他的作品由不同的翻译家通过对其精神的领会和把握一再结集成册。2010年是加缪辞世50周年，世界各国文学文化界都有许多纪念活动。其中法国的《新观察者》报编辑了纪念特刊，上面刊登了著名社会学家齐格蒙德·鲍曼所撰写的《我反抗，所以我存在》一文：

> Et, durant tout ce temps, le corpus de livres, d'articles et de thèses consacrés à l'auteur de *l'Etranger*, *la Peste*, *la Chute* et du *Premier Homme* n'a cessé d'enfler: Questia, la *bibliothèque en ligne de livres et de périodiques* la plus fréquemment consultée par les universitaires, recensait au 1er octobre 2009 pas moins de 3171 références, dont 2528 ouvrages étudiant sa pensée et la place qu'elle occupe dans l'histoire des idées ; Google Books, site web plus populaire encore, en proposait pas moins de 9953. Et la plupart des auteurs se collettent finalement à la même question : quelle aurait été la position de Camus face au monde-notre monde-qui s'est instauré après sa mort prématurée? Quels auraient été ses commentaires, ses conseils, ses injonctions, qu'il n'a pas eu le temps de nous offrir et qui nous manquent si cruellement ? ［过去的这五十年里面，在书籍资料库当中，围绕着《局外人》《鼠疫》《堕落》和《第一个人》这一系列作品的作者加缪所写的文章和研究文献的数量不断增加，在Questia，这个最多研究人员使用的网上书籍和期刊的图书馆里面，截至2009年10月1日的统计，共有3171份书刊是与加缪有关的，而其中的2528份主要研究他的思想以及他在思想史当中的地位；而在Google Books里面（这也是一个很出名的网站），也有不少于9953种与加缪相关的作品。］②

这些数据从一个侧面反映了加缪的影响以及对他研究的范围之广和程度之深。在奥利维耶·托德所著的《加缪传》的参考书目中，共有142部（篇）法国国内研究加缪的专著、刊物和论文，这还仅是"对笔者最有用的那部分"，而且"其中一部分资料目前尚少有人知"③。

尽管有着这样一个呈现上升趋势的数字，但显而易见，相对于加缪的意义

---

① ［美］威廉·福克纳：《福克纳随笔》，李文俊译，上海译文出版社2008年版，第19页。
② Zygmunt Bauman. Je me révolte, donc nous sommes... Le Nouvel Observateur du 19 novembre 2009. 译文来自网络 Arch Wallave. http://www.douban.com/group/topic/9426465/2010.01.11.
③ ［法］奥利维耶·托德：《加缪传》，黄晞耘、何立、龚觅译，商务印书馆2010年版，第908页。

和与他同期的作家如萨特等人，对于加缪的研究仍然相对不足。根据有限接触的资料，西方学界对于加缪的研究主要从以下几个方面：①对具体作品的解读。如 *A Deconstructive Reading of Albert Camus' Caligula*：*Justice and the Game of Calculations*①，*Camus' THE PLAGUE*② 等，作为作家研究的基础做法，作品解读是最常见的方式，但显然这种方式现在对于加缪研究来说无法出新，不得不另辟蹊径，有了多种比较对象，多种解读角度，甚至有过度解读之嫌。在作品解读中，论者用到的理论范围很广，多涉及哲学、社会学、语言学等层面，并不仅仅囿于文学。如一篇硕士论文 *Excavating Textual Anticipations of Michel Foucault's Power/Knowledge from the Writings of Albert Camus*③，用福柯的话语权理论去反观加缪的作品，以论证他的文本预测观点。②对于加缪与存在主义关系的阐释。从一定意义上说，这一点是加缪最初为人们所关注的重要方面，这部分文章数量繁多。*Complex Life of Camus Defies Traditional "Existentialist"*④，*The Existential Fiction of Ayi Kwei Armah，Albert Camus，and Jean-Paul Sartre*⑤。许多研究存在主义的书籍也专门为加缪留出了章节。如斯蒂芬·恩萧所著的《存在主义》（上海外语教育出版社，2009）、W. 考夫曼所著的《存在主义》（商务印书馆，1987）等。③近年来出现一个新的研究方向，即加缪与教育的关系。对于加缪与教育的关系，加缪作品的教育意义，加缪小说的教育小说意味等都有涉及。*Introduction*：*Camus and Education*⑥，*Confronting the Absurd*：*An educational reading of Camus' The stranger*⑦，*Extending the Contribution of Albert Camus to Educational Thought*：*An analysis of The Rebel*⑧ 等。④基于加缪对于法国政治及局势的关注，以及他复杂的身世和家庭背景，对于加缪与政治的研究也

---

① Sheaffer-Jones Caroline. A Deconstructive Reading of Albert Camus' Caligula：Justice and the Game of Calculations. Australian Journal of French Studies 49.1（Jan-Apr 2012）：31–42.
② Cervo, Nathan A. Camus' THE PLAGUE. The Explicator 62.3（Spring 2004）：169–172.
③ Joe Holman. Excavating textual anticipations of Michel Foucault's Power/Knowledge from the writings of Albert Camus. [Master's thesis] California State University Dominguez Hills. 2004.
④ Rubin Merle. Complex Life of Camus Defies Traditional 'Existentialist'. The Christian Science Monitor [Boston, Mass] 04 Feb 1998：13.
⑤ Tommie L. Jackson, Ogede Ode S. The Existential Fiction of Ayi Kwei Armah, Albert Camus, and Jean-Paul Sartre. Research in African Literatures 31.3（Fall 2000）：178.
⑥ Roberts Peter、Gibbons Andrew、Heraud Richard. Introduction：Camus and education. Educational Philosophy & Theory. Nov2013, Vol. 45 Issue 11：1085–1091.
⑦ Aidan Curzon-Hobson. Confronting the Absurd：An educational reading of Camus' the stranger. Educational Philosophy and Theory, 2013 Vol. 45, No. 4：461–474.
⑧ Aidan Curzon-Hobson. Extending the Contribution of Albert Camus to Educational Thought：An analysis of The Rebel. Educational Philosophy & Theory. Sep2014, Vol. 46 Issue 10：1098–1110.

占一个非常大的比重。*The Dangers of Engagement: Camus' Political Esthetics*[①]，*Spain and the Lessons of History: Albert Camus and the Spanish Civil War*[②] 等。⑤虽然加缪的国外研究专著中译本较少，但从现有掌握的资料，及国内部分研究专著和论文罗列的研究资料情况分析，国外对加缪的研究逐步侧重于对其思想的挖掘，以其文化传承背景的剥离与分析。比较有代表性的有 *Camus' Hellenic Sources*[③]，*Albert Camus: from the Absurd to Revolt*[④]，*Albert Camus in the 21st Century: A Reassessment of His Thinking at the Dawn of the New Millennium*[⑤]，这也是现今加缪研究中最具挖掘和阐述空间的部分。⑥不同切入点和关注度的传记也是加缪研究的重要向度，因为几乎所有传记都试图对加缪做出解读。而这种解读不乏真知灼见。其中最负盛名的有理查德·坎伯的《加缪》（中华书局，2002）、奥利维耶·托德的《加缪传》（商务印书馆，2010）等。2009 年出版的由加缪的女儿卡特琳·加缪编撰的《阿尔贝·加缪：孤独和团结》是一本图文传记，为身处异乡的研究者提供了一种直观清晰的感知加缪的方法。在 2013 年 Jacques Le Marinel 的文章 *Camus et les myths grecs* 发表于"Revue d'histoire littéraire de la France"[⑥]，这是笔者能找到的对加缪与希腊神话最为直接和详尽解释的一篇文章。这篇不到 5000 字的短文，指出加缪在作品中为专属于自己的挪用神话手法下定义，这种手法将现代人类和古希腊文化的距离纳入考虑。还通过文本，分析加缪如何将希腊神话运用到自己的作品中。虽没有将如此做的原因做系统的分析，但仍是与本研究最为相近的类型作品。

加缪被贴上存在主义者的标签，与以萨特和波伏瓦为代表的法国存在主义思潮一同被介绍到中国，先后发生于 20 世纪 40 年代和 20 世纪 80 年代。但是，我国早期对法国存在主义仅仅停留在文学的翻译介绍工作方面，而且重点是介绍萨特。"1961 年 12 月，作家出版社上海编译所'内部'发行了孟安根据 1958 年法文版翻译的加缪（当时的译名为亚尔培·加缪）短篇小说《局外

[①] Alan W. Woolfolk. The Dangers of Engagement: Camus' Political Esthetics. Contemporary Literary Criticism, 2000. Vol. 124.
[②] Richard J. Golsan. Spain and the Lessons of History: Albert Camus and the Spanish Civil War. Twentieth-Century Literary Criticism. Ed. Thomas J. Schoenberg and Lawrence J. Trudeau. Vol. 174. Detroit: Gale, 2006. From Literature Resource Center.
[③] Paul Archambault. Camus'Hellenic Sources. Chapel Hill: The University of North Carolina Prsss, 1972.
[④] John Foley. Albert Camus: from the absurd to revolt. Acumen Publishing Ltd, 2008.
[⑤] Christine Margerrison, Mark Orme, Lissa Lincoln. Albert Camus in the 21st Century: A Reassessment of His Thinking at the Dawn of the New Millennium. Editions Rodopi B. V. 2008.
[⑥] Jacques Le Marinel. Camus Et Les Mythes Grecs. Presses Universitaires de France. 2013.4 Vol. 113.

人》,但它仅仅是'作为反面教材的西方文艺和政治理论书籍',是'供领导机关和高级研究部门批判之用'的内部读物,发行目的是通过这部'充分体现加缪的反动哲学思想的中篇小说,使我国的文学工作者能够具体认识存在主义小说的真貌,为了配合反对资产阶级反动文艺思潮的斗争'。这个'内部读物'(带有一个附录:叶芙尼娜的论文《关于加缪》,郑译生译)似乎是加缪作品在中国大陆的首次露面,但在彼时代的特殊环境下,其影响较小,读者范围极其有限。"① 20 世纪 60—70 年代的 20 年间,关于加缪的推介或研究论文不超过 10 篇。加缪从被译注推介之初,就处于一个比较尴尬的境地,或是作为某一文学思潮的参与者,或是某一作家的参照者,或是某种思想的斗争者。直到 20 世纪 80 年代,加缪才作为独立的作家真正被推介至中国读者的面前。在存在主义思想与当代人心理契合的背景下,存在主义作品被国内许多外国文学刊物和出版社热捧推介。加缪与萨特等人一起被介绍给中国读者,他的作品的中译本开始有越来越多的翻译家关注并翻译呈现。郭宏安、杜小真、李玉民等翻译家都对加缪的作品进行了艺术再现,而且必须承认这些翻译家的译作对加缪精神的把握是非常到位的,至今,市面上的加缪译作中这几位的译作仍有其特有的韵味。加缪的小说、理论著作和戏剧在 20 世纪 80 年代中期都有了译作并出版。"1989 年 4 月,三联书店出版了《置身于苦难与阳光之间:加缪散文集》(杜小真译……)。该书(收入了《反与正》《反叛者》)创造了两个第一:它是加缪早期第一部散文集《反与正》在我国的第一个中译本,它揭开了加缪散文译介的帷幕;《反叛者》是其理论著作《反抗者》在我国的第一个完整中译本,至此,加缪全部的理论作品都有了中译本。"② 此后直到 1999 年,才由译林出版社出版了郭宏安等合译的《加缪文集》。2002 年,河北教育出版社出版了由柳鸣九和沈志明主编的四卷本《加缪全集》,使加缪的作品在我国得到了全面的翻译和介绍。

20 世纪 80 年代后期至 90 年代,中国国内学术研究气氛浓烈起来,对加缪的关注终于从"评述"和"介绍"转向"研究"。一些翻译家如柳鸣九、郭宏安、杜小真等不止步于对加缪的翻译,在译作时通过序言等形式开启对加缪的研究;一系列研究专著如张容《形而上的反抗——加缪思想研究》和《加缪——西西弗斯到反抗者》等奠定了这一时期甚至直至今天的国内对加缪的研究方向;发表在《国外社会科学》《外国文学》《外国文学研究》等外国文学研究的旗帜性学术期刊上,出现了关于加缪的一定数量的高质量研

---

① 李军:《加缪在中国的译介与研究》,载《山东社会科学》2008 年第 2 期,第 110 页。
② 李军:《加缪在中国的译介与研究》,载《山东社会科学》2008 年第 2 期,第 111 页。

究文章。

但是，此时国内对加缪的研究仍存在着一些问题：研究队伍理论专业性仍需提高，从事法国文学翻译的译者出身的研究者，研究多为感喟和体悟性质，理论梳理不够顺畅；仍没有跳出推介性质的研究，因为，此时加缪的著作对于国内读者甚至学者来说仍比较陌生；学术文章大多针对某一具体作品作文本解读，而且关注点主要是分析人物形象、表现形式等文学特质，这一阶段对于加缪及其思想的认识水平仍比较低，加缪常常是作为其他作家、作品的比较对象而出现的。

20世纪90年代中后期以来，国内对加缪的研究深度和广度有了大幅拓展。加缪的思想、理论、哲学等都被纳入研究视野。研究加缪的文章和著作数量呈逐年上升的趋势。国外学者们对于加缪的研究也被翻译过来，对加缪的解读有了更为周详的背景资料。这部分研究资料多以传记评述的形式出现，在对加缪做生平简介的同时梳理其思想脉络和价值取向。如罗歇·格勒尼埃的《阳光与阴影——阿尔贝·加缪传》、埃尔贝·R.洛特曼的《加缪传》、理查德·坎伯的《加缪》等，这些书既介绍了加缪生平和作品，又对各个作品之间的关系及作品呈现的意义做了分析，更重要的是，对加缪的思想发展和理论脉络做了梳理和解析，对于加缪的解读有了更进一步的突破。2010年黄晞耘将著名传记家奥利维耶·托德的《加缪传》翻译成中文，并由商务印书馆出版，这本传记采用了大量翔实的第一手资料，而且对加缪的思想性和艺术性做了解读，是加缪研究领域的一项重要成果。

1959年12月20日，在加缪接受的最后一次采访中，记者问他："您认为法国的评论家忽视了您的作品中的什么东西？"加缪回答："隐晦的那部分，就是我身上存在的盲目和本能的那部分。"[①] 近60年过去了，加缪研究在持续升温的过程中，这部分"盲目和本能"的东西似乎并没有被完全挖掘，加缪仍在自己的世界中苦苦等待更进一步的理解和领会。

自20世纪80年代之后，加缪及其作品的研究便进入了一个繁荣阶段，梳理从1980年至2015年8月国内对加缪及其作品的研究，中国期刊网上统计数据表明：输入中文检索词"加缪"，共检索出14442个结果，这个看似巨大的数字对比起同时代的萨特90864个搜索结果的数字实在可谓"九牛一毛"。其中包括期刊论文7689篇，博硕士学位论文3010篇，会议论文135篇，报纸748篇，外文文献385篇，其他若干篇。对这万余篇论文大致进行归类，主要有以下四种类型：

---

① 张容：《形而上的反抗——加缪思想研究》，社会科学文献出版社1998年版，第311页。

（1）关于加缪的诗学理论和美学观念的研究。如《反抗的诗学——以加缪为中心的考察》《"生之绝望"与"生之热爱"——论阿尔贝·加缪的美学思想》《论加缪文本中的哲理意象》以及《论加缪的悲剧美学》等文。

（2）关于加缪的荒诞哲学和反抗理论的研究。如《浅析加缪反抗思想的蜕变》《"我反抗，故我在"——作为反抗者的阿尔贝·加缪》《西西弗斯的精神：加缪对荒诞哲学的体验》以及《荒谬与反抗——读加缪的〈西西弗的神话〉》等文。

（3）关于加缪与他人主要是萨特的比较研究。如《萨特与加缪哲学观比较》《从〈恶心〉和〈局外人〉看萨特和加缪关于"荒谬"观念的异同》《论鲁迅与加缪的反抗生命哲学》以及《论加缪和福柯关于"主体"概念的异同》等文。

（4）关于加缪文本的具体解读。如《存在主义文学的荒诞意识——解读加缪的〈局外人〉》《向命运抗争的悲剧——解读加缪的〈局外人〉》《加缪的〈堕落〉中的罪与忏悔主题》以及《荒诞中的欧洲良心——加缪与〈鼠疫〉》。

综观上述对加缪及其作品的研究情况，它们都从不同角度解读和研究了加缪及其作品，扩大了加缪在中国文学、诗学、美学、哲学等领域的影响力，并且研究方式都较为多元，对进一步理解加缪及其作品发挥了重要的作用，但是，相比起其他的作家、思想家，加缪在人类文化和社会史上所做的贡献和实际的地位，以及他对当今社会发展的当代意义，与研究他的论文的深度、广度不成比例，系统全面把握加缪及其精神实质的文章和专著较少，仍有可以研究的空间，从研究的角度来说，加缪是一个被忽视了的珍宝。

在中国加缪研究领域中，将加缪的名字与神话联系起来，并非前所未有。事实上，由于加缪的《西西弗神话》一书，在搜索"加缪"与"神话"时，总是有收获的，但将这两者之间的关系有意识的阐发和引申，并无深入阐述的文章。在郭宏安先生的《从蒙田到加缪：重建法国文学的阅读空间》一书中，关于加缪的篇章多与神话相涉，郭宏安先生还特别提道："加缪的名字是与几位神话人物和文学人物的名字联系在一起的，他们是西绪福斯、普罗米修斯、涅墨西斯和堂·吉诃德。"[①]（《加缪：阳光与阴影的交织》）但即便是此书，关于加缪与神话的关系也是感悟多于分析，更遑论对于神话意识的提出及梳理了。

---

① 郭宏安：《从蒙田到加缪：重建法国文学的阅读空间》，生活·读书·新知三联书店2007年版，第203页。

三、研究目的、方法及研究思路

　　本研究试图避免单纯从加缪研究中上述几个常见的角度——如文本分析、哲学理论、平行比较等——之一来展开讨论，而以"神话意识"这一为大众忽视的问题为切入点，对加缪其人及其主要代表作品进行全面分析，梳理出贯穿加缪及其作品中的神话意识特征，从而领会加缪思想的发生发展脉络和最终的落脚点。由此，开展对加缪神话意识的研究对于加缪研究的探索有其理论和现实意义，选择本研究旨在解决以下三个方面的问题：

　　（1）明确原型批评在现代性视域下的价值定位。加缪作品中明显频繁的神话符号印证了原型批评和发生认识论的构成特性和运演机制，因此，展开对加缪神话意识的研究，旨在进一步思考"原型批评"和"发生认识论"之向度。

　　（2）厘清加缪神话创造的价值辐射。加缪的神话意识不仅印证原型批评的初始样态，同时，其又创造了新的神话形态，对于过去和当下，加缪的神话意识以及由此形成的加缪的神话精神对现实具有价值立意。因此，研究加缪的神话意识旨在分析其蕴含的"继承发扬"和"利在千秋"之向度。

　　（3）考虑加缪的神话意识的文学、哲学以及美学研究的可能性。加缪对于神话的意象本体性的构建，以及其在小说、戏剧、政论等文体中的运用在一定程度上开启了文学、哲学以及美学的学科边界的思考，因此，研究加缪的神话意识旨在以人文学的研究方法探寻文学、哲学、美学的他者维度。

　　基于上面加缪的神话意识的选题来源，研究加缪的神话意识力图在理论和实践意义上有所尝试性的突破，具体主要表现在以下几个方面：

　　（1）通过加缪的神话意识研究，在一定程度上开启国内加缪研究的新方向，力争立足学术前沿；对加缪做除生平、文本分析、哲学理论等范畴之外的如人类文化学与社会学等新的领域的研究。

　　（2）通过对加缪的神话意识研究，对加缪思想及作品中的文学意象做一梳理。通过文学意象这一艺术化的心理结构形式，了解在加缪的意识活动（包括意识与潜意识）中，对曾经体验过的情感生活的回味和对某种未实现的理想的憧憬与向往。

（3）通过神话发生发展脉络的勾勒，在一定范围内对神话的影响和重塑过程做一梳理。

（4）从一定意义上说，任何文学几乎都来源于神话。体现在加缪作品中的神话思维模式直接影响他的创作思路和思想内涵。从他创作的现代神话及其中体现的神话意象中，从人类心理世界的探寻，以及社会发展变迁的演进开始，进步上升到对人类本性的一般发展规律的把握，其预见性与前瞻性令后人信服。通过加缪这一研究角度，揭示具有理论高度的文学范式体现出的具有规律意义的象征及其含义。

本研究部分章节将使用文献综述法，如有关神话思维的研究综述，需要总结各种神话研究学派，特别要总结可以更贴近本研究思路的研究成果，为下面的研究做出理论铺垫。在对相关的文献资料进行尽可能完备的搜集基础上，分析比较，力求较为全面和系统地梳理某些理论和史实的发展脉络；并用概念分析方法，从概念发生发展的层面上对加缪的神话意识予以阐发和解读，进而探索性地探讨加缪神话意识形成发展的走向。概念分析法还被应用于具体作品中的概念分析。同时，采用文本细读法，将每一部文学作品放在独立与整体的关系中进行分析。由于地中海精神、阿尔及利亚的生活、个性特点、生活经历等在加缪精神形成过程中的特殊地位，为了准确把握加缪的独特意识的形成，本研究还将传记内容用作印证，以便更加具体地研究加缪的生活背景、社会环境、情感世界对他思考和创作的影响，这种方法可以更好地将作家个体与他者做好区分，更为清晰地体现作家的独特性和历史性。

如前所述，当前系统地对加缪神话意识的形成发展脉络的研究尚属空白。本研究试图尝试理论的创新，在对"神话"的过去、现在做较为系统的梳理后，揭示神话意识及神话意象对于加缪精神形成的意义，以及神话及神话的现代创作之于当下的价值。

本研究试图通过论述神话的影响机制，运用神话影响理论研究，填补当前对加缪神话意识及其意义研究的空白。当然，限于本人的学识及能力，本研究的不足也是显而易见的，作为一种理论探索，仅从发生发展的层面论述加缪的神话意识的"前因"，从神话影响角度阐释神话的"后果"，至于如何完成神话的传承和发扬的操作细节则没有进行细致的探讨。

神话—原型批评理论作为一种研究方法，在阐释神话的传承过程中为本研究所运用。古代神话属性本已随着人类社会历史和文化的发展发生了巨大的改变，但改变的只是形式和结构，神话元素和神话意象作为重要的神话符号，依然以稳固的传承形式体现在神话文本之中。神话的改头换面只是发生在形式层面，人类基本的思维本质和意识结构仍在发挥着基础的作用。神话及其创作是一个伴随人类文化历史发展的稳定而持久的形式。诺斯罗普·弗莱的神话—原型批评（简称"原型批评"）不仅有助于对加缪神话意识的总体特征的整体把握，还能还原作品中的神话元素，进而理解作品的深层结构和语义。

　　本研究第一部分为绪论，对于"神话意识"这一概念首先进行了前史梳理，并在内涵和与本研究契合度上做了界定。本研究所界定的神话意识，是人类神话生理、心理、思理的综合现象，是神话思维在人类知、情、意方面的集中体现。神话思维是人类的一种基本思维方式，并不存在古今之别，也不存在落后和先进的分别。用这种人类智慧之光去反观当代作家作品中所呈现出的神话思维模式，梳理他的神话意识，是可行并有积极的现实意义的。第二部分概述神话概念、神话研究史、现代神话的发展，梳理神话的过去和未来。古希腊神话和中国神话的不同命运造就了两种不同的审美品格、民族文化和民族心理，使得神话在这两个民族的继承和接受产生了不同的轨迹。第三部分梳理加缪的文化谱系和思想来源。从地中海精神和古希腊文化、阿尔及利亚、个人政治及情感经历、文化接受等角度入手分析加缪神话意识形成的背景。第四、第五部分进行文本分析，选取《鼠疫》《西西弗神话》《反抗者》《误会》《局外人》《卡利古拉》几个文本对加缪的神话意识表现做例证。第六部分对于神话的弥缝功能做示例证明。将鲁迅与加缪的对比，将这两位文坛巨匠对于神话的接受及发展过程做详尽阐述，对神话运用过程中对人类精神价值与社会文明之间的弥缝功能做列举。第七部分阐释了加缪神话精神的当代意义，即其弥缝功能，这部分也是本研究所有思路和观点的体现与提升。第八部分是结语。加缪属于本真意义上的"神话人"，追寻加缪的神话精神的当代意义，旨在掌握蕴含文化传承的密钥，以打开未来文化与文明的大门。概括来说，加缪神话意识衍生凝结而成的神话精神有积极的现实情怀，对当代社会的价值体系构建、人文思想建设、精神生态构建、人伦关系重塑等方面都有积极的当代意义。

第一章 神话的过去与未来

朋友们，我知道真理就在神话中，我将为你宣示，但对于人类，这非同寻常，初生的信念激荡在其心中。

——恩培多克勒（Empedocles）

神话之于人类特别是文学艺术有着重要的意义，原因在于神话为解读文化和内心创造了基础，并成为取之不尽的宝藏输送养分。而自有神话批评以来，所有的研究都希望厘清神话在人类认知和情感中的神秘联系。"神话批评所要研究的正是文学艺术与人性中'某种非常深沉的情感'的关系。神话批评家旨在挖掘那些使某些文学作品充满活力并以近乎神奇的力量诱使人类对此做出戏剧性反应的神秘因素。"① 概括来说，神话为文学所用的方式主要有三种：一是作家直接引用神话中的形象和典故；二是提炼投射于作品之中的神话含义；三是神话成为一种意象，内化为作家的思维范式。在加缪的作品中，频繁使用神话中的元素。比如神话人物，西西弗斯、普罗米修斯、涅墨西斯；比如神话类型，洪水神话、英雄神话；比如神话的情节设置，命运悲剧、伦理悲剧。神话中的结构和母题对后世的文学作品的影响是辅证加缪对神话精神的继承的重要依据。而加缪对于爱与自由、节制与平衡、适度与均衡的追求与执着，也闪现神话精神的光辉。可以说，加缪的神话意识是主导其人生和创作的风帆。加缪的传记作者罗歇·格勒尼埃评价他是"创造神话的艺术家"。而加缪本人对于神话也倾注了极大的热忱，赋予其极高的意义：

各种神话，其本身并不能赋予自己以生命，它们要等待，等待着我们赋予它们生命力。世界上只要有一个人响应它们的召唤，它们便会把它们整个元气奉献给我们。我们应该保护这种元气，以便使其在沉睡状态中不致消亡，使复活成为可能。我有时也怀疑它是否能拯救当今之人类，但拯救这些人类的孩子们，使其不至于在肉体和灵魂上堕落，也还是可能的。②

神话是人类史前时期最早的文化载体和艺术形式。"神话"在英语中是Myth，德语里是Mythos，法语里则是Mythe。这些语言中的"神话"，都起源于古希腊语的Mythos。这个词的意思是"故事"。这个言有尽的词汇被后世从文学、哲学、人类学、社会学、民俗学、心理学、历史学等角度诠释出意无穷的含义。不同的神话学说流派从故事发生时间、故事主体、故事类型等方面对

---

① [美] 威尔弗雷德·L. 古尔灵、厄尔·雷伯尔、李·莫根、约翰·R. 威灵厄姆：《文学批评方法手册》，姚锦清、黄虹炜、叶宪、邹溱译，春风文艺出版社1988年版，第213页。
② [法] 阿尔贝·加缪：《夏·地狱中的普罗米修斯》，《加缪全集·散文卷Ⅱ》，王殿忠译，上海译文出版社2010年版，第247页。

神话做出了诸多设定。随着神话研究的深入,"神话"的含义已经远远超溢其语源意义。

一、神话的概念界定及研究

神话的概念界定首先是个颇具争论性的话题。要明确神话的定义,不是一件容易的事。日本著名的神话学者大林太良在他的神话学著作《神话学入门》中说:"我们可以毫不夸张地说,有多少学者研究这个问题就有多少个关于神话的定义。"①

难以言说之果既有博大精深之由,也有众说纷纭之因。一部分学者们以严格的神话学概念界定过的神话,是指叙述人类原始时期,也就是人类演化的初期所发生的单一事件或故事;而且,承传者对这些事件、故事必须信以为真,而这部分学者就是根据这个定义以区别神话与传说、神话与民间故事之间的不同。

换言之,神话学界认同的真正意义上的神话必须同时具备以下几个条件。

第一,它必须是人类演化初期的故事。催生这一神话定义的最主要理论流派是盛行于19世纪的人类文化学进化派,这一学派将人类文化史等同于人类生物史,认为它们都遵循进化论。根据这一理论出发点,神话被看作原始初民初级思维的产物。中国神话学最初的主导思想也是派生于此。茅盾先生的《中国神话研究ABC》深受此理论的影响。袁珂先生的《中国神话学史》为了能将神话的外延扩大,不仅仅囿于进化论指导下的神话概念,煞费苦心地衍生广义神话和狭义神话做相应的界定。民俗学家多接纳此定义,作为真正意义上的神话的严格界定。马克思在其《〈政治经济学批判〉导言》中指出:"任何神话都是用想象和借助想象以征服自然力,支配自然力,把自然力加以形象化,因而,随着这些自然力之实际上被支配,神话也就消失了。"马克思此段话不是专门给神话下定义的,而是在论证艺术生产和物质生产的不平衡关系时,以神话为例来阐明问题的。尽管如此,这段论述,多次被引用论证神话的本质、特点以及神话的范围。根据这个定义,如果将《西游记》等后世创作

---

① [日]大林太良:《神话学入门》,林相泰、贾福水译,中国民间文艺出版社1988年版,第31页。

视为学术意义上的神话，是不够严谨的。因为这些顶多只是"仙话""传奇"，算不上是"神话"。事实上若从词源角度来看这样的讯息，应该用"legend"（传说）来表达，而不能用"myth"（神话）来定义。即使是大禹治水、三过家门而不入这样远古时期的故事，因为据做史实，也只能算是说明伟人事迹的"传说"，不能视为"神话"。

第二，神话具备神圣性。在初民那里，神话不是随便可以讲述的。美国民俗学家和人类学家阿兰·邓迪斯认为："神话是关于世界和人怎样产生并成为今天这个样子的神圣的叙事性解释……其中决定性的形容词'神圣的'把神话与其他叙事性形式，如民间故事这一通常是世俗的和虚构的形式区别开来。……神话也不是非真实陈述，因为神话可以构成真实的最高形式，虽然是伪装在隐喻之中。"① 在原始人看来神话是神圣的，是献于神的，因而神话是真实的表现。述说神话的承传者一定得对所述说的内容信以为真。依照这个定义来看，许多现代人所谓的神话，根本算不上是神话，那些故事是在叙述一些根本没有信众的神明，严格来说，这样的故事不该被称为是神话。比如现在的一些新闻或者通俗文学经常使用"神话"这个概念，比如《〈与神话较量的人〉一对一采访形式的运用》《朱婷异国送新年祝福 9 图见证其 2016 王之神话》《中超不断造神话 梅罗都眼红特维斯年薪》等。这里的"神话"更多的是一种神奇之意，无崇高之感。更无与"神圣"关联的语义。

第三，从狭义神话学家和宗教研究学者的角度来看，神话的主题是神的故事。这一神话要素一定程度上把神话当作了一种叙述载体，其主角必须是神或者拥有神力的人。神话从其词源本意来看是故事已毋庸置疑，毕竟从其产生论争的就在于其主角的设定。如果仅仅是神或者拥有神力的人才能做主角，那这类研究的视角将大大受限。而对于本研究来说，界定其概念本非本意，更重要的是发现神话意识在人类意识形态中的轨迹。

20 世纪 80 年代初期，袁珂在中国神话研究界提出了广义神话概念，这一概念的提出也是袁珂先生对于神话界限的思考转变。为了跳脱神话进化论中关于严格意义上的神话的界定，他划定了广义神话的范围，所谓广义神话，打破时空界限，使新神话的产生常态化。他把所有的幻想性较强的故事都包括在神话之中，他所说的广义神话，还包括现代产生的新神话。②"广义神话论"的提出，对神话研究的范围做了大幅拓展，引起了强烈的反响，褒贬不一，各执

---

① 罗伯特·西格尔：《约坎贝尔的神话理论》，见［美］阿兰·邓迪斯编《西方神话学论文选》，朝戈金等译，上海文艺出版社 1994 年版，第 83 页。
② 潜明兹：《中国神话学》，上海人民出版社 2008 年版，第 191–192 页。

一词。这一理论从其提出之处就引发激烈的讨论,直到今天这场讨论仍在继续,没有最终的一致说法。随着神话研究领域的拓宽,神话的概念界定越宽泛,研究的范围越自由,可以论述的领域越广博,故而这种观点接受者日众,运用这一理论发掘和研究原始社会之后出现的神话的论著与日俱增。事实上,这种广义神话的概念在西方早有人提出过,他们将神话定义为"是使个人符合于群体的寓言式教诲的宝藏,是一个群体梦想,表现出人的心灵深处原型冲动,是人的最深刻的、形而上学的洞察力的传统载体,是上帝对其子民的启示。所有这些都是神话"①。广义神话理论无限地拓展了神话的内涵和研究范围,为神话划定了一个近乎无垠的意义空间,也为后世文学文化文本的研究提供了可供解读的另一种可能。如今,之所以能用神话意识来关照加缪的思维轨迹,也使建立在对于神话这个概念宽泛的界定之上,否则只是"史前""笃信"等严格的神话要素,就足以禁锢将神话意识与加缪相关联的一切可能。

人类由于与生俱来的好古之癖和历史情结,常将记忆作为建构自我意识的重要基础。而这种所谓记忆并不完全是客观事物的如实反映,而是经过主体在意识中选择、过滤、阐释以及想象的结果。作为集体记忆的一种重要的表现形式,神话也不能逃脱这样的窠臼。但正因此,人们可以通过神话反观后现代知识背景下历史、文学、哲学的融会贯通与相互建构。如果执着于严格的神话学意义上的神话,即狭义的神话,加缪的作品及至很多的相关的研究是无法进一步用神话的视角来解读的。但本研究的主要用意本不在研究神话,而在用神话研究的视角来研究后世作品,那么,概念的界定是需相应变化的。本研究无意厘定神话定义界定过程中各种观点的正确与合理,亦无意或无力对神话概念提出全新界定,只是试图通过对已有神话观点的梳理,确定适用于本研究的神话概念的研究范围和意义外延。在本研究这里,神话不是语义意义上的神话故事,而是一种理想,一种信念,一种思维方式,一种文学样式。

说到神话研究,确实是由来已久、蔚为大观。在西方,神话研究滥觞于古希腊时代。在这个时代,以公元 5 世纪左右的哲学家克塞诺芬尼(Xenophanes)为代表的隐喻派把神话视为比喻的产物。在他们看来,荷马史诗所描述的战争并非历史真实,而是借以描写人性的博弈。某一神明就象征人类某种情绪或精神,如阿佛洛狄忒(Aphrodite)象征着爱、自由,爱神厄罗斯(Eros)代表情欲,战神阿瑞斯(Ares)代表愤怒或缺乏理智,雅典娜(Athena)象征智慧与正义战争等;除了这种非现实主义的解释之外,由公元前 3—4 世

---

① 罗伯特·西格尔:《约坎贝尔的神话理论》,见 [美] 阿兰·邓迪斯《西方神话学论文选》,朝戈金等译,上海文艺出版社 1994 年版,第 86 页。

纪的哲学家欧赫美尔（Euemero）在《神圣史》中提出"神话即是历史"的理论，认为神话中的英雄和神祇，是将历史上真实存在的帝王、部落首领或英雄人物的神圣化。

古希腊时代的神话研究还有一个研究重点在于对神话真实性的探讨，纠结于对神话的本质的合理解释。同时，因为神话中蕴含的情感色彩和无拘的表现形式，主张理性的希腊哲学家对神话本能地持有一种贬斥态度，这种态度在相当长的时间里影响后世研究者对神话的价值判断。从中世纪开始，由于基督教神学至高无上的地位和辐射力，许多宗教神学家把希腊神话当成《圣经》的蓝本加以研究。神话被置于哲学的对立面，神话研究被长时间搁置。

18世纪的神话研究将中心转移至关注神话叙述形式本身，以及宗教与神话的关系上，其研究领域大幅拓宽。维柯在《新科学》中提出"人对辽远的未知的事物，都根据已熟悉的近在手边的事物去进行判断"①。人类的想象能力在神话形成过程中享有绝对地位，这一认识为后世神话研究的主体性方向奠定了重要基础。《新科学》的更大的贡献在于从哲思层面打破神话与历史是否真实的界限，消除二者的绝对对立。事实上，这两者之间分属不同的学科，有不同的推演逻辑，并非非此即彼的推证关系。证明神话的真实性并不能对神话的性质有根本性的改变。维柯发现神话与历史二者的相互支撑与印证。《新科学》更以此为基础构建起一套完整的神话哲学体系，"他的新科学思想的核心内容就是神话哲学，他是把神话哲学始终作为其历史哲学的一个重要组成部分和关键环节来加以论述的"②。《新科学》为后世神话学研究提供了社会研究方向，具有非同寻常的借鉴意义。欧洲近代神话学是依托《新科学》的研究成果建立起来的。

19世纪的神话学特征是研究方案愈发细化和具体。对神话研究做出特别贡献的有泰勒（Edward Burnett Tylor，1832—1917）和弗雷泽（J. G. Frazer，1854—1941）。泰勒在其神话学巨作《原始文化》（1891）中提出了著名的"万物有灵论"（animism）。在泰勒看来，早期人类将动物和植物身上也附着了灵魂等主体意识，是因为它们也表现出了与人类形式相近的生死病死等生物本能。另一位人类学的倡导者是弗雷泽。他的神话学著作《金枝》（1890）直至今日仍旧是享誉四海的经典。在这部书中，费雷泽提出了仪式这个重要的概念。他认为原始初民的仪式活动，诸如巫术、祭祀等，被原生地赋予了神秘力

---

① ［意］维柯：《新科学》，朱光潜译，人民文学出版社1986年版，第83页。
② 高乐田：《神之光与神话之镜——卡西尔神话哲学的一个价值论视角》，中国社会科学出版社2004年版，第20页。

量。这一能力可以用以控制自然界中具备自主意识的事物。在生产力低下的时代，原始初民们农业收成包括对庄稼和牲畜的产量报以莫大的心理期望，试图用意识领域内的神秘力量控制产量，于是生发了仪式和神话，在心理上给予自己安慰。仪式和神话因为强大的心理代偿机制，确实对于外界控制力不强的先民们以莫大的安慰，得以传承到宗教时代甚至科学时代。仪式作为一种心理轨迹，对于神话研究有着非比寻常的意义。

20世纪是意识形态多元化的时代，神话研究更加缤纷，象征论、结构主义等理论学派从不同的研究视角对神话进行探讨。这一时期心理学的兴起将神话研究引入人类的心理世界，以弗洛伊德的无意识理论作为研究的发端，到荣格的原型理论时已发展成体系，通过后续神话学者的深入探索，最终形成以荣格的原型理论为主导的心理学派神话研究，为神话研究开辟一个新的视野，其影响涉及文艺批评、人类学等诸多领域。"20世纪是神话复兴的世纪"[1]，人类对于神话与日俱增的兴趣促使神话研究更加深入而持久，在神话复兴的背景下，一种新的批评方法走入人们的视野。这便是赫赫有名的"神话—原型批评"。这种批评方法因其发展的速度飞快，旗下知名者众，且理论系统发达而独成一派。这一体系至少受益于"以弗雷泽（J. G. Frazer）为代表的文化人类学、以荣格为代表的分析心理学和以卡西尔为代表的象征哲学"[2]。弗雷泽关注祭祀巫术、仪式等形式背后蕴含的神话逻辑，荣格则从"集体无意识"的层面分析其中的神话原型。卡西尔则将人类活动的本质意义归纳为符号或者说象征，赋予神话更为鲜明的认识论特征。凡此种种，在理论支持和学术参考意义上支撑了弗莱"神话原型"理论的构建。

"原型"（archetype）这个对于现代神话学研究意义非常的术语，频繁出现于荣格和弗莱的著作中，两位学者对这个术语进行了大量的推演和论述，但二者分析的进路与维度迥异。对这个差异弗莱和荣格都有着清楚的认知并做了明确的区分：荣格说："我借用圣奥古斯丁的一个表达法，称这些集体模式为原型。原型的意思是印记，即在形式和内容上包含神话主题的明确的原始特征的集合。"[3] 荣格将"原型"（archetype）或"原始意象"（primordial-image）确定为集体无意识的主要内容。所谓"原型"意指人们对世界客观存在的先验式反应。"它是一种从内部迷惑人们的魔力，是一种被激活的集体潜意识。

---

[1] 叶舒宪：《导读：神话—原型批评的理论与实践》，见叶舒宪编选《神话—原型批评》，陕西师范大学出版总社有限公司2011年版，第1页。

[2] 叶舒宪：《导读：神话—原型批评的理论与实践》，见叶舒宪编选《神话—原型批评》，陕西师范大学出版总社有限公司2011年版，第3页。

[3] ［瑞士］卡尔·荣格：《象征生活》，储昭华、王世鹏译，国际文化出版公司2011年版，第33页。

它是一种为人生所普遍共有的原型。"① 弗莱认为他与荣格关于这个问题的看法有不同的侧重点："荣格作为一位心理学家，关注的是实际存在的原型而不是文学想象中的原型，即是指在个性化的过程中反复出现的特征和意象。"② 弗莱用文学手法从文学的角度入手对原型一词进行了厘定。他认为原型是"一个象征，通常是一个意象，它常常在文学中出现，并可被辨认出作为一个人的整个文学经验的一个组成部分"③。他明确地定义了原型："象征是可以交流的单位，我给它取名为'原型'（archetype），也即是一种典型的或反复出现的形象。我所说的原型，是指将一首诗与另一首诗联系起来的象征，可用以把我们的文学经验统一并整合起来。"④ 弗莱认为，文学原型是在文学发展中，以人物、意象、类型、母题、元素等多种样态出现的，具有相对稳定的延续性。不因作品的时代、体裁、内容的不同而变化，反复呈现出象征或象征群的固定模式，将文学传统的力量以最稳定的形式加以传递。文学原型的接受和运用，是在稳定而有连续性的文化环境内，人们经验式的、约定俗成的形态。神话就是典型的象征意象，其传递的原型是一种世代相传的心理表象。每一个原始意象都汇聚着某种人类原始心理因素，凝结着人类童年时期的深层记忆，渗透着远古祖先的情感。几乎每一个后世艺术家在创作时都会自觉或不自觉地用到象征意象，艺术创作的不竭源泉取自这里。作家可以借助一定的象征意象，向读者更清晰地展现自己的思想，因为受众也是具备同样象征意象的。弗莱的文学原型概念与弗雷泽、荣格等人的人类学或心理学意义上的原型已有了很大的区别：文学原型是完成了文学移位的原型模式。通过从文学理解或文学移位层面对原型的解读，弗莱以其独树一帜的文学史观念构建了神话—原型批评的理论基础。

之所以对神话研究做了如此冗长的梳理，是基于将神话作为人类的一种理解和认知世界的方式的可行性考量基础之上。前人对于神话的研究，都逐步揭示这样的事实：如果立足于更为宽泛的神话概念之上，神话作为人类的一种思维方式的本质意义逐渐凸显。从将神话作为静态的现象进行孤立的分析，到提炼神话作为人类本质意义的思考模式，各时代、各流派的神话研究对于揭示神

---

① ［瑞士］卡尔·荣格：《象征生活》，储昭华、王世鹏译，国际文化出版公司2011年版，第129页。
② ［加］诺思洛普·弗莱：《诺思洛普·弗莱文论选集》，吴持哲编，中国社会科学出版社1997年版，第167页。
③ ［加］诺思洛普·弗莱：《批评的解剖》陈慧、袁宪军、吴伟仁译，百花文艺出版社2006年版，第365页。
④ ［加］诺思洛普·弗莱：《批评的解剖》，陈慧、袁宪军、吴伟仁译，百花文艺出版社2006年版，第142页。

话的内核提供了多角度的思考方式。这也为将个体作家的神话意识作为切入点，以点带面地理解神话思维作为一种精神产品和动态演变，对于人类精神的意义和价值。在所提及的神话研究中，神话—原型批评理论对于本研究中加缪神话意识的形成和发展有着至关重要的立论基础。正是在神话、原型的概念基础之上，才可以更好地理解神话意识的形成发展的心理、文化、文学规则和定律。神话意象正是作为一种稳固的原型模式，才进入作家的思维结构中，形成作家对于其创作思考的基本范式。

神话思维的形成，是建立在神话的传播和解读基础之上的。在中国，希腊神话史的研究与神话学的研究是同时发轫于"五四"之后的。对希腊神话和神话学的研究并不是独立开始的，而是在研究中国神话时用以作为参照对象的。鲁迅、茅盾等民国学者都曾经对希腊神话的历史渊源和故事梗概做过介绍。在中国的古希腊神话传播史上，罗念生做出了卓越贡献，他曾留学希腊，对希腊古典文学特别是希腊神话、悲剧、史诗心怀热爱，翻译大量古希腊文学作品，并对希腊神话撰写了有相当见地的研究论文，对希腊文化的中国传播做出卓绝贡献。当前国内涌现大批从价值观层面关照希腊神话的研究，也有从思想起源、民族精神等维度切入的研究，以及对"伦理缺位""生殖崇拜"等文化现象表现兴趣的研究，或对希腊神话中的若干母题和审美观念进行深入研究。这些神话研究专著所用的批评方法和学术理念都贴近世界范围内的神话研究前沿，是中国神话研究缺课状态下的弥补。异质文化的精细化传播和解读，有助于对于不同文化的接收，并可反观本国文化，在人类基础文化的平台上理解人性的本质和意义。

古希腊神话在世界范围内的传播和推广，使它与其他各民族神话一起，以越来越重要的文化符号身份参与到文化心理的重新构建过程中来。而它的影响日重，也在一定程度上反映出古典文化中传统而永恒的机制对于现代人伦理、心理、文化重塑的意义和价值。

二、神话的延续

神话思维和神话在人类精神世界中以其稳定和强大的存在模式，持续发挥着潜在但不容小觑的影响力，在社会发展和历史进程中彰显文化传承的密码范式。英国女作家凯伦·阿姆斯特朗在《神话简史》中用感性的笔触写道:"我们需要神话——它所蕴含的包容性能让我们接纳所有的同类,而不是用种族、国家和意识形态来分门别类。我们需要神话——它令我们富有同情心……我们需要神话——它帮助我们创造新的精神维度,让我们的目光超越急功近利的短视,克服妄自尊大的自私自利,去体验一种新的超验价值。我们需要神话——让我们再度敬畏大地的神性,而不仅是把它当作一种可以被使用、持存的'资源'。这一点生死攸关,除非我们能发动一场可以比肩科技进步的精神革命,否则我们最终会毁灭这颗万物生长的星球。"[①] 在阿姆斯特朗看来,神话不是作为一种工具,而是作为一种信仰,得以并且必须延续下来的。神话对于人类的意义虽然有不同的切入点和支持论据,但毋庸置疑的是,人们越来越意识到神话在人类精神世界的作用。在阐明意义后,更为重要的是,以何种方式使得神话得以延续以及这种延续的意义。用结构主义理论来解释,无论什么时候神话的基本元素和基本结构是都是稳固和确定的。一则神话在不同地域和民族,有不同的讲述形式,但其框架和元素是不变的。神话的类型划分得以实现,符号意义由此可以确定。列维-斯特劳斯曾说:"我们知道,神话本身是变化的。这些变化——同一个神话从一种变体到另一种变体,从一个神话到另一个神话,相同的或不同的神话从一个社会到另一个社会——有时影响构架,有时影响代码,有时则与神话的寓意有关,但它本身并未消亡。"[②]由赫尔德开启的"新神话思潮"开启了对神话高度陈意的历程,他们认为神话是一个民族文化的血脉延续,同时又是对现代文明的反思。"在弗兰克看来,洋溢在以弗·施莱格尔、诺瓦利斯、荷尔德林和谢林为主要代表的年轻一代有关'神话故事''神话'的热烈探讨中的'新神话'思潮是对赫尔德这一观念的继承,取意于对美好社会的向往,走出过于看重理性的现代社会愈陷愈深的'意义危机'。恰由于'新神话'思潮出自对意义危机的回应,已深陷意义危机的我们便有必要回味它。"[③] 神话以其相对稳定的故事结构和符号元素的形式出现在加缪的各类作品中,同时,更为强大的神话意象则在加缪的意识中发挥了重要的作用,使他的作品、人生、思考都呈现出一种神话的审美观照。加缪的神话意识就是这些神话结构、符号、元素、意象在加缪这个个体之上的综合体现。

---

① [英]凯伦·阿姆斯特朗:《神话简史》,胡亚豳译,重庆出版社2005年版,第148页。
② [法]克劳德·列维-斯特劳斯:《结构人类学》,陆晓禾等译,文化艺术出版社1989年版,第259页。
③ 杨俊杰:《艺术的危机与神话:谢林艺术哲学探微》,北京大学出版社2011年版,第29页。

德国哲学家汉斯·布鲁门伯格曾对神话的发生和延续有过如下的思考:"将神话等同于'它特有的'原始时代,就把理论的重心置放在神话起源的问题上,但对我们而言,神话的起源杳渺无稽,因而只能交给思辨去对付了。只要我们顾及在一定程度上并非古老原始的神话史,我们就可以想办法解答自然而然地提出的问题:对这种神话观物方式的偏好之终极本质究竟在哪里?为什么它不仅能够同理论的、教义的和神话的方式一比高下,而且还随着它们所唤醒的需要而魅力日增?……神话所依凭的本质称为'意蕴'(Bedeutsamkeit)。"① 无论是称为"意蕴"还是"价值"或者其他的表述,神话得以延续发展的凭据不言而喻。

进入 20 世纪以来,有一股风潮愈演愈烈,时至今日,已成为一股不容小觑的力量,直逼对神话的传统认知。有学者称它为"新神话主义"。从"新神话主义"的角度,几乎所有有文化背景和意蕴的文艺作品都能用神话要素来解读。而"新神话主义创作的流行并不仅仅是文艺现象,其深远的思想背景是 20 世纪以来世界性的文化寻根运动"②。新神话主义创作一般采用对远古神话某一题材"重写"或多种神话元素糅合的"新编"两种方式。《特洛伊》《尤利西斯》《珀涅罗珀》等作品是荷马史诗的"重写"。《变形记》《百年孤独》属于是神话"新编"。在影视作品中,神话的再造工作已形成一种类型。《指环王》《月光宝盒》《哈利·波特》《达·芬奇密码》等取得不俗票房的新神话电影,都是迎合了人们对于神话的热情,融入新的艺术处理方式创造的一批新神话,古老的神话改头换面又重新回到了大众审美视野中。

神话的回归源于对现代文明的反抗。叶舒宪在其所著的《神话意象》中指出:"我们长久以来习惯于把神话看作语言文学的一种形式。其实神话也是人类文化记忆的根本,其文化资源值只是到了反思现代性弊端的后现代思潮的时代才逐渐为人们所认识、所珍惜。"③

科学技术带来丰富的物质文明的同时,人类的精神和情感被忽视和践踏,人们苦于精神家园的遍寻不得。信仰的缺失使人们失去意义和价值感,工具理性引发人们的怀疑。加缪对于神话精神的推崇,是基于对人类非理性存在的生存本质的肯定,是对现代文明所倡导的科学与理性的遮蔽,寄情于传统人文精神的温暖与秩序,以求得在文明荒漠中的精神慰藉与支撑。

---

① [德] 汉斯·布鲁门·伯格:《神话研究(上)》,胡继华译,上海人民出版社 2012 年版,第 74 页。
② 叶舒宪:《新神话主义与文化寻根》,载《人民政协报》2010 年 7 月 12 日,第 C3 版。
③ 叶舒宪:《神话意象》,北京大学出版社 2007 年版,第 81 页。

三、神话的现代含义

"神话"作为人类重要的思维方式与文明抗衡过程中逐渐式微,随着科学理性的发展,神话一词蜕变为神秘符号,不得不修身养性,等待合适的时机重新发掘。马克思在《政治经济学批判·导言》中曾做了如下判断:"任何神话都是用想象和借助想象以征服自然力,支配自然力,把自然力加以形象化;因而,随着这些自然力之实际上被支配,神话也就消失了。"① 由于这样的论断,一时间"神话消亡论"甚嚣尘上。"神话消亡论"认为随着文明的进步,以科技和理性认知世界意味着神话作为一种认知方式和思维模式已经过时了,因为它主要是通过神圣性的重复和展演来思维认知的。虽然科技可以或者人们一度以为他可以支配自然力,但显然,这种自信是盲目。因为科技和理性被逐渐发现不是万能的,它们的肆意发展在对人类物质生活带来巨大改变的同时,消解了价值和信仰,而这些精神是人们在现代文明背景下必须持有的,否则就有可能失去精神家园和终极关怀。于是非理性的代表之一的神话,又被重新发掘出新的意义,焕发出新的生命力。这一现象表明,神话根基从未真正被丢弃过,而是在新的时代元素滋养下催生出新的文化样态。经过现代文化的反思和改造,现代神话与前现代神话相比有了新的意味:"有别于以往对神话故事的追忆和讲述,今天的学者们面对神话的时候更多的是关注其作为文化根脉的结构性作用,并努力理清其在哲学、历史、政治等诸种具体文化形式中所发挥的根本性作用。"②

谈及新神话,必须提及谢林,他对于神话迷醉般的推崇让他对新神话充满期待,"由于古希腊神话无处不同自然相关,而且不失为自然的象征,我们将饶有兴趣地关注:在与古希腊神话完全对立的情况下,其同自然的关系如何呈现于新神话中"③。谢林敏锐地意识到古希腊神话的生态特征,以及由此而呈现的传统美学意义,并希冀在现代文明的背景之下,新神话中表现出的与自然

---

① 《马克思恩格斯选集》第 2 卷,人民出版社 1972 年版,第 113 页。
② 黄悦:《神话叙事与集体记忆:〈淮南子〉的文化阐释》,南方日报出版社 2010 年版,第 3 页。
③ 谢林:《艺术哲学》,中国社会出版社 1997 年版,第 113 页。

的生态关系。

现代神话不是文学创作的一时兴起,而是在非理性主义、直觉主义、相对主义以及泛神论等哲学理论的基础之上衍生的,是在当代世界的不断物化过程中,用以对抗理性、诉诸理想、追寻价值的最适宜的语言。在各背景学科的共同作用下,现代神话被组合成为一门综合的艺术,其中有各个流派的特征片段,也有各种传统的兼容并蓄。这种类似于杂货铺式的文艺特征是迥异于原始神话的单一与直接的。

正如德国哲学家约翰·哥特弗雷德·赫尔德所认为的那样:"古代神话的意义不在于它曾经是一种诗性的解释,而在于真切地言传了生命的震撼力量。"① 古老的神话直至今日仍然具有巨大借鉴性,不止因为其其中蕴含的诗性美感,更重要的是神话传递了人类亘古不变的生命密码。赫尔德认为:"古老神话里的故事不应当只是唤起我们的历史兴致,恰恰相反,借用萨卢斯特(Sallust)的话,那些故事记载了那永远都存在着的、在任何时候都有可能存在着的东西……生命的震撼,神话经验的魅力,绝不仅存于史前时期。任何时候,任何地点,都是可以经验到的。"②

虽然有着如上的种种不同,但远古神话和现代神话,都基于对外部世界和现实生活的反映,这一点毋庸置疑。现代神话所涉及的神话元素与神话结构保持了与古代神话一以贯之的稳定性,但其创作的主题和面临的问题意识都迥异于古代神话。现代神话对主观内心世界的现实表现形式更为多样,独白、想象、回忆、幻觉、意识流等都可以作为其表现形式。现代神话立足展现现实生活对人性的背离,结合文明社会的各种异化和变形现象,用以揭示主观感受背后的世界本质。现代神话不囿于经典文学形式中的历时性和空间感的界限,借此超越特定时间和固定空间范畴,获得更为自由的表现形式和想象余地。在现代神话形式的改头换面的表象之下,其精髓实质还是用以表现人在自然、社会、历史范畴思考和突围这一永恒不变的内容。当然,这一内容由于社会变迁,已有了实质性的改变。无论是现代人还是原始人,对自身生存状态都充满困惑,这成为共同的亟须解决的永恒谜题。现代神话作为一种价值指涉,可以帮助人们领会生活的最高意义,使陷入迷茫的现代人得以在荒诞的环境中找到失落的"精神家园"。由于神话这种对于现实迷茫更为透彻的关照和更为自由的表现形式,现代艺术家对现代神话的创作表现了异乎寻常的参与自觉性。这种创作的热情和创作的趋势促进了远古神话的复兴,使神话的基因编码得以顺

---

① 杨俊杰:《艺术的危机与神话:谢林艺术哲学探微》,北京大学出版社2011年版,第26页。
② 杨俊杰:《艺术的危机与神话:谢林艺术哲学探微》,北京大学出版社2011年版,第26页。

利延续。同时，新的创作元素和创作主体的加入，使得现代神话在保有古代神话遗传特质的同时，呈现出与古代神话不同的美学特征。

德国哲学家布鲁门伯格在他的《神话研究》中，将始源神话称为"基本神话"，而人们后期创作的神话被他称为"艺术神话"。他认为"基本神话不是预先给予的东西，而是在终结之处仍见形迹的东西，是那种能够充满接受过程并满足期待的东西"①。可以说，基本神话中保有了神话的基本要素，后期的创作都脱胎于此。"从人们用艺术的手法模仿神话的性质的努力之中，可以充分地看到基本神话的特征。在这里，也就是说在'艺术神话'当中，发挥作用的可绝对不是纯粹的相像活动，而是基本模式的精心营造。"② 可见，如果没有保有神话的基本要素，仅靠诗意的相像，是无法称为"新神话"的。

任何一个文学流派都是在自己特有的遗传密码的支配力量下得以传承的，不会无缘无故异军突起，现代神话也是如此。作为浪漫主义文学的特质传承，现代神话创作最大程度上地保留了古希腊、罗马以及基督教等完备的神话体系中的经典元素与构件。对中亚神话、东方神话、斯拉夫神话等其他民族和地域神话中散见元素也有参考和借鉴等。现代神话是浪漫主义创作的最新表现平台和完备的资源库，根据作品表现的需要，浪漫主义者结合自己的幻想随意改变神话元素和情节，以满足自己的创作需要。现代神话对古代神话传统的处理上更为贴近其精神实质，对于诸如象征手法、叠加复现等表现方法也多加采用。在表现内容上，现代神话致力于揭示现代人生存境遇和状态，贴近现代人的心理，高度的心理契合使得现代神话逐渐为人们所喜爱和接受。随着对传统神话的文学改造和重新认识，对近现代文学流派的继承与扬弃，现代神话形成了自己逐渐固定的审美风格和表现形式，渐成一种稳定和成熟的文学流派。简而言之，现代神话对远古神话而言，不是摒除和覆盖的替代，而是置换与重构的重生。通过这种，狭义神话学中提到的那种严格意义上的神话形态已经随时代变迁销声匿迹。

在现代神话这个研究领域里，还有一个声音，虽然不是神话学意义上的解读，但却可以提供颇有意味的思考，这便是罗兰·巴特的符号学美学中提及的大众文化。"罗兰·巴特将大众文化称为神话（Math），一是意味着大众文化是一种传说，一种关于人类状况的象征故事；二是指大众文化是一种谎言，一

---

① ［德］汉斯·布鲁门·伯格：《神话研究（上）》，胡继华译，上海人民出版社2012年版，第197页。
② ［德］汉斯·布鲁门·伯格：《神话研究（上）》，胡继华译，上海人民出版社2012年版，第198页。

种欺骗。"① 罗兰·巴特对于神话的这种认知，是对现代社会现状较为深刻的理解。他通过对神话的能指的修辞表现形态的研究，认为神话的含蓄意指具有隐蔽性和欺骗性。作为一种符号或者作为一种承载，大众生活中的事物被赋予超越本身属性的诸多含义。不去讨论符号学意义上的神话，单从罗兰·巴特理解神话的背景意义上说，神话在现代社会的视角和背景下，有了更为宽泛和多维的理解渠道。在这样的社会背景下，历史和价值以更为意想不到的方式参与到文化中来。正如罗兰·巴特所说："活在我们这个矛盾已达极限的时代，何妨任讽刺、挖苦成为真理的代言。"②

社会格局的动荡变迁、价值意义的无迹可寻、情感精神的迷茫困惑……这些都引发现代人类对于自身生存境遇进行反思，现代神话便是进行反思的最灵活和唯美的方式。这些当代问题也是现代艺术家进行创作的直接诱因和动机。现代神话作家的潜意识中已经把神话的含义融入自己的创作思维中，主动使用神话元素和神话思维进行创作，这便是作家的神话意识。加缪是这些现代神话创作者中的一员，他将神话铸造成自我思维模式的基因编码，是对于"神话意象"的反复运用。简言之，神话之于加缪，不是一种写作的模式，而是一种思考的模式。

加缪之所以在众多现代神话创作者中因神话意识被纳入本研究的研究视野，不是因为他对神话意象的接受与运用，而是因为从思想特质、精神状态、挑战意识来看，他都可以称为是"当代的普罗米修斯"。神话本质上是对文明的反对，是对人性的解放，是对自然的呼唤，加缪的精神特质最为接近这一本质的内核。

在现代人被理性规则化过的意识角落中，远古神话的非理性因素以及由此带来的温暖记忆仍占据一席之地。当人的"自我意识"在工业技术的突发猛进和世界物化的狂风暴雨中逐渐迷失的时候，神话以其积淀千年的人文特质充盈着现代人日渐贫瘠的精神世界。遥远的当年，神秘莫测的大自然对原始人来说意味着神奇与陌生的力量，异曲同工的是当下，全面颠覆的社会价值和逐渐被庞杂信息分解的精神世界，对现代人同样是未知的神秘存在。现代神话与远古神话一样是人类观察世界和感知世界的一种独特方式，人们用这种方式探索世界和人类永恒规律，演绎人类心底最隐秘的集体回忆和不可言说的心理秘密。前文阐释了现代神话在产生语境、哲学基础和表现手法等方面与远古神话

---

① 蒋传红：《罗兰·巴特的符号学美学研究》，江苏大学出版社2013年版，第126页。
② 罗兰·巴特：《神话——大众文化诠释·初版序》，许蔷蔷等译，上海人民出版社1999年版，第3页。

的区别和密切联系。加缪的神话意识的产生发展影响的脉络就在现代神话产生发展的大背景下悄然形成。无论是对传统神话的传承，还是对神话再造的尝试，加缪始终保持对神话的强烈的兴趣，这一兴趣也贯穿在了加缪的创作、思维、立场等各方面。对于加缪来说，神话不是或者不仅仅是学术意义上的一个名词，它更应该是一种态度和倾向："……我至今不是人们所说的小说家。我更是一个艺术家，根据我的激情和焦虑创造神话。这也是为什么在这个世界上，让我激动的人总是那些具有这些神话的力量和排他性的人。"①

四、神话在不同国度的影响意义——以古希腊和中国神话为例

中国的神话创作曾同世界其他民族神话一样有过灿烂的阶段，但中国的神话部分被过早地被规则为信史，部分被列为"小说家言"，其神圣性很快消解在过度伦理化的历史发展洪流中。神话的境遇堪怜。在影响层面上更是散落于民间口头传诵和乡野村话之中，在"不语乱力怪神"思想主导之下，神话不曾出现在学术中心位置，更无论文化传承。这使得中国学界长久呈现肃正之沉疴，少思接千载之灵动，乏悲悯回注之思索，即使有如上火花，亦湮灭在正统文学文化的现实性中。这一肃正的风格甚至影响整个民族性格。经历了漫长岁月的思索及文明文化的整合，中国的神话意识才在民间文化中重新萌动并最终得以回归。在中华文化史上，神话是被低估和忽视的艺术形态，这一思维方式的匮乏，一定程度上影响了中华文化的特质风格。当然，神话并未彻底从中华文明中被摒弃，在民间的各种传说、民歌、戏剧、祭祀、社戏等文化形式中，神话默默地延续其生命力。庙堂文学无以为继之时，仍需从民间文化中汲取力量。相传蒲松龄著《聊斋志异》，也要向乡里收集民间故事和乡间野谈。"相传先生居乡里，落拓无偶，性尤怪僻，为村中童子师，食贫自给，不求于人。作此书时，每临晨携一大磁罂，中贮苦茗，具淡巴菰一包，置行人大道旁，下陈芦衬，坐于上，烟茗置身畔。见行道者过，必强执与语，搜奇说异，随人所

---

① ［法］阿尔贝·加缪：《加缪笔记，1949—1959》，转引自《孤独与团结：阿尔贝加缪影像集》，郭宏安译，译林出版社2014年版，第134页。

知；渴则饮以茗，或奉以烟，必令畅谈乃已。偶闻一事，归而粉饰之。如是二十余年，此书方告蒇。故笔法超绝。"（《三借庐笔谈》）在西方文明发展的历史上，神话的历史化尝试也发生过，比如，希腊人从特洛伊战争开始计算时代；科学技术和启蒙运动的发展也曾使神话饱受冷遇。"启蒙，既不想再度回归于文艺复兴时代，也不认为必须最后裁定古今之争，因而它就像不宽容基督教神学的严酷教义一样地不宽容神话的轻浮虚妄。"① 直到"1800 年，弗里德里希施莱格尔（Friedrich Schlegel）发表了'关于神话的谈话'（Rede über die Mzthologie）。他不仅铸造了浪漫主义神话境界，而且还把神话概念从敌对于启蒙的历史衰落趋势中解放出来了"②。但即使被消解被批判，经历若干次低谷，神话却从未在西方文化史上缺席退场。"神话中所蕴藏的一切都具有多重身份和价值。尤其是神话丰富的真、善、美蕴含，使神话具有了因果诠释的功能、道德训诫的功能和审美体验的功能。"③ 神话对于西方世界的诸多方面产生了重大的影响，在其意识形态、社会生活、文化传承、公民意识等等方面都有着非凡的意义。神话在中西世界的不同影响力，很大程度上影响了两个世界的文化状态和思维方式。大林太良的《神话学入门》中曾援引英国社会人类学家家马林诺夫斯基对于神话的意义做如下评判："神话作为现代生活中至今还活着的荒古实体的陈述，其合理性是有前例可援的，而且在道德价值、社会秩序、巫术信仰等方面提供了可资回顾的典型。"④神话的重要性和价值已为众多学者所认识并进行阐发。

"神话历史化"理论是当今接受者较多的对于中国神话失传的解释。这个理论认为中国早期神话于信史混淆为人所接受，比如尧舜禹的故事，无法确实区分到底是神话还是历史，抑或由于崇敬将人物神化的历史。而神话存在也较为零散，先秦典籍中都有零星散见，但系统书籍较少，即使是在《山海经》这样包含很多神话的书籍，主要也是写地理知识的，神话只是副产品，而且都是独立的，没有互相联系的神学谱系。古希腊神话则保存完好，谱系完整，有着《荷马史诗》这样的完整成熟，与之相比，中国神话无论在数量上和系统完整性上的都有一定的差距。

面对着不同的生存环境，各民族的神话内容各有不同，神话的风格也迥然有异。相对说来，古巴比伦、印度、埃及的神话繁缛，古代北欧的神话壮丽、严峻，古代希腊的神话丰富、生动、优美，而中国古代神话则浑厚、简约、沉

---

① ［德］汉斯·布鲁门·伯格：《神话研究（上）》，胡继华译，上海人民出版社 2012 年版，第 20 页。
② ［德］汉斯·布鲁门·伯格：《神话研究（上）》，胡继华译，上海人民出版社 2012 年版，第 67 页。
③ 张金丽：《神话：一种不可忽视的教育资源》，山东师范大学 2008 年硕士学位论文，第 15 页。
④ ［日］大林太良：《神话学入门》，林相泰、贾福水译，中国民间文艺出版社 1988 年版，第 31 页。

郁。不仅如此，即使面对相同的生活情境或事物，各民族也有着不同的理解和不同的观照方式，这就使得各民族类型相似的神话在风格和表现形式上却有着不同，呈现出不同的风貌。此外，在神话表现出的价值取向的差异更是可以为民族文化的价值差异做注。以上的重重差异甚至深远地影响了后世的文化基调。因此，神话为更好地理解民族文化差异提供了最原初的解释。

中国古代主流价值体系体现出对于"德"的推崇。而这个"德"重点在于对于个人利益的淡化和他人利益的尊重。盘古开天辟地，化身世间万物，以育天地苍生。"身之诸虫，因风所感，化为黎甿"；大禹治水"八年于外，三过其门而不入"；神农尝尽百草，"尝一口而遇七十毒"，仍坚持不懈；"夸父逐日，道渴而死"，还要扔下手杖，"化为邓林"；"后稷教民稼穑，树艺五谷"，天下得其利。从这些描述中可以看出中国神话中诸神的形象塑造主要在于德行的宣扬。由此可知"中国精神的基本要素是对社会政治等世俗生活方面的'德'的尊崇。……在古代中国的社会意识里，值得崇拜的不是'力'，而是'力'所体现出来的道德性质，是'力'所拥有的伦理装饰"①。在古代中国，神话想象的灵动性和超验意义并不是最被看重的价值，神话只是最为一种题材承载道德教化的功能。"中国神话作为中国精神的原始表象，也渲染着这一注重伦理和实用的色彩。对'德'的尊崇、对伦理行为（而非知识系统）的过度关注，导致了人的精神的实用倾向和经验化，表现为拒绝对宇宙现象进行超出当时人类事务范围的遐想、估量及研究。"②但不论是道德教化还是抒情言志，中国文化中有更好的选择，比如诗词歌赋，比如经史子集，神话的无所用心也势必造成其在中国社会的衰落。中国古代神话的对于德行的推崇，契合着传统中国社会对历史事件和人物的评价标准，影响主流意识形态对现实人物的期望，决定神话对人们意义影响的方向，甚至也左右了中国现当代文化与文明的走向。

希腊神话的众神有着与凡人一样的个性，特点鲜明多样：宙斯风流残暴，赫拉多谋善妒，雅典娜勇敢善良，狄俄尼索斯激情狂欢……希腊神话中故事构成多样，众神战争、乱伦、弑亲、夺宝林林总总，形形色色。希腊神话中神话意象、神话符号不胜枚举：回归家园、洪水记忆、命运如此等等。丰富的神话资源为后世的神话接受、神话解读、神话意识、神话再造提供无限可能。而希腊神话的审美品格在于对张扬个性、纵情原欲、尊重个人价值的人本主义的推崇与宣扬。这种审美品格进一步内化为民族思维方式，与提倡"和谐、节制、

---

① 谢选骏：《神话与民族精神——几个文化圈的比较》，山东文艺出版社1986年版，第216页。
② 谢选骏：《神话与民族精神——几个文化圈的比较》，山东文艺出版社1986年版，第217页。

中道"的古希腊哲学一起，构建了古希腊文化的丰富内涵。为西方20世纪的理性反思开启了智慧大门。

中西方神话对本民族的民族性格和文化脉络的养成具有重要的意义。历史发展，本无优劣高下，只欲取长补短。在风格样态上，西方神话充满浪漫主义精神，个性飞扬、超脱世俗、追求理想境界：苏格拉底即将赴死仍高呼，"必须追求好的生活远过于生活"，追求价值意义更甚于追求道德完善。中国人则与之相反。中国古代文学中当然也有浪漫主义，屈原的《离骚》灵动雅致，思接千载；李白《将进酒》酣畅淋漓，视通万里，但抒发的仍是政治情怀和情绪诉求。《西游记》是中国古代文学中对于神话意识保有和衍生得最好的作品。神话元素、结构、意象都有突出的表现，但最终旨归仍是弃恶扬善的道德训诫。后世运用解构等现代理论对其所做的阐释属于过度解读，《西游记》在当时的时代背景和民族文化中其实并没有意义追寻的自觉。总之，从一定意义上来归纳，西方文学倾向于着眼于人性，中国文化侧重于落脚在人伦。

古希腊神话和中国神话的不同命运造就了两种不同的审美品格、民族文化和民族心理，使得神话在这两个民族的继承和接受产生了不同的轨迹。而由于两种神话对于意义价值的不同追寻，在现代神话创作风潮中两个文化族群也有不同的表现。窃以为，西方社会的现代神话创作自觉性明显要高过中国作家，对于神话要素、结构、意象的运用也明显驾轻就熟。中国作家的现代神话创作多为"借题发挥"，借神话之壳填忧患之实，现实主义的意义消解了神话的灵动气韵，更何况这里的"现实"多是社会事件和社会现状的忧患，很少对人类命运做具体思考。

而今天讨论神话的非凡影响力，以及探讨神话教育的必要性，还有一个重要的原因是在于重塑人们对于自然和世界的态度。神话意识其实有这样一种意义，即唤起人们的敬畏之心。这种敬畏包括对某种具象的拥有特别能力的神或人的敬畏，也包括对人们无法解释和控制的未知力量。敬畏之心的培养，不仅仅是重塑更为踏实谦逊的人生态度，更重要的是医治现代社会"礼崩乐坏"沉疴的良药。在现代人由于科技进步而认为自己无所不能的膨胀时刻，神话教育的意义不仅仅是冷却这种不切实际的自满，还能恢复曾经奉为圭臬的真善美秩序。

回到本研究的主角加缪，之所以铺陈笔墨推演神话的发展脉络，是因为作为加缪人生态度和学术思想的底蕴与源泉，古希腊神话在加缪身上发挥了重要的作用。中西神话的差异及传播模式的不同不仅造成文化样态的迥异，还对个体作家的意识建构和思考力度产生了至关重要的影响。神话特别是古希腊神话不仅仅作为一种价值观念，同时还作为一种人生态度，塑造和规范了加缪的思考方式。他的众多作品，甚至思考问题的方式，都在很大程度上受益于神话。神话意识作为一种神秘的遗传代码，会永恒地在后世人类的心灵中回响振荡不已。

第二章 加缪的文化谱系和思想来源

——地中海之子奇特的法国身份

一、赤子情怀——加缪的阿尔及利亚

阿尔贝·加缪（Albert Camus），1913年11月7日生于阿尔及利亚的君士坦丁附近的一个叫蒙多维（Mondovi）的小村镇。加缪的童年及少年期生活可谓贫病交加。父亲在他不到一岁时即战死于马恩河战役，母亲带着他和哥哥到外祖母所在的阿尔及利亚贝勒科贫民区生活。

阿尔及利亚北临地中海，加缪在这里出生，并在这里度过了自己的童年和少年时代。从地中海特有的气候环境和文化背景中，加缪获取了丰富的艺术养分和思想灵感。"每一个艺术家的心都有属于自己的一眼泉源，滋养着他和他的语言，受用一生"，"对于我，我知道我的泉源在《反与正》之中，就在那个我曾久居多年的贫困与阳光同在的世界里，那个世界留给我的记忆"。对加缪来说，他的泉源就是阿尔及利亚及地中海。每一个人都是背景的产物。与他的一本书《反与正》的题目相同，加缪的一生，都处在纠结和矛盾的两级之中。这矛盾状态的根源也在阿尔及利亚。因为这里既复杂又纯洁，既贫穷又富有，既阳光明媚又时有阴影。①

要深入加缪丰富的精神世界，阿尔及利亚是重要的秘钥。"如果不知道北非那片土地对于他意味着什么，那么我们就无法真正懂得他的作品来源，他的精神世界，他的情感所系，他的思想和信仰指向。……他的思想中最重要的那些成分，他的艺术中最根本的那些因素，他的情感中最强烈深沉的那些牵挂与依恋，都与阿尔及利亚息息相关。"② 阿尔及利亚位于非洲西北部，北临地中海，隔海与西班牙、法国相望。阿尔及利亚的近代史是与法国的殖民侵略联系在一起的，得天独厚的地理位置与丰厚富饶的矿藏资源，引发了邻近国家的觊觎。法国从1830年起开始持续入侵阿尔及利亚，并逐步占领阿尔及利亚海岸地区。此后，法国政府不断扩大其殖民地版图，1905年基本完成了对整个阿

---

① ［法］罗歇·格勒尼埃：《阳光与阴影——阿尔贝·加缪传》，顾嘉深译，北京大学出版社1997年版，第1页。格勒尼埃在引言中写道，"阳光和阴影。我使用这两个词，是因为想到加缪的祖籍是西班牙，并且他对西班牙的眷恋一如既往，同时因为这两个词能概括他的思想和作品，概括他理解生活的方式和他的斗争的意义"。这一概括，后被广泛引用。
② 黄晞耘：《重读加缪》，商务印书馆2011年版，第9页。

尔及利亚的占领。到 20 世纪初时，法裔阿尔及利亚人数量已经相当可观。这些法国移民对当地的社会民情、风俗习惯逐渐适应，而其后代更是自出生就在这里生活，早已错把此乡当故乡，阿尔及利亚的一切都是与自己切身相关的，而无法置身事外了。

加缪也同其他阿尔及利亚的法裔一样热爱着自己生活的这片土地以及这土地上的一切，在加缪的创作中，阿尔及利亚是背景，是对象，是一切情感的出发点。他的困厄生活、孤独心境、半生飘零无关这片热土，因为爱可以遮蔽这一切不美好，而记忆的选择性根据加缪的喜好将阿尔及利亚装点成人间天堂。"在这里，是阳光明媚、鲜花似锦、光影绰绰的夏季的阿尔及利亚大地，自然风光与人文景观相互辉映、仿佛一对新人举行着美妙结合的婚庆。"① 加缪的创作植根于阿尔及利亚深厚的生活背景，他的哲思、悲悯、热情都基于阿尔及利亚的生活经历。阿尔及利亚的大海与阳光激荡了加缪的心灵，他从早年阿尔及利亚的生活中汲取营养和丰富的创作源泉。唯有理解了加缪对于阿尔及利亚的深切之爱，才能解释加缪在阿尔及利亚战争中的种种表现，才能明白其荒诞哲学中关于节制反抗的用心良苦。

残酷的现实并不因充沛的感情或幸福的感受而改变。政治因素很快给这片美好的土地带来冲突的乌云。法国殖民当局在阿尔及利亚的入侵不是为了建设，而是为了掠夺土地和财富，这势必导致种族歧视和民族压迫。阿尔及利亚人对于法国政府的不满只能转嫁给生活在他们身边的法国移民——即俗称的"黑脚"。"法国人在阿尔及利亚平民中间引起了严重的敌意，而这种敌意在数十万法国和欧洲其他地方移民来到后进一步加深。这些移民抢占了几乎全部在沿海的最好的土地，并且利用他们胜利者的社会地位把持着政治和贸易。"② 第二次世界大战之后，趁着全世界人民的民族解放热潮，阿尔及利亚人的民族意识也日益觉醒，要求民族独立的呼声甚嚣尘上。阿尔及利亚土著的武装反抗此起彼伏。阿尔及利亚人民为实现民族独立而英勇抗争，这当然无可非议。加缪是可以理解这种朴素的民族情感的。但他也没有办法接受被自己一直当作故乡的地方突然的反目，对他这样的平民产生仇恨的变化。

从血脉关系来讲，加缪是被阿尔及利亚人民厌恶并痛恨的法国人种；但从加缪的生活历程来看，加缪生于阿尔及利亚，长于阿尔及利亚，他人生的多半时光在这个地方度过，他对这片土地怀有深厚的感情，阿尔及利亚给予了他美

---

① 柳鸣九：《从选择到反抗——法国二十世纪文学史观（五十年代——新寓言派）》，广漠出版社 2005 年版，第 123 页。
② ［美］埃里克·吉尔伯特，乔纳森·T. 雷诺兹：《非洲史》，黄磷译，海南出版社、三环出版社 2007 年版，第 210 页。

好的人生记忆、丰厚的艺术财富、充沛的创作灵感。在加缪的心目中，阿尔及利亚不是异乡，而是故土。身份与情感、理智与现实，使得加缪在阿尔及利亚的问题上陷入左右为难的尴尬窘境。在寻觅不得的踟蹰迷茫之中，加缪曾说过这样一段话："阿尔及利亚不是法国，她甚至不是阿尔及利亚，她是一片未知的土地，迷失在远方……缺失的一个，她的记忆和放弃令一些人痛苦不已，只要她自己保持沉默，其他的人就希望为之尽情诉说。"① 在加缪作品中频繁出现的对于故土家园的寻觅母题，其现实愿景来自于阿尔及利亚之殇。

在加缪作为一个热血青年初涉政治之时，他就显示了一个人道主义的反抗者形象。在阿尔及尔贝尔库贫民区的生活经历，与阿尔及利亚阿拉伯伙伴的朝夕相处，与穷人贫穷与苦难的感同身受，使他在情感上模糊了自己的血统。他通过深入的社会调查，深度关注法国与阿尔及利亚的复杂关系，以尖锐的笔锋揭露殖民统治的虚伪面目。1938 年，加缪担任《阿尔及尔共和报》的记者期间，通过对社会现状的观察，以饱含深情和焦虑的笔触，写了题为《苦难的卡比利》的调研报告，揭露阿拉伯人水深火热的生活困境，揭示了殖民当局的残暴与罪恶。他天真而又善良，呼吁法国殖民政府改善阿尔及利亚土著的生存条件，他认为"只有在帮助被征服者保持人格尊严的意义上，殖民政府才能获得合法性"②，这种希冀无异于与虎谋皮，但加缪奔走呼号的都是这样的政治理想。同时，加缪颇有预见性地认识到殖民当局的歧视政策迟早会引发阿拉伯人的反抗，从而导致法裔和阿拉伯人的纷争升级。历史格外青睐加缪的预言，他的担忧很快得到了验证，种族的矛盾甚至导致累及平民，这是加缪最不愿意看到的。阿尔及利亚危机的问题始终困扰着加缪。

加缪创作和其哲学理论的出发点都在于现代社会条件下人类的生存困境，这种被物质技术挤压人类情感，导致精神家园迷失的现代生存困境，就是加缪认为的人生荒诞。加缪对于荒诞的理解和感悟来源于其复杂的生活背景和善感的个性特点。对这一点，"阿尔及利亚的法国人"身份可谓"功不可没"。他以悲天悯人的胸怀，以尊重生命与自由的激情，以朴素的文笔，书写现实的苦难与不公，传递振聋发聩的声音。他没有鸿篇巨制，也没有宏图伟愿，连哲学这种高深莫测的理论在他写来都如随笔一般清新透彻，但在每一个字里行间，古典主义的人本、温暖都流泻其间。同时，加缪不是一个温情脉脉的浪漫主义空想家，他的作品冷峻、近似白描、不着风流。他的哲学意识是沉积在思想深

---

① ［美］伊丽莎白·豪斯：《加缪，一个浪漫传奇》，李立群、刘启升译，中国人民大学出版社 2011 年版，第 71 页。
② ［美］罗纳德·阿隆森：《加缪和萨特——段传奇友谊及其崩解》，章乐天译，华东师范大学出版社 2005 年版，第 28 页。

处的，自觉流露于其作品、言论、行动中。"加缪的天赋，在于他屡次成功地以文学形式来表现哲学思想，从而激发了读者的道德智慧。"① 阿尔及利亚带给他的善思、敏感、悲悯，以及对苦难和艰辛的领悟，是加缪思想形成的现实基础和源泉。

二、夹缝中的加缪

Camus，中文译为加缪，从加缪的生平经历谈及，译为"夹谬"更贴切。这样说并非牵强附会，强词夺理，而是结合加缪坎坷的一生和经历的波折，译为如此苦涩的命名更能体现这个名字符号之下复杂而纠结的人生历程。加缪一生都生活在夹缝中、困惑中、矛盾中、荒谬中。

（一）"法国人"与"阿尔及利亚人"的矛盾夹缝

加缪的挚友让·格勒尼耶曾说过："要谈论阿尔贝·加缪，也许首先应该提到阿尔及利亚，这不是要用他的故乡来'解释'他，而是因为他性格中的一些特点只有通过阿尔及利亚才能得到理解。"② 作为最无力选择的部分，加缪出生在阿尔及利亚的法国人身份，自其出生便注定了他的一生与纠结相伴，而其悲悯善感的天性，更为这一出身加上了悲剧的色彩。同时，因其对阿尔及利亚与法国之关系问题的主张和认识，让加缪在法国人眼中是背叛者，在阿尔及利亚人心目中是"叛徒"，不知何处是故乡，加缪无论在阿尔及利亚还是法国，都被视为"异己""局外人"，长期处于精神流亡、颠沛失所的痛苦之中。

早在阿尔及利亚独立战争全面爆发前，阿尔及利亚赛提夫城就于1945年5月预警性地发生过起义，法国政府残酷镇压起义的阿拉伯人，而阿尔及利亚民族主义者迁怒于无辜的法国移民，普通民众是流血事件中最受伤害的人。加缪对此事高度重视，亲赴塞提夫调研，并发表了一系列政论文章。在加缪看来，双方都情有可原，呼吁双方克制，为平民减少流血事件，用和平、非暴力

---

① ［美］理查德·坎伯：《加缪》，马振涛、杨淑学译，贾安伦校，中华书局2002年版，第8页。
② 黄晞耘：《重读加缪》，商务印书馆2011年版，第4页。

的方式解决争端。他的立场和观点最初在这一阶段逐渐形成并为人所知。1954年11月,法国殖民政府与阿尔及利亚民族解放阵线开战,酝酿已久的阿尔及利亚战争终于不可避免地爆发了。

阿尔及利亚战争使加缪彻底陷入左右两难的痛苦境地:阿尔及利亚地域及情感上的亲近感使他对法国政府的残酷入侵产生了条件反射般的反对,因为阿尔及利亚是他的故土,这里承载了他的如歌岁月和美好感受,他认为法国政府"应该对至今仍然生活在受压迫之中的八百万阿拉伯人进行赔礼道歉"①,但阿尔及利亚民族主义分子对法国平民的迁怒乃至恐怖暴行又有违加缪尊重生命的人本主义精神:"我历来谴责恐怖活动,我必须也谴责比如说在阿尔及利亚街头盲目肆虐的恐怖活动,这种恐怖主义也许有一天会落在我母亲或者我的亲人身上。我相信正义,但是在捍卫正义之前,我先要保卫我的母亲。"②平静接受殖民统治对弱势群体的残暴统治,以及由此带给阿拉伯人的不公正待遇,作为一个有良知的人,加缪根本无法做到。"阿拉伯人民所受到的不公正待遇,是同殖民主义制度紧密相连的,从历史上看或从其治理上看都是如此。法国的中央政权从来没有完全把法兰西的法律在这些殖民地真正地落实过"③;如果赞成阿尔及利亚独立,则意味着在这片土地上的故土情怀将被连根拔起,曾经对这片土地所倾注的类似于对母亲的眷眷之情变得无凭无依。"阿籍法兰西人在我们这片共同的土地上同样有获得安全和保持尊严的权利。"④以上文字的种种,都反映了加缪在阿尔及利亚问题上纠结难安,左右为难。

在加缪的笔下和心中,法国本土和阿尔及利亚的分离是不可理解的。从他的个人情感出发,这两者本应是一个主体,不应分开,更不应该对立。在这个问题上,他的情感明显凌驾于政治领悟与立场之上。但实际上在殖民地,土著和移民并不能水乳交融,加缪也深知这一点:"阿尔及利亚不是法国,事实上,它连它自己也不是。这是一片不为人知的土地,被远远地隔绝在人类的视线之外。它的原住民得不到其他人的理解,它的士兵被认为是在妨碍历史的进程,生活在那里的法国人被认为是异族,所有的阿尔及利亚人都沉浸在一片血

---

① [法]阿尔贝·加缪:《阿尔及利亚1958年的形势》,《加缪全集·散文卷Ⅱ》,王殿忠译,上海译文出版社2010年版,第380页。
② [美]埃尔贝·R.洛特曼:《加缪传》,肖云上、陈良明译,漓江出版社1999年版,第671页。
③ [法]阿尔贝·加缪:《阿尔及利亚1958年的形势》,《加缪全集·散文卷Ⅱ》,王殿忠译,上海译文出版社2010年版,第378页。
④ [法]阿尔贝·加缪:《在阿尔及利亚实行全民休战的呼吁》,《加缪全集·散文卷Ⅱ》,王殿忠译,上海译文出版社2010年版,第366页。

雾之中。"① 在潜意识里，即使加缪自己，都清楚划分了土著与外来者的界限，只是不断努力希望填补这两者之间的裂痕。

即便有这样清楚的分界，但对阿尔及利亚和法国，加缪都无法割舍。加缪是自己家族中第四代来到阿尔及利亚的欧洲移民，他不能接受阿尔及利亚的独立，这会使他的家人无家可归，这片土地本也属于他们。而对于苦受盘剥的阿尔及利亚人，他也深深理解并感同身受。阿尔及利亚战争引发的所有问题和可能的走向都使加缪无比痛苦和矛盾，而制衡的努力也没有使他摆脱左右为难的境地。

"阿尔及利亚局势让我深感不安。这个国家的现状让我食不甘味，虑不及它。一想到……我就想动笔写点什么……眼下，因为左派和右派的态度都让我气愤，我简直寝食难安"……"我不知道该说什么。不管怎样，阿拉伯人和法国人必须找到一种共同生活的方式。"②

这样的说法，带着不管不顾的天真与无奈。无论是阿尔及利亚民族解放主义者还是法国统治阶层都无法接受"和平共处"的构想。加缪对殖民主义和民族主义之间进行调和的呼吁无疑是与虎谋皮，表现出其政治上的幼稚。

在这个漫长的调和呼吁的过程中，来自各方的误解让加缪腹背受敌，身心俱疲。他常常阶段性地陷入长久的沉默，虽然这种沉默也是一种行动，之后再次奔走呼号，一如明知结局仍坚持推石上山的西西弗斯。加缪期望兼顾双方的态度，不仅法国人不接受，阿尔及利亚人也无法理解他，把他当作叛徒。众多的朋友在误解之后给予他猛烈的批判，甚至很多为此与之绝交。加缪这种困境在其青年时期持续良久，他所存身环境的艰辛不言而喻，他持续一生的内心孤独也来源于此，更重要的是，他时刻惶惑的失家迷茫根源于此，这种艰辛、孤独与迷茫在他的作品中常常以神话的形式出现。

（二）持存在主义思想精神的人与当时存在主义流派的分歧

法国存在主义兴起于20世纪30年代末，广泛流行于20世纪50年代以及60年代初期。这一名词最早由法国有神论的存在主义者马塞尔提出，该学说与丹麦学者克尔凯郭尔的"个人存在"学说同源，由德国哲学家海德格尔和

---

① ［法］奥利维耶·托德：《加缪传》，黄晞耘、何立、龚觅译，商务印书馆2010年版，第634页。
② ［法］奥利维耶·托德：《加缪传》黄晞耘、何立、龚觅译，商务印书馆2010年版，第632－633页。

雅斯贝斯发展成独立的理论体系。与黑格尔关注客观存在的理论不同的是，存在主义最关心的是个人存在。在生存竞争日益残酷，社会冲突逐步尖锐、战争、金融危机、通胀、失业、人与人之间疏离冷漠、使各阶层的人们都普遍产生异化感。社会与人的对抗感加深，个人感到孤立无援，人之为人的价值感缺失，沦为物质的努力，人性泯灭，个性压抑。古典时期足以与"神"抗衡的"人"，已经异化为渺小、软弱、不堪一击的微小生物。克尔凯郭尔等存在哲学家对文明社会的危机与矛盾，对人们在精神上所受的压抑表示担忧和愤慨。他们将这一切归结为理性与科学发展的结果，并指出人对物质越是依赖，越会成为物质的奴隶，人类的个性与自由也越来越被压制。他们试图恢复沦陷于理性主义桎梏下的人性，重新唤起人的价值和人生意义。在20世纪西方文明受到广泛质疑的背景下，存在主义关注人的存在意义，人的生存状态，并就荒诞状态下人们普遍存在的迷茫失序的存在方式进行探讨，由于这种思潮准确捕捉到20世纪西方社会现实背景与人们的普遍心态，因而一度受到追捧。

外界的评价一直将加缪置于存在主义的体系中，这源于他对人所处的世界是荒诞的这一认知。这一认知契合存在主义的理论基础，也造就了加缪与萨特8年的友谊。从哲学起点来讲，加缪可以称作一个部分持存在主义思想精神的人。

但加缪对存在主义学说和存在主义哲学家是持不认同态度的。

克尔凯郭尔反对哲学只关注客体世界，而忽视作为世界主体的"人"。在他看来，只有"人的存在"才是唯一的实在。只有唤起人的内在自觉，恢复人的尊严和价值，才能使人摆脱物质的压迫。这本是人本主义的恢复，但他从"美学""道德"和"宗教"三个维度划分人类可选择的生活。而宗教阶段是人类最终走向的高级阶段，在这一阶段，人的精神与上帝的意志统一才是真正的和谐。这就使克尔凯郭尔的学说走上了宗教主义的道路。海德格尔是无神论存在主义的主要代表之一。他认为人因为领会到死的必然性，因此返回到本真状态。虽然死亡有必然性，但是也是决定的起点。因为人有"向死的自由"。这与加缪荒诞哲学中对于自杀的反对背道而驰，也与加缪价值体系中尊重生命的取向有所相悖。克尔凯郭尔、舍斯托夫、雅斯贝斯都信奉非理性的"跳跃"，他们认为理性是徒劳的，理性之外还有某种更高的东西。加缪认为他们是逃避现实的，对于加缪来说，有限度的理性是必要的。人类自从有自我意识，就不断对生存意义和价值进行反思。存在主义的先锋，也是在古希腊文化精神领会上与加缪最为相近的思想者尼采同样看到了这个世界的虚无本质，并且希望能超越虚无。尼采一贯疯狂地表达了对现代文明的愤怒，却将这种愤怒囿于一种情绪表达，因为他也没能找到创造生存意义的途径。

以上的存在主义者们发现了人世的荒谬，但在现实和精神世界中，他们都没有找到消解荒谬的方法，只能走向虚无或有神论。加缪对于自己要寻求的道路愈来愈清晰："至少我不愿在不可理解之上建立什么。我想知道我能否依靠并仅仅依靠我之所知活着。……我承认理性的局限，但并不因此而否认它，而是承认它的相对的力量。……荒诞，就是确认自己的界限的清醒的理性。"这种清醒的理性被加缪总结为"反抗"，反抗就是"人生越没有意义就越值得过"①。加缪在发现荒谬之后，转而走向更为积极和乐观的"反抗"，与存在主义者分道扬镳。

在加缪的精神世界形成和发展的过程中，萨特是非常重要需单独进行阐述的比对者。这不仅是因为两人著名的世纪论争，更重要的是在对荒诞世界的认知和领会的过程中，萨特对于加缪精神曾有着指引和催化的作用，两人最终的决裂不只是政见的不同，更是基于立身的理念差异。萨特的存在主义哲学是基于主体性的基础之上的。颇有意味的是，存在主义者这个称号最初加诸萨特时，他也是不认同的，但后来他也接受了。加缪与萨特友谊的基础来自于两人在很多方面惊人的相似性。萨特的存在主义虽与克尔凯郭尔、海德格尔等人有传承和相似性，都将人的生存本质作为哲学关注的基础，将人的价值意义看成哲学关注的落脚点，但萨特完全将人类看作拯救自身的关键，从而摆脱了前辈们对宗教的无条件依赖。萨特对于人的信赖使他确信人可以回归自己的价值意义，重申人的本质。"自由选择、重在行动"，人类可以自由选择自己的行动，为自己的命运负责。这是一种积极主动的应对方式。直至此时，萨特和加缪在精神上仍是高度契合的。萨特在他生活的时代感受到了禁锢带给他的压抑感，他始终以一种反抗的姿态傲立于世并成为几代青年人追随的精神首领。但同样是反抗，加缪与萨特的不同在于冷酷决绝和节制中道之间大相径庭的态度。造成这两者之间不同的根源性本质还是加缪的神话意识。在加缪的精神理念中，由于基于神话意识的基本色彩，他对世界的看法如同神话开天辟地时的混沌一片，试图寻找一条逃脱二元对立思维方式的道路，他尝试瓦解围绕着"同一性"发展起来的西方哲学。在这样的思想基础上，对立、暴力、过激的处理方式都不是加缪的意识世界中可以接受的。但萨特显然不是这样的思考路径，作为20世纪几代青年人的精神领袖，萨特对于自由的热情呐喊，对于革命的狂飙突进，是用激情决绝的态度吸引了活跃与亢进的年轻人。萨特不单只是在政治理念，在他的小说中，对于暴力反抗的呼吁也是时见笔端。比如《苍蝇》

---

① ［法］阿尔贝·加缪：《西西弗神话》，《加缪全集·散文卷Ⅰ》，沈志明译，上海译文出版社2010年版，第79页。

中对篡位者暴力反抗的鼓吹。

萨特曾经也是现代神话的创作者，他写过取材自古希腊神话的《群蝇》，他的一些作品也因其隐喻性表现出了神话的特质。但是神话意识不是创作方法，而是一种思考的模式。萨特究其根本是没有将神话意识沁入骨髓的现实主义思想家。他对世界的态度是强硬的，缺乏敬畏的。很多人对于萨特和加缪的关系津津乐道，对于他们的不同也有诸多判断。比如"他（加缪）和萨特的区别就在于，他是为自己所坚持的正义而战斗，而萨特为之战斗的，是战斗本身，是战斗所能带来的承担、责任、光环和破坏"①。也有人从哲学理论、政治立场、伦理观念等方面都寻找出了加缪和萨特的不同点。但从根本上说，是因为加缪的神话意识以及由此而产生的视角观念，导致了加缪与萨特，与存在主义哲学家的格格不入。

（三）个人感情上的为难与矛盾

纵观加缪一生，似乎情场上处处得意，但风流背后，他多次表示了对爱情的质疑与孤独的悲叹。加缪纠结的灵魂，在情感世界也多是为难与矛盾。

20岁时加缪就步入婚姻殿堂，这对他这个对婚姻持否定态度的人来说本已令人吃惊，与之携手的是全城闻名的放荡女孩西蒙娜，这更是让所有人出乎意料。对于浅薄、轻佻、吸毒的西蒙娜为何能吸引加缪，所有的朋友都表示不可理解。加缪的解释是"与她在一起的确能感受到阳光的气息，还有艺术、爱情"②。这段婚姻是基于生活经验的缺乏还是年少激情的冲动，现已无从考证，但这段婚姻的对加缪情感的打击是人所共知的。因为，西蒙娜始终没能从毒瘾的控制中走出，还与给自己提供毒品的医生出轨，给了加缪生平"最痛苦的一击"。《反与正》中描写加缪布拉格之行的《伤心之旅》，是其在遭遇妻子西蒙娜的背叛，出游离乡的境遇之下创作出来的。"许多天以来，我一言未发，但心中却压抑着愤怒，几乎大声叫喊出来。如果有人向我敞开怀抱，我会像孩童般号啕大哭。"③

很难说清楚西蒙娜的背叛对加缪爱情观的影响。之后的多种场合，加缪都表示了对婚姻的不信任，"想到结婚他就有心理障碍"④，荒谬的是，他结了两

---

① 袁筱一：《文字·传奇：法国现代经典作家与作品》，复旦大学出版社2008年版，第59页。
② ［法］奥利维耶·托德：《加缪传》，黄晞耘、何立、龚觅译，商务印书馆2010年版，第57页。
③ ［法］阿尔贝·加缪：《反与正·伤心之旅》，《加缪全集·散文卷Ⅰ》，丁世中译，上海译文出版社2010年版，第31页。
④ ［法］奥利维耶·托德：《加缪传》，黄晞耘、何立、龚觅译，商务印书馆2010年版，第251页。

次婚。在离婚后的生活中，加缪不羁的风流情性为人所共知，他英俊潇洒、风度翩翩，而且谈吐不凡："他在聚会的场合妙趣横生，既展示出自己的文化修养又不会落入别人的圈套。"① 不知是出于对于前段感情的反抗还是对异性关系的享受，"加缪总是控制不住要将年轻女人勾引到手。按照玛格丽特的说法，那些女人对他投怀送抱"②。加缪长期与多位女性保持亲密的关系，这种近乎公开的风流给他的第二任妻子弗朗西娜带来巨大的痛苦。根据其家人的判断，弗朗西娜的精神抑郁源于她对于加缪公开背叛的出离愤怒又无计可施，这导致弗朗西娜长期抑郁甚至多次接受精神治疗，乃至数次想要轻生。对于自己的做法，加缪也不断反思："在笔记中，他试图分析自己与弗朗西娜、伊冯娜以及一般女性之间的关系：'心灵如何才能控制自己？爱？没有比它更不可靠的东西了。你可以知道爱情带来的痛苦，却无法知道爱情本身。'"③ 加缪的不忠与放荡之下，是一种痛苦情绪的转移，也是一种自我保护，更是对精神上孤独无依的自我放逐。这样的性格特征来源于加缪天性中丰富情感，童年时期家庭关系的复杂，年少时不堪回首的婚姻。而友谊的决裂、外界的质疑更使得孤独感成为加缪性格的一个鲜明的表征。这样的性格特征在加缪身上也体现了一定的分裂性："有两个加缪生活在奥兰，一个是公众场合的、愉快的，让人觉得他已适应了这座城市；另一个是私下的、焦虑的，向亲近的朋友倾诉自己内心的忧郁。"④ 因为这种孤独的内心感受，需要更多充沛的感情予以慰藉，加缪在感情世界的寻觅显得如此不知疲倦。

一直到去世，加缪都同时爱着几个女人，他认为这无关道德，甚至比欺骗更容易让人接受。他的朋友夏尔蓬塞曾说："性爱在他的眼中，就像和不同的女人喝酒一样随便。"⑤ 他一如神话中的宙斯等神，风流成性，并将这看作自然而然之事，随心随性，每次都全力以赴，全身投入。他深情而温柔地宣示："有时候，我指责自己失去了爱的能力。也许这是正确的，但我仍然能够挑选出一些人来并照顾她们，诚心诚意地，竭尽所能地，不论她们做什么。"⑥ 这是"古希腊神话"中人性狂欢对加缪内化的副产品。单从道德层面指责加缪的滥交对于了解并理解加缪没有意义，而且这样的指责显然过于苛刻。因为在

---

① [法]奥利维耶·托德：《加缪传》，黄晞耘、何立、龚觅译，商务印书馆2010年版，第133页。
② [法]奥利维耶·托德：《加缪传》，黄晞耘、何立、龚觅译，商务印书馆2010年版，第125页。
③ [法]奥利维耶·托德：《加缪传》，黄晞耘、何立、龚觅译，商务印书馆2010年版，第275页。
④ [法]奥利维耶·托德：《加缪传》，黄晞耘、何立、龚觅译，商务印书馆2010年版，第279页。
⑤ [法]奥利维耶·托德：《加缪传》，黄晞耘、何立、龚觅译，商务印书馆2010年版，第781页。
⑥ [美]伊丽莎白·豪斯：《加缪，一个浪漫传奇》，李立群、刘启升译，中国人民大学出版社2011年版，第271页。

否定爱情的意义之际,他从不否认爱情的真挚。在《西西弗神话》中,他为唐璜同样也为自己解释道:"他以同等的冲动去爱一个个女人,并且每次都用全身去爱,他才需要重复这种天赋和深化这种性爱。"① 加缪虽然同时陷入多段爱情,但每一段都是真诚的,从这一点上,只能用风流而不是下流来形容这多段恋情。在他去世之前的几日,他给不同的情人写信相约巴黎的相见,从信件中的字里行间,可以感受加缪的真挚与热爱。因为这样的真诚和热烈与其作品中一贯表现出的冷静与自持的形象并不完全相符,更可以丰富加缪个性的全面展现。这样的赤诚之心无关道德,是一个人本性最纯粹的表达。这种返璞归真的率性做法,契合古希腊神话精神中的真切自然与不拘一格。

(四)法共思想与人道思想的意识形态分歧

作为一个感情丰富、敏感多情的人,加缪的这种纠结分裂的心态影响了他的哲学思考和政治选择。1935 年 8 月,因为友人的力劝,加缪加入了法国共产党,与政治狂热派不同的是,他的加入更像是一种有所保留的试探:"我觉得长久以来令我却步、令许多有头脑的人却步的东西,是共产主义缺少了宗教意识,是我们在马克思主义者身上看到的那种自命不凡:想要建立一种仅仅依赖于人自身的道德。……或许我们也可以将共产主义理解为一个准备过程、一个更具精神性的活动准备场所的禁欲过程,总之一种逃避伪理想主义和硬装出来的乐观主义的愿望,以便建立一种使人能够重新找到永恒感的状态。"② 他是在非正统意义上加入共产党的:"具体而言,在我将要(诚实地)去尝试的经历中,我会永远拒绝在生活与人之间放上一册《资本论》。"③ 加缪的共产党员的身份并没有保留很长时间,由于对法国共产党的一些做法颇有微词,并且不服从领导,1937 年他被开除出法国共产党。究其一生,加缪在寻觅一种信仰,但共产主义显然没有使他彻底信服。他所提到的共产主义所缺乏的"宗教意识"即是他所理解的这种信仰。同时,对于上帝,加缪也采取了一种似是而非的保守和审慎的态度。"上帝、天国和永生虚无缥缈,超出了人的理性认识能力,由于无法通过理性进行推理和证实,信仰者只能跨越鸿沟,从此岸世界跃向彼岸世界,因此加缪将这种信仰称作'跳跃',而加缪拒绝这种非理性的跳跃,他坚持只在自己的经验和理性范围内考虑一切事物。同时,作为一个清

---

① [法]阿尔贝·加缪:《西西弗神话》,《加缪全集·散文卷》,沈志明译,上海译文出版社 2010 年版,第 122 页。
② [法]奥利维耶·托德:《加缪传》,黄晞耘、何立、龚觅译,商务印书馆 2010 年版,第 87 页。
③ [法]奥利维耶·托德:《加缪传》,黄晞耘、何立、龚觅译,商务印书馆 2010 年版,第 87 页。

楚意识到理性局限的理性主义者,他对待不可知物或超验事物的态度是虽不否认,但至少不去肯定:天国的未来是不存在的,至少是不可知的。"①

在漫长的思考和寻觅的过程中,加缪不断完善并反复表述出他的人生理念:坦然接受生老病死的人生规律,充分体味有限的生命。对于认知的有限性不逾矩、不强求。这是加缪的信仰,后人概括其是一种人道主义信念。不论称呼如何,这种建立在爱与悲悯基础上、依托"地中海思想"的价值观,与法共的政治观是背道而驰的,而加缪一生几次大的起伏也是因为这两者的冲突而诱发的。所幸,加缪虽备受伤害,但仍坚定这一信念,并身体力行。对后世来说,启示后人永不放弃对永恒价值的追求,永远相信爱与光明,是对迷茫人生的重要指导。

三、文化根源:地中海精神及古希腊文化的滋养

任何一个思想家的思想形成都依托于某一种文化的长久浸淫和滋养,并在不断的思辨和推演中逐渐成熟。加缪也是如此。他自幼沐浴地中海阳光,在古希腊文化的熏陶和浸淫下形成自己独特的文化精神特质。经历过年幼失怙、病痛缠身、内外交困的加缪,并没有成为阴郁颓丧的虚无主义者,他的浪漫主义风帆高扬,以乐观积极的态度奔走在创作立论的征途。加缪的文化根源来自于地中海文化的滋养。从地理位置上说,地中海文化圈的范围"首先是在地中海东部的西亚和埃及,尔后西移雅典,再至罗马。经过希腊化和罗马帝国近八百年的地中海域文化间的交融和碰撞,最终形成了地中海文化圈。这个文化圈的范围同地中海地质地理条件是大体一致的,东起泛米索不达米亚(Pan-Mesopotamia)和尼罗河,西达现今的法国部分和西班牙,南邻北非沿岸,北抵阿尔卑斯山脉南麓"②。加缪从小生活在北非的阿尔及利亚,深受地中海文化的影响。简单地说,希腊文化与地中海文明的关系在于"地中海文化圈形成之后,不仅希腊哲学,而且东方方术、星相学、占卜学、埃及宗教与神话,犹太以《旧约》为代表的宗教观念,以及波斯祆教、摩尼教及广泛流行的诺底斯

---

① 黄晞耘:《重读加缪》,商务印书馆2011年版,第201-202页。
② 陈村富:《地中海文化圈概念的界定及其意义》,载《中国社会科学》2007年第1期,第55页。

派等，都逐渐成为地中海的文化现象，而不再是本地区、本国、本民族的精神产品"①。地中海文明在对希腊文化等各种文化的兼容并蓄中逐渐包罗为一种复杂而丰富的文明。而希腊文化本身的丰富性，也使得对其下一个定义成为一件困难的事。"理性的开明，落落大方的竞争，坦诚和自信，对个人人格的尊重和对公益事业的热心，对身体美的热爱，思辨和求真的爱好，无穷的探索精神，赋予无形以形式的理智努力。"② 这些印象性的描述都可以是希腊精神的内核，但远不止于此。抽取加缪在地中海文明特别是希腊文化中汲取的主要内容，尝试对加缪所依据的地中海精神规则如下：和谐、中道、平衡的精神内核，规则了他的立身方向；爱与自由的审美品格，支撑了他的思想立意；而热爱生活、尊重人性的价值理念，引导了他的思考走向。地中海精神和古希腊文化古老传统思想脉络，是医治现代人思想迷失疾患的良药金方，也是弥合现代文明与价值缺失之间裂缝的坚实物料。

（一）海风与阳光的浸淫——地中海情结

加缪出生并成长于阿尔及利亚，那里绵延千余公里的海岸线毗邻地中海。"当时阿尔及利亚所处的北非社会，尤其是平民社会，保持了许多古希腊文明的特征：注重现世生活，热爱生命，积极地生活，崇奉肉体，人们赤裸地在海滩上晒太阳，在大海里畅游"③，加缪对此种生活方式由衷赞叹，在他的作品中对地中海文明和生活方式的赞誉俯仰皆是。

"时光流逝，我辈沉湎于捏碎苦艾、抚摸古迹，努力让我的一呼一吸，合乎天地间纷纷扰扰的气息！我一头扎进粗犷的芬芳和昆虫似醒似睡的唧唧声中，张大两眼，敞开胸怀，向着这炽热壮观的天宇！自我复原，再知方寸，竟也不易。不过远眺舍努阿山坚实的脊梁，我心顿生踏实之感，又复归于平静。我学得怎样吐吸空气，做到了自我融合、自我完善。"④

地中海特有的阳光、沙滩与海水，以及由此衍生的氛围，使加缪在这里感受到了自由自在的欢愉和无忧无虑的恣意。加缪以饱满的热情和善感的心思对

---

① 陈村富：《地中海文化圈概念的界定及其意义》，载《中国社会科学》2007年第1期，第64页。
② 陈嘉映：《希腊是一个奇迹》，见［美］依迪丝·汉密尔顿《希腊精神·中译本序》，华夏出版社2008年版，第6-7页。
③ 余乔乔：《加缪作品中的荒诞哲理》，载《中国社会科学院研究生院学报》2002年第4期，第72页。
④ ［法］阿尔贝·加缪：《婚礼集·帕提萨的婚礼》，载《加缪全集·散文卷》，丁世中译，上海译文出版社2010年版，第46页。

地中海给予赞许和分享，字里行间洋溢着自豪、欣赏与体味。"感受到自己同一片土地的联系，自己对一些人的热爱、了解到总是有一处心灵得以和谐的地方，这对于一个人的毕生而言已是够繁忙的了。不过看来还不止于此。但在那灵魂的归宿处，一切都渴望着某些时刻。'不错，应当回归到那个地方'。普洛丁所祈愿的那种和谐，为什么不可在尘世复得呢？在这里，统一体现为阳光和大海。"① 作为青年时代生活印记和生活信条的来源，地中海生活方式开启了加缪的创作源泉；古希腊人亲近自然和关爱生命的生活样态也成就了加缪制衡有度的哲思模式。古希腊文化中推崇的自由浪漫的天性以及精细敏锐的感官赋予了加缪对于美好事物终身执着的追求，对于人性和生命悉心呵护的关爱，对于战争、阴暗发自内心的憎恶，可以说地中海精神和古希腊文化养成了加缪的是非观和人生观。在民族精神结构向前发展的过程中，古希腊神话没有随时间流逝消失不见或被全盘否定，而是"随风潜入夜"，在各种文化传统中"润物细无声"了。根据加缪的少年养成和学术背景推测，虽然加缪没有对此有过明确的论述和定义，但对加缪而言，"地中海精神"即是古希腊文化传统的同义词。地中海的海水和阳光使加缪热爱自然和生命，哺育了其"地中海精神"，也即希腊精神，他称之为"南方思想"。

除了从小置身的环境，还有师友的思想引领对加缪的价值观念产生了至关重要的影响。"20岁时，加缪第一次读到了格勒尼埃创作的小书《岛》。在为该书后来再版所写的序言中，加缪曾温情脉脉地详细述说：它来到我的面前，为我带来了震惊和启迪。格勒尼埃在书中慷慨激昂地赞誉了地中海文化的美好，这令加缪大为感动。"② 作为最为重要的精神挚友，格勒尼埃对于加缪的影响不言而喻，他对地中海文化的热爱也深深地感染并影响了加缪。

"穷困的物质生活并没有使加缪陷入绝望，相反，大自然的美、阳光和大海给加缪的童年生活增添了光彩，阳光的温暖给予他生活的激情，浩瀚的大海驱散了他在贫困中的烦恼与忧愁。"③ 如果说阿尔及利亚的生活引发了加缪的人生反思和终极追问，地中海则给予加缪独特的精神内涵和人世关怀，地中海精神构建了加缪文化品质的基础。地中海精神和古希腊文化中关于和谐、节制、均衡等哲学原则使他形成了尊重人性、赞扬美、热爱自然、关爱生命和生活的伦理准则。地中海海纳百川、兼容并蓄、广博多元的文化特质深深吸引并

---

① ［法］阿尔贝·加缪：《婚礼集·阿尔及尔的夏天》，载《加缪全集·散文卷》，丁世中译，上海译文出版社 2010 年版，第 62 页。
② ［美］伊丽莎白·豪斯：《加缪，一个浪漫传奇》，李立群、刘启升译，中国人民大学出版社 2011 年版，第 26 页。
③ 张容：《形而上的反抗——加缪思想研究》，社会科学文献出版社 1998 年版，第 13 页。

打动了加缪,他的一生都在这种精神的引领下思考并行动,做人、做事、爱情、生活无不闪现了这种精神的光辉。他曾说过:"我在大海上长大,贫困于我,也便是装点门面的排场了。随后,我便失去了大海,一切豪华奢侈,当时的我都视之如粪土。然而生活的悲惨却是令人难以忍受的。于是我便等待着返家的航船,等待着海上的房屋,等待着明朗的日子。"① 地中海精神和古希腊文化俨然是他的精神家园和价值归依。

在大学时代组织出版的一份简报《年轻的地中海》中,加缪曾这样写道,"地中海是各种思潮相交融的国际海域,它也许是世界各地唯一同伟大的东方思想相沟通的地方……每当一种学说同地中海域相遇时,在不同思潮引起的冲撞中,地中海始终未受丝毫损伤,它战胜了这种学说"②,对地中海及其文化的推崇溢于言表。加缪曾说:"从希腊文化以来,大自然便由此而与变化取得平衡。"他认为"在欧洲的漫漫长夜"中,古希腊曙光的出现将"照亮人们掌握现实的路"③。他似乎坚信地中海精神能够为礼崩乐坏、道德沦丧、价值缺失的当代社会重新寻找回秩序与底线。

在由否定角度理解生命的过程中,加缪也曾踟蹰于荒诞中,甚至趋向虚无主义,此时加缪的作品,如荒诞三部曲:《西西弗神话》《局外人》和《卡利古拉》,致力于发现人世的无奈与现实的冷酷并呈现它。加缪之所以直至今日仍时常被称为存在主义者,也是缘于在对荒诞解读上他与存在主义者有着相同的出发点。随着现实斗争形势的发展,特别是阿尔及利亚战争的爆发,加缪在各方的夹缝中苦苦思索。实践使他不断厘正之前的观点。加缪开始了从反对自杀的思考拓展到反对暴力杀人的思考,在他哲学思想更为成熟的哲学理论《反抗者》中,他开始对反抗这种态度做更为精细准确的评估和定位。当"反抗"作为一种思路出现后,加缪力求在荒诞与反抗中找到一个平衡。他反对暴力杀戮和政治独裁。他借助讲求平衡、节制、适度的"地中海思想",希望用中道来化解极端,用爱来均衡残酷,用人道来反对暴力。在实践中,加缪发现荒诞哲学更倾向于一种世界观,而不是方法论。他逐渐认识到"节制并非反抗的反面。反抗正是节制,在捍卫着他,穿过历史及其混乱而重新创立节制。……节制诞生于反抗。它只有通过反抗生存。它是永远由智慧所激发与控

---

① [法]阿尔贝·加缪:《夏·大海就在眼前》,载《加缪全集·散文卷Ⅱ》,王殿忠译,上海译文出版社 2010 年版,第 272 页。
② [法]罗歇·格勒尼埃:《阳光与阴影——阿尔贝·加缪传》,顾嘉琛译,北京大学出版社 1997 年版,第 18 页。
③ [法]阿尔贝·加缪:《南方思想·反抗者》,载《加缪全集·散文卷Ⅰ》,吕永真译,上海译文出版社 2010 年版,第 399、401 页。

制的一种恒久的冲突"①。节制有度、振作坚韧、珍视生命,尊重价值,这些糅合了地中海精神、古希腊文化特质的思想——姑且称它"加缪的神话精神"——成为其较为成熟的价值取向和哲学依归。之所以用"神话精神"来作为一种思想的界定,是因为这种思想中体现了古希腊神话和现代神话的范式、价值与旨归。加缪的哲学思考、文学创作以及人生信仰,从不同层面展现了一个当代智者的精神生活状态和心灵世界。其中,古希腊神话元素充斥着他的文学生涯。如果对加缪的精神世界做一个学术性的提炼,那么,完全可以说,他是在继承古老神话传统的基础上,进行新神话的创造。在这种意义上,可以说,加缪的精神就是一种神话精神。

加缪的神话精神所昭示的理念,特别是中立、和平、非暴力的政治导向在当时为他招致了无穷骂名,若干老友甚至与之割席断交。但这也恰恰证明,加缪绝世独立,在20世纪四五十年代这一狂热的革命年代保持了冷静自持、没有随波逐流、始终持有独立的思考和判断,超出政治边界坚守人性的光辉。历史给予人们反思的机会,作为政治衍生物的战争,是凌驾于个人生命之上的,反对战争对于政客可能是一个谎言,但对于一个持有人文关怀的思想家、艺术家确实有着起码的良心和清醒。无论正义与否,战争对于人性的背离是显而易见的。加缪的神话精神中的人文关怀,包括尊重生命,反对暴力,提倡对话。古希腊文化和地中海精神中自由、宽厚、博爱的积极因素引导出加缪的神话精神,使他能够在众声喧哗的嘈杂中保持对真理探索时的冷静与自主。加缪的神话精神中节制有度的信条也在这一时段得到了充分的实践。

虚无感在20世纪泛滥成灾,原因在于频繁的战争、式微的宗教、崩塌的信仰、消亡的意义感。西方学者丹尼尔·贝尔说:"现代主义的真正问题是信仰问题。用不时兴的语言来说,它就是一种精神危机,因为这种新生的稳定意识本身充满了空幻,而旧的信念又不复存在了,如此局势将我们带回到虚无。"② 在这样的背景下,加缪将地中海思想引入回归,是一个拥有独立自主精神的现代人对精神家园的固守与维护。

加缪曾言:"正如在古希腊的伟大悲剧家、麦尔维尔、托尔斯泰或莫里哀那里表现出的那样,最崇高的作品将始终是那些保持了现实与人们对现实的抵制间的平衡的作品,他们的每一种因素都迫使另一种因素在一种永不停息的冲

---

① [法]阿尔贝·加缪:《反抗者》,载《加缪全集·散文卷Ⅰ》,吕永真译,上海译文出版社2010年版,第402页。
② [美]丹尼尔·贝尔:《资本主义文化矛盾》,赵一凡、蒲隆、任晓晋译,生活·读书·新知三联书店1989年版,第74页。

突中蓬勃向上，从而反映了本身处于最欢乐和令人断肠的两个极端的生活特征。"① 加缪从地中海精神和古希腊文化中提炼出的神话精神，既不同于浪漫主义的情感泛滥，也不同于现代主义的虚无幻灭，而是呈现冷峻自持、中庸均衡的独特审美体验。

（二）古希腊哲学的影响

加缪对古希腊文化的继承除对古希腊神话的接受外，还包括对古希腊哲学的推崇。由于欧洲人习得哲学的传统，加缪在中学时就接触了哲学。课余他疯狂地读书，涉猎广泛并且关注了很多哲学领域的作家和作品。"他重新开始如饥似渴地阅读纪德的作品，以及一切他认为日后会对自己产生重要影响、会为其发表论文或者会在采访、日记中引用的几乎所有作家的作品——希腊的哲学家们、尼采、陀思妥耶夫斯基、托尔斯泰、纪德、安德烈马尔罗，当然还有格勒尼埃。"② 他的成绩并不优秀，但哲学课作文除外，加缪的一篇哲学论文《作为文学体裁的长篇小说》曾获得在班上朗读的荣誉。加缪曾在阿尔及尔大学研修哲学，那里有着浓郁的哲学研究氛围，而他的高等教育文凭论文《基督教的形成和新柏拉图主义》就主要讨论基督教与古希腊哲学思想之争。加缪从古希腊哲学中汲取的养分构筑了他的神话精神的基石，主要体现在"和谐、节制与中道"几个关键性要素，以及由此衍生出"均衡""有度"等要素的接受。

"和谐"概念的提出，是古希腊哲学发展史上的一大进步，对苏格拉底、柏拉图和亚里士多德的目的学说都有直接而明显的影响。而在毕达哥拉斯学派这里，"和谐"学说是一种对于宇宙万物统一性的直观把握，从而上升到对道德修养、自我把控等理想状态的追求。同时，"和谐"对于他们，包括将事物与事物对立面统一为存在物的本原。毕达哥拉斯学派在研究音乐的时候，以"数"作为本原，数的形式与量二者持中平衡，才会造就和谐动听的音乐。

许多论者认为加缪的荒诞哲学包括"荒诞"理论与"反抗"理论，但纵观加缪的创作脉络和思想轨迹，在这两者之后还有一个非常重要的原则即是"和谐"理论。如同毕达哥拉斯提出和谐学说的本意一样，和谐的内核在于"度"。当事物无"度"便会产生不和谐。在《反抗者》中，加缪对于"荒诞"

---

① 王宁：《诺贝尔文学奖获奖作家谈创作》，北京大学出版社1987年版，第285页。
② ［美］伊丽莎白·豪斯：《加缪，一个浪漫传奇》，李立群、刘启升译，中国人民大学出版社2011年版，第26页。

和"反抗"以及两者之间的关系有了更进一步的思考和厘定,在试图做出实践性的突破思想之下,"和谐"作为"荒诞—反抗"的有力补充和完美提升出现在加缪的哲学理念中,"荒诞哲学"由此得到更进一步的推动。加缪由这一认知得以认识到反抗是破除荒诞困局的不二法门。但反抗不应该成为对抗暴力的另外一种暴力,而是必须遵循节制有度的原则,在尊重人性的前提下完成。任何反抗只要违反了尊重生命的人本原则,成为暴力,就是失去了和谐有度,也便失去了意义。和谐成为加缪的思想基石,也是他的美学旨归。在加缪的许多作品中,都可以看到"和谐"这一元素的存在,这也是加缪神话精神对于当代有着指导意义的原因所在。

亚里士多德早在《尼各马科伦理学》一书中指出:"节制是灵魂非理性部分的德行。节制与放纵都与快乐相关。节制是快乐方面的中道。"① 古希腊人的反抗,不是张牙舞爪,声嘶力竭的,而是讲究隐忍与平衡,于无声处听惊雷。因为古希腊哲学推崇"节制"与"中道",对分寸把握的要求极高,力争将行为边界把控在自然的法度之内,认为最大的罪恶就是"过度"的行为。讲求对"限度"的控制,避免事物的极端方向。加缪的反抗理论,是将古希腊思想中"节制"与"中道"的原则作为一种力与美的完美结合,纳入其理论核心的,试图在充满暴力的世界回归节制的优雅。加缪试图建立一套新的价值体系,以爱与自由、尊重生命的节制中道方式对抗当时弥漫在欧洲的暴力与戾气。但节制绝非消极怠工、放弃行动,而是以理性来把握行动的尺度,以避免走向无节制的极端。"节制诞生于反抗。它只有通过反抗才能生存。它是永远由智慧所激发与控制的一种恒久的冲突。它不会战胜不可能的事情与深渊,而是与它们保持平衡。"②

古希腊哲学中的节制与中道,在加缪这里并没有成为新的哲学传承,而是转化为一种价值取向。这一取向与前面的"和谐"一起,成为加缪神话精神的核心内质,在加缪的文章、政见、人生观等方面得到充分的阐释。这一切反映在现实生活中,加缪充分尊重生命,坚决反对专制、暴力、恐怖主义以及任何形式的自杀。古希腊"和谐、节制与中道"的哲学思想在加缪的哲学文学作品中扬起爱与自由的美学风帆,在现实生活中,对暴力恐怖事件频繁、局部战争不断、自杀情绪蔓延的当代社会状态有着预警意义。不冒进、不极端,加缪用自己的古典方式缓和了现代文明所带来的种种不适,虽不至于纵横捭阖,

---

① 亚里士多德:《尼各马科伦理学》,苗力田译,中国社会科学出版社1990年版,第60页。
② [法]阿尔贝·加缪:《南方思想·反抗者》,载《加缪全集·散文卷Ⅰ》,吕永真译,上海译文出版社2010年版,第402页。

却可以历久弥香、久而弥笃。

四、荒诞哲学——另辟蹊径的思想轨迹

相较传统意义上的哲学家而言，加缪对智慧的追求更近于一种思考，他没有将精力放在哲学理论的纯粹思辨过程中，很少使用故弄玄虚的抽象的概念术语，更无心去打造庞大而复杂的哲学理论架构和体系；他的哲学思想成果是清新明了的哲学随笔而不是大部头的哲学著作。形式的简洁没有导致思想的简陋：加缪的思考成果无疑是一种哲学——学界一般认为"荒诞"是加缪哲学思想的核心，"荒诞哲学"成为加缪哲学的一种概括和总结。

存在主义哲学发轫于"荒诞"这个发现，但作为一种理论，"荒诞"无疑是在加缪这里获得了完整而细致的阐发。加缪将荒诞提升至哲学高度，进一步明晰荒诞理论的方向与框架。加缪终其一生都在探讨"荒诞"，它的发生、发展、对抗的方法。他将"荒诞感"作为探讨荒诞问题的出发点，提出"荒诞感"是一种主体意识，是个体对世界的内心体验，人以之作为思想手段，探究人与世界的关系。加缪系统而完整地对"荒诞感"的产生、发展进行了论述，对这一概念的内涵外延做了清楚的界定，形成了"荒诞理论"。在谈及面对荒诞的诸多态度时，加缪严词否定了生理自杀与哲学式自杀（寄希望于未来）这两种方式，认为最值得肯定是"反抗"这一方式。反抗是在某一界限范围内、有限度的反抗，超限的反抗只会引向另一极端，反抗专制强权的行动蜕变为新的专制暴政。加缪推崇古希腊思想均衡、适度、和谐等观念，并以之作为其反抗思想的源泉，形成并发展了"反抗"理论。"荒诞理论"和"反抗理论"在加缪哲学思想中是一对伴生的理论，缺少其中的任何一个，加缪的哲学体系都是不完整的，也无法区别于此前的存在主义或马克思主义等理论。这两个理论的有机组合构成了完整的加缪"荒诞哲学"。在诠释荒诞哲学的过程中，加缪运用了多种文体形式，如小说、戏剧、随笔甚至书信。在这些作品中，加缪展示了人类存在的尴尬境遇、在这种境遇面前的内心体验，更抽离出他主张的解决方式——反抗。"反抗理论"是荒诞哲学区别于存在主义哲学的标志。存在主义哲学止步于对于世界荒诞、非理性的认知，与荒诞哲学有着相同的出发点，却走向两个不同的方向。

加缪的思想与现实人生密切相关，他的追问更关注现实生活的普世价值，而不纠结世界的本源。加缪哲学思想的核心是寻觅光明、爱、自由、坚持等人性本真。加缪"荒诞哲学"的意义在于"唤醒"麻木于日常生活琐碎事务的现代人关注个体、内心体验、个体的存在境遇、个体与世界的关系，其映射当下，含义深远，"以他那种固执的、既狭隘又纯洁的、既严峻又耽于肉欲的人道主义，向这个时代种种巨大的、畸形的事件做意义含糊的战斗，以他顽强的拒绝，……再次肯定了道德事实的存在"①。

加缪的荒诞哲学通过以下要素让人们意识到"荒诞"：比如麻木机械地惯常生活唤起的无意义感。这种日常生活消解了意义，使人对存在价值产生怀疑，对生存意义倍感困惑，"虚无变得很能说明问题了，日常的锁链给打断了，心灵再也找不到衔接锁链的环节了，那么这样的回答就变成了荒诞的第一个征兆"②。有限的生命里，人们重复机械式的日常生活，并麻木于此："某天背景势必倒塌起床，有轨电车，四小时办公或工厂打工，吃饭，有轨电车，又是四小时工作，吃饭，睡觉；星期一、星期二、星期三、星期四、星期五、星期六，同一个节奏，循着此道走下去，大部分时间轻便自然。"③ 比如时间流逝和死亡必然的客观性所引起的无力感。没有人可以与时间抗衡，也没有人能够逃脱死亡。时间界定了个体存在的有限性，必须寄情现在才能获得意义。死亡也是一样，"无用感在这种命运的死亡阴影下萌发了。数学般血淋淋的规律支配着我们的生存状况，对此，任何道德、任何拼搏都无法先验地得到辩解"④。人们都知道死亡，但又都不知道死亡，因为没有人死过，唯有对此生的积极把握才有意义。时间和死亡让有限性成为个体荒诞感产生的内在感受。事物的不可捉摸和荒诞不经也会使人产生荒诞感："世人也散发出不合人情的东西。在某些清醒的时刻，他们的举止模样机械，他们无谓的故作姿态，使他们周围的一切变得愚不可及。"⑤ 这些外部事物的荒诞也会让人追问意义的存在。荒诞的根源是人与世界的不可把握的关系，"荒诞产生于人类呼唤和世界

---

① ［法］萨特：《阿尔贝·加缪》，载《萨特文集》第七卷，沈志明、艾珉主编，人民文学出版社 2000 年版，第 348 页。
② ［法］阿尔贝·加缪：《西西弗神话》，载《加缪全集·散文卷Ⅰ》，沈志明译，上海译文出版社 2010 年版，第 84 页。
③ ［法］阿尔贝·加缪：《西西弗神话》，载《加缪全集·散文卷Ⅰ》，沈志明译，上海译文出版社 2010 年版，第 84 页。
④ ［法］阿尔贝·加缪：《西西弗神话》，载《加缪全集·散文卷Ⅰ》，沈志明译，上海译文出版社 2010 年版，第 86 页。
⑤ ［法］阿尔贝·加缪：《西西弗神话》，载《加缪全集·散文卷Ⅰ》，沈志明译，上海译文出版社 2010 年版，第 85 页。

无理性沉默之间的关系"①。同时，荒诞哲学的最重要的观点是：荒诞是一种反抗，因为它引发了人对自我意识的觉醒。加缪说："不过有一天，意识活动的序幕：'为什么'的疑问油然而生，于是一切就在这种略带惊讶的百无聊赖中开始了。厌倦处在机械生活行为的结局，但又是启开意识活动的序幕：唤醒意识，触发未来。"②

荒诞不在于人，也不在于世界，而在于人与世界的之间密不可分而又矛盾的关系。荒诞古已有之，比如神话中的种种有悖常理的神话符号、情节、意象，它上升为一种哲学后，其中的许多要素开始有了新的指向。加缪在荒诞哲学基础上推进其新神话的创作，两者相得益彰。

加缪认为这是一个"荒诞的世界"他在自己的作品中充分反映荒诞的要素，比如《局外人》中令人窒息的日常生活，不可捉摸的人心险恶，让默尔索感觉与社会格格不入，这世界荒诞不经。他用自己的与社会的疏离，对爱人、亲人的冷漠，对世俗伦理的背弃向文明社会做了最强有力的反击；再如揭示人世间最荒诞秘密——死亡的不可避免——的卡利古拉，他将社会人身上被赋予的伦理、秩序、爱欲如同垃圾一样扬弃，只保有对于人之本质的本初看法；还有无法跳脱命运束缚的若望，他的命运之弦最终葬送在亲情的手中……加缪大量运用荒诞哲学中解释过的荒诞因素谱写新神话。新神话中情节、要素、意象又为其荒诞哲学做了新鲜而又令人信服的注脚。

五、尼采之后——完美的先行者与参照者

如果研究加缪，尼采是一个不应被忽略的人物。这不仅因为他对加缪来说是一个至关重要的影响者，还是一个无与伦比的参照者。加缪有着与尼采相似的遭遇：幼年失怙、疾病缠身、情感孤独、敏感自尊、荣誉之巅、毁誉参半，他们都有过备受瞩目的荣誉，但更经历了世俗的苦难和心理的煎熬。最重要的是，他们面临同样的哲学命题：没有了信仰，人类如何自处？他们的整个关于

---

① [法]阿尔贝·加缪：《西西弗神话》，载《加缪全集·散文卷Ⅰ》，沈志明译，上海译文出版社2010年版，第94页。
② [法]阿尔贝·加缪：《西西弗神话》，载《加缪全集·散文卷Ⅰ》，沈志明译，上海译文出版社2010年版，第84页。

人生与人类的思考都围绕着这一命题层层展开,更为巧合的是,他们解答这一问题的密钥都在古希腊文化之中,而答案在似与不似之间多有纠葛。

加缪对于尼采的关注持续一生。加缪总是在身边藏有一幅尼采的照片,此幅是放在舍纳莱依街的住所的壁炉上的。在照片的背面,加缪写道:"疯子尼采的照片……它经常在我面前,给我勇气。"① 加缪从尼采那里汲取的勇气来自方方面面,他也醉心于古希腊文化的浸淫中,希望从中汲取力量;他的哲学思考也以格言警句的形式不拘一格,自成一派;他看中人的天性中接近自然的范畴,认为那才是最和谐和美好的事物……他将这些勇气集结成文,收录在《反抗者》中,题为《尼采与虚无主义》。而这种勇气——更大意义上说——影响了加缪人生观念的形成。加缪与尼采的关联延续至加缪生命的最后一刻,当 1960 年 1 月 4 日,加缪的生命终结于 5 号国家公路上的那辆汽车的撞击时,他的随身物品中,除了自己未完成的书稿《第一个人》,还有一本尼采的《快乐的科学》。

尼采借神话对生命本质做了如下的阐释:"流传着一个古老的神话:弥达斯国王在树林里久久地寻猎酒神的伴护,聪明的西勒诺斯,却没有寻到。当他终于落到国王手中时,国王问道:对人来说,什么是最好最妙的东西?这精灵木然呆立,一声不吭。直到最后,在国王的强逼下,他突然发出刺耳的笑声,说道:'可怜的浮生呵,无常与苦难之子,你为什么逼我说出你最好不要听到的话呢?那最好的东西是你根本得不到的,这就是不要降生,不要存在,成为虚无。不过对于你还有次好的东西——立刻就死。'"② 对于这样的生命必然,神话显然给出了最本质的解释,而这种解释是尼采所青睐的。他看到了世界的虚无,并且在虚无成为一种世纪症状时,试图超越虚无和厌弃的情绪。而超越虚无和发现幸福的方法在尼采这里明确为古希腊精神,他在《悲剧的诞生》中曾热烈呼吁:"谁也别想摧毁我们对正在来临的希腊精神复活的信念,因为凭借这信念,我们才有希望用音乐的圣火更新和净化德国精神。否则我们该指望什么东西,在今日文化的凋敝荒芜之中,能够唤起对未来的任何令人欣慰的期待呢?……我们的目光茫然寻找已经消失的东西,却看到仿佛从金光灿烂的沉没处升起了神秘,这样繁茂青翠,这样生机盎然,这样含情脉脉。悲剧端坐在这洋溢的生命、痛苦和快乐之中,在庄严的欢欣之中,谛听一支遥远的忧郁的歌,它歌唱着万有之母,她们的名字是:幻觉,意志,痛苦。——是的,我

---

① 《孤独与团结:阿尔贝加缪影像集》,郭宏安译,译林出版社 2014 年版,第 31 页。
② [德] 尼采:《悲剧的诞生:尼采美学文选》,周国平译,上海人民出版社 2009 年版,第 96 页。

的朋友，和我一起信仰酒神生活，信仰悲剧的再生吧。"① 对于现代文明，尼采认为其是沉郁且了无生气的、焦躁与暴戾的文化荒漠与情感沙漠，唯有古希腊精神才能拯救它。古希腊文化对尼采有着不可阻挡的吸引力，尼采"受到古希腊思想魅力的影响，尤其在埃斯库罗斯和柏拉图那里发现了古希腊思想"②。尼采将古希腊文化简化为日神精神与酒神精神，他认为这两者支撑了古希腊文化。日神代表的是视觉与美。酒神代表的是源自人类内心深处的欲望，是一种本能冲动。虽然从哲学层面无法得出这样的结论，因为这显然是非理性范畴内的概念。但不得不说，这种解读因其精准和热切俘获了相当一批人的心。这其中包括年轻的加缪。

尼采与加缪对于古希腊文化的觉知在某种意义上是一致的。加缪作品中常常出现的令人陶醉的自然之美，源于古希腊文化中对自然之美的崇仰。而加缪作品及生活中对自然人欲的毫不遮掩的坦然，则是古希腊文化中人生态度的体现。沐浴地中海风长大的加缪，对地中海地区自然率性的人生观念耳濡目染，面对虚无现实和人生难题，他抛却了传统和固有的思考模式，真诚感受并阐释自然和生命的真实与美好。其作品当然也有世俗生活的描述，但其态度却超然达观，传递出浑厚深沉的和谐韵味。加缪携古希腊传统之风，温暖和引导了意义缺失、价值沦丧的迷茫一代。这是加缪的作品常年被法国教科书收录的缘由，也是加缪备受关注的缘由。古希腊文化的中道与节制特质为陷入极端失衡的"迷茫"时代病患者们所向往，正如加缪所说："在当今虚无主义最为阴郁的时候，我唯一寻找的就是超越这种虚无主义的理由。我所依靠的是对于阳光的本能的忠诚，我出生在阳光之地，那里的人们数千年来都懂得向生活敬礼，即使是在痛苦之中。"③ 这是古希腊文化对加缪的馈赠，也是尼采与加缪最大的相似之处。在《尼采与虚无主义》一文中，加缪以马克思和尼采做比："对马克思来说，人要控制自然以服从历史，而尼采则提出人应服从自然以控制历史。这正是基督教徒与希腊人的区别。"④ 尼采对事情的看法，源自于古希腊文化的影响。而加缪在这点上与他志同道合。他们都想从古希腊的智慧中汲取击溃所处时代普遍的厌世情绪和虚无主义的法则，重获人世的幸福与和谐。

对于加缪和尼采来说，哲学思考不是一种纯粹的冥思，而是一种寻求解决

---

① ［德］尼采：《悲剧的诞生：尼采美学文选》，周国平译，上海人民出版社2009年版，第167页。
② ［美］S. E. 斯通普夫，J. 菲泽：《西方哲学史：从苏格拉底到萨特及其后》，匡宏译，世界图书出版公司2009年版，第351页。
③ 黄晞耘：《重读加缪》，商务印书馆2011年版，第216页。
④ ［法］阿尔贝·加缪：《反抗者》，载《加缪全集·散文卷Ⅰ》，吕永真译，上海译文出版社2010年版，第232页。

问题的方式。如果说在古希腊神话中,尼采找到的指引者是狄奥尼索斯,那么加缪则选定了西西弗斯。狄奥尼索斯所代表的现世狂欢,导引出"今朝有酒今朝醉"的郁郁,而西西弗斯周而复始的无望,却沉潜出明知不可为而为之的勇气。这两者的不同令人惊异地指涉了两位哲学家不同的生活路径和最终归宿:尼采以其略显尖刻的敏锐清醒洞悉了人生,但无法解释和解决的痛楚逼疯了他;加缪一贯的积极入世使他即使在最失意的时刻仍然保持着对人世的眷恋,直至这种眷恋凝滞在一场车祸中。

在对待虚无这个问题上,加缪认同尼采的直面,认为他是为真理奉献的人:"创造伟大是一项非凡的任务,他愿意为之而献身。他完全晓得,唯有在极端的孤独中方有可能创造,而人在精神极端困苦中必须同意这样做,否则只有死亡。"① 但对于处理虚无的方式,显然加缪不能接受尼采的做法。"反抗者起初否定上帝,以后便打算代替他。尼采的见解是,只有放弃一切反抗,甚至放弃想要产生神明以纠正世界的反抗,反抗者才能成为上帝。"② 加缪认为尼采的做法无异于被自己推入死胡同。他苦苦思索并经历过迷茫摸索之后,也确立了"反抗"的意识,但加缪的反抗不是"死亡",而更像是一种姿态,或者保持某种态度。这种态度即是"明知不可为而为之"的战斗意志。这种反抗不是暴力对抗,而是对于荒诞人生的决不妥协。至于如何不妥协,显然加缪还在寻觅和思考具体的方式。作为一个深刻理解的同道中人,加缪对于世人对尼采的误解深感痛心:"他曾相信与智慧相结合的英勇,将此称之为力量。人们以他的名义用英勇反对智慧。真正属于他的这种美德这样便转化为相反的东西:显而易见的暴力。他根据一种骄傲的思想的规律,把自由与孤独混同起来。他'在正午与午夜的深深的孤独'却消失于最终涌现于欧洲机械化了的人群。"③ 与后世歪曲甚至利用尼采的理论制造罪恶的人相比,加缪对于尼采的相知相惜令人感慨。而尼采的理论和精神对于加缪来说无疑是一种指引,加缪在这种指引之下热切而又清醒地寻觅到了自己的哲学思考和人生路径。

---

① [法]阿尔贝·加缪:《反抗者》,载《加缪全集·散文卷I》,吕永真译,上海译文出版社2010年版,第225页。
② [法]阿尔贝·加缪:《反抗者》,载《加缪全集·散文卷I》,吕永真译,上海译文出版社2010年版,第227页。
③ [法]阿尔贝·加缪:《反抗者》,载《加缪全集·散文卷I》,吕永真译,上海译文出版社2010年版,第228页。

六、异教徒——基督教的对面

虽然不是基督教徒，但加缪对于基督教的兴趣却持续终生。从硕士论文《基督教形而上学与新柏拉图主义》（*Metaphysique Chreienne et Neoplatonisme*）开始，加缪就将基督教纳入自己的思考范畴。在之后的创作生涯中，加缪多次在不同文章中用不同的形式表现自己对于基督教的态度。《局外人》中默尔索多次拒绝与任何前来说服他对自己的行为忏悔和寻求上帝宽恕的神甫谈话，在神甫喋喋不休地劝诫多次之后，默尔索说出了以下这段话："他（指神甫）的神气不是那么确信有把握吗？但他的确信不值女人的一根头发，他甚至连自己是否活着都没有把握，因为他干脆就像行尸走肉。而我，我好像两手空空，一无所有，但我对自己很有把握，对我所有的一切都有把握，比他有把握得多，对我的生命，对我即将到来的死亡，都有把握。"①《鼠疫》中神父帕纳鲁对充满恐惧的奥兰公民宣称，这场瘟疫是上帝对他们怠于礼拜的惩罚："在他等待你们等得不耐烦时，他为什么会让灾祸降临在你们身上，正如人类有史以来灾祸总光顾那些罪孽深重的城市一样。如今你们明白了什么是罪孽，就像该隐父子、洪水灭世之前的人们、所多玛和蛾摩拉的居民、法老和约伯，以及所有受诅咒的人们明白了什么是罪孽一样。"② 然而，他与里厄一起目击到瘟疫的恐怖之处，亲眼看见一个年轻的生命死去，最后消失。最终，是医生们而不是宗教成功地打败了瘟疫。而在经常被视为基督教宗教色彩浓烈的《堕落》中，克拉芒斯宣称："上帝不时兴了，得为自己造一个主子。'上帝'这词已无意义，最好不要叫任何人不高兴。"③ "名为施洗者约翰的克拉芒斯却不能把人引向伊甸园，这对于基督徒来说是莫大的亵渎。"④ 当加缪用一种明显不认同及

---

① ［法］阿尔贝·加缪：《局外人》，载《加缪全集·小说卷》，柳鸣九译，上海译文出版社 2010 年版，第 71 页。
② ［法］阿尔贝·加缪：《鼠疫》，载《加缪全集·小说卷》，刘方译，上海译文出版社 2010 年版，第 141 页。
③ ［法］阿尔贝·加缪：《堕落》，载《加缪全集·小说卷》，丁世中译，上海译文出版社 2010 年版，第 346 页。
④ 郭晓霞：《〈堕落〉：反抗堕落的宣言》，载《外国文学》2010 年第 10 期，第 88 页。

讽刺的口吻说到与上帝有关的一切时,他对于基督教的态度应该是不完全认同的。在访谈中,加缪也多次表示:"我关注基督教,但在天性上我没有宗教信仰。""我不是基督徒。"① 这种貌似急于撇清的姿态不能不让人怀疑加缪对基督教是否有着莫名的成见。而这成见到底是针对基督教本身还是宗教这样一种形式?加缪曾经有过这样的表态:"我感到我有一颗希腊式的心——希腊人并不否认他们的神,但他们只是将自己的命运托付给神。而基督教是一种彻头彻尾的宗教。"② 对于基督教本身的理解,在一篇题为 Albert Camus: The challenge of the unbeliever 的文章中,就加缪对基督教的理解做了如下阐述:

  Christianity offered the certainty which people sought: it represented the birth of a new civilisation. It was not, however, a new philosophical system. Camus described it rather as 'a collection of aspirations'. If it was to develop, it had to 'pour itself into the forms of Greek thought'. This was a difficult process. First, to the Greek concept of cyclical, necessary time, Christianity opposed the concept of historical time, in which, at one specific moment, the divine revealed itself through the Incarnation. Second, to the Greek view of man, pursuing, through knowledge, an ideal of virtue, Christianity offered salvation through divine grace. Third, to the Greek concept of autonomous, self-sufficient man, Christianity opposed an ideal of humility, compassion and self-sacrifice, as revealed in the person of Jesus Christ. ③

  (基督教提供了人们所寻求的必然性:它代表了一个新文明的诞生。然而,这并不是一个新的哲学体系。加缪称之为"愿望的集合"。如果它要继续发展,它必须成为希腊思想的形式。这是一个艰难的过程。第一,在特定时间里,关于希腊周期性的概念,基督教反对历史时间的概念,在一个特定的时刻,神通过化身显现出来。第二,希腊关于人的观点,通过知识追求美德,基督教的理想提供了通过神的恩典获得拯救的方式。第三,希腊自治的概念,作为自给自足的人,反对基督教的理想的谦卑,同情心和自我牺牲精神,正如耶稣基督所表现的。)

从以上相对晦涩的表述中,可以窥见加缪对于基督教的起源是认同的,因为他本身对于希腊文明是非常推崇并全身心热爱的。对于基督教按照希腊思想

---

① [美]理查德·坎伯:《加缪》,马振涛、杨淑学译,贾安伦校,中华书局2002年版,第10、11页。
② [美]理查德·坎伯:《加缪》,马振涛、杨淑学译,贾安伦校,中华书局2002年版,第11页。
③ Vivienne Blackburn: Albert Camus: The challenge of the unbeliever,蔡琼宜译,载《Scottish Journal of Theology》2011年第64卷第3期第317页。

而可能形成的走向,加缪也是期待的,虽然这将是一个艰难的过程。窃以为,抛却基督教庞大而复杂的体系关照,用最简单的话来讲,加缪迟迟不能将自己献身上帝的原因在于基督教对于上帝权利的绝对化,违背了加缪的人本主义思想。对于加缪来说,所有的神都不如人类自己靠得住。在《卡利古拉》中,他借卡利古拉的口喊出了这一心声:"神又算什么,我为什么要和神平起平坐呢?今天,我竭尽全力追求的,是超越神的东西。"① 有趣的是,在《堕落》中,玩世不恭的克拉芒斯也曾对此有自己的表述:"叫人犯罪或惩罚人都无须上帝,我们的同类便足够,何况我们自己还从旁相助。"② 这样的宣示其真实的意思是"上帝已经死了,应当由人的力量来改造和组织世界"③。事实上,无论是普罗米修斯还是西西弗斯,反抗的不仅仅是命运,还有狂妄而专断的神明。本来,宗教作为一种信仰,在苦苦追寻意义和价值的加缪那里应该获得首肯,但在长久地进行关注之后,加缪还是坚定了人类作为唯一主体将在反抗和寻觅的道路上踟蹰独行的信念。他在细心观察和耐心推演的过程中体味人性的无限可能,用智慧和经验而不是理论和教义揣测人类自救的可能性。在基督教文化深入而广泛的影响范围内,加缪一生都保持着对其浓厚的兴趣,而尤为可贵的是,作为一个有着独立判断能力的学者,他没有将这种兴趣转化为教徒的迷狂,而是在小心翼翼的研究过程中始终有着清醒自持的判断,并找到和推演了自己的结论。

加缪的神话世界是理想世界与现实世界,或称荒谬世界的合称。在加缪的思想世界里,他向往和谐美好的理想世界,接受封闭的、被流放的荒谬世界,拒绝永恒的、超自然的世界。荒谬世界是由于对抗和拒绝超自然世界而存在的,这种对抗更多的是一种对人作为主体缺席的对抗,或者说一种对存在缺乏的对抗。因为在加缪的思想世界里,人,只有人才有能力主宰或把握自己的命运。即使面对命运人类是无奈的,但不能因此而放弃反抗,就像不能因为"人总是要死的"就放弃活着的希望。这种思想认识统一了这两个世界——希望的世界与荒谬的世界,使其成为加缪所描述的一个悲剧性的、壮烈的世界,并以此作为加缪笔下的荒谬英雄所处的情境。加缪式的主角怀着对从虚妄的天堂中被流放的愤恨,坚拒所有对世界的宗教式的虚妄解读,接纳了荒谬作为活

---

① [法] 阿尔贝·加缪:《加缪戏剧作品·卡利古拉》,载《加缪全集·戏剧卷》,李玉民译,上海译文出版社2010年版,第18—19页。
② [法] 阿尔贝·加缪:《堕落》,载《加缪全集·小说卷》,丁世中译,上海译文出版社2010年版,第336页。
③ [法] 阿尔贝·加缪:《置身于苦难与阳光之间加缪散文集》,杜小真、顾嘉琛译,上海三联书店1989年版,第224页。

动的场所,即使这样的接受意味着承受西西弗斯式永无止境的苦难。如果加缪妥协了,为了寻求暂时的宁静,接受一个宗教的世界,那么世界上将不会有荒谬。因此,他遭受的痛苦——无论这种痛苦是现实生活中的,还是形而上层面的——来自于他对所谓永恒的拒绝,来自于他对自己所坚持的"美好的幻想"的抗争。他不想要宗教式的所谓永恒的天堂;他要的是人类的天堂——尽管它是有限的,除此之外一无所求。因为只有当他坚持这种对抗、坚持拒绝永恒时,荒谬才能继续存在。加缪的这种自苦,是源自于一种风骨,源自于自尊、自信、自爱的人类自觉。他始终站在基督教等宗教形式的对面,是因为他选择站在人类自己这一边,选择相信人类自己的力量。

第三章　加缪：神话的传承者

产生于洪荒时代的神话是先民们集体经验、智慧、思考的凝练,神话的形成过程中沉淀出稳固的神话思维和神话意识,通过文化传承潜移默化地沉潜于后人的思维中。它是原始人类对宇宙奥秘的解读与发散思考,也是对人与世界关系的初步认知。苏联学者叶·莫·梅列金斯基在《神话的诗学》中对神话的普适性有如下描述:

> 社会的震荡使西欧知识界许多人确信:在文化薄层下,确有永恒的破坏或创造之力在运动;它们直接来源于人之天性和人类共有的心理及玄学之本原。为揭示人类这一共同的内蕴而力求超越社会——历史的限定以及空间——时间的限定,是十九世纪现实主义向现代主义过渡的契机之一;而神话因其固有的象征性(特别是与"深蕴"心理学相结合),成为一种适宜的语言,可用以表述个人行为和社会行为的永恒模式以及社会宇宙和自然宇宙的某些本质性规律。①

神话经过千万年沉积,到今天仍具有普适性。神话精神沉潜在加缪的意识中。在加缪的作品中,处处可以看到神话的影子。比如神话人物,西西弗斯、普罗米修斯、涅墨西斯;比如神话类型,洪水神话、英雄神话;比如神话的情节设置,命运悲剧、伦理悲剧。他的作品围绕着一系列神话或一个神话的不同侧面,这些神话的共通点是始终处在传统愿景与现代文明之间的冲突中。加缪作品的很多题目都直接与神话相关,比如最著名的《西西弗神话》,还有《地狱中的普罗米修斯》《流放海伦》等。在加缪知名度较小的一部作品《幸福的死亡》中,他将主人公命名为"扎格罗斯",同时也是神话人物匝格瑞俄斯的名字。"Ce nom évoque, dans la mythologie grecque, le fils adultérin de Zeus et de Perséphone, qui fut ensuite victime de la jalousie d'Héra et livré aux Titans. De son cœur préservé naquit un autre enfant qui reçut le nom de Dionysos, c'est-à-dire *celui qui naît deux fois.*"②[这个名字使人想起希腊神话中宙斯(Zeus)和珀耳塞福涅(Perséphone)的私生子,他遭受心生嫉妒的赫拉(Héra)的迫害而被提交给泰坦神(Titans)。从他仅存的心中生出另一个婴孩,名叫狄俄尼索斯(Dionysos),意思即是"出生两次的人"。]神话中的结构和母题对后世的文学作品的影响是辅证加缪对神话精神的继承的重要依据。

在布鲁门伯格的《神话研究》中,将神话的意义或者他所谓的"神话所依凭的本质"称为"意蕴"。对于意蕴他这样阐述道:"意蕴之生成也源于对

---

① [苏联]叶·莫·梅列金斯基:《神话的诗学》,魏庆征译,商务印书馆1990年版,第4页。
② Jacques Le Marinel:《Camus et les myths grecs》,邓家盛译,载《Revue Dhistoire littéraire De La France》2013年第113卷第4期,第798页。

于一种关系的再现：一方面是现实对生命的抗拒，一方面则是对于那种使人足以与之抗衡的活力的激励。"① 在神话中一方面展示了人对于未知命运的无从把握，另一方面，也是最宝贵的，是一种向生而死的明知不可为而为之的勇气，在加缪的作品中这两个方面都有充分的展现和思考。无论是《误会》中被命运之手紧紧攥住的迷惑，还是《卡利古拉》《局外人》《鼠疫》等中虽千万人吾往矣的抗争，抑或弥散在每一篇文章的关于命运迷惑而后抗争解惑的思考，无一不在彰显加缪神话意识的完整性和系统性。

所选文本对应的主题并不绝对而且唯一，比如论及《误会》，侧重神话中命运悲剧的阐述，但如果从反抗的角度，《误会》也是一个非常重要的文本证据。之所以没有主要论及，是根据全篇布局的需要。

一、《鼠疫》：洪水记忆与英雄反抗

在阿尔及尔的滨海城市阿赫兰（即奥兰），生活一如既往地平静而无生气，人们重复在周而复始的日常琐事中：工作、赚钱、吃饭、睡觉、散步、打牌、游泳……周而复始。直到有一天，里厄医生在门口踢到 1 只死老鼠，接着是 3 只、12 只，事件以几何倍增的速度扩大着影响。第四天，"老鼠开始成群结队跑出来死在外面"②，楼梯口、院子里、操场上、市政大厅里，到处是一堆堆的死老鼠，甚至不少夜行者在路上走着"感到脚下踏了一只软软的刚死不久的小动物尸体"③。人们厌恶、抱怨，而后忧虑。终于有人死了，2 天内死了 11 个人。人们开始恐慌。医生证实这是鼠疫流行。阿赫兰被封闭了。鼠疫开始进入并改变每一个人的生活。日常买卖停止，黑市买卖盛行，道德风纪颓丧，人们恐慌焦虑，谣言四起，迷信横生。人们意识到，应该做点什么改变鼠疫肆虐的情况。知识分子让·塔鲁建立起了第一个卫生防疫组织，里厄医生积极研制应对鼠疫的血清；市政府职员格朗放下了手中写作的笔，担任了卫生防

---

① ［德］汉斯·布鲁门·伯格：《神话研究（上）》，胡继华译，上海人民出版社 2012 年版，第 84 页。
② ［法］阿尔贝·加缪：《鼠疫》，载《加缪全集·小说卷》，刘方译，上海译文出版社 2010 年版，第 86 页。
③ ［法］阿尔贝·加缪：《鼠疫》，载《加缪全集·小说卷》，刘方译，上海译文出版社 2010 年版，第 86 页。

疫组织的秘书；一直想逃出阿赫兰的巴黎记者朗贝尔留下来和里厄医生一起并肩工作。在大家的共同努力下，鼠疫疫情终于过去。在万众欢腾的时刻，里厄医生却忧心忡忡："鼠疫杆菌永远不会死绝，也不会消失，它们能在家具、衣被中存活几十年；在房间、地窖、旅行箱、手帕和废纸里耐心等待。也许有一天，鼠疫会再度唤醒它的鼠群，让它们葬身于某座幸福的城市，使人们再罹祸患，重新吸取教训。"①

世人理解《鼠疫》，多从现实角度，将《鼠疫》解读为一则喻世恒言，更影射第二次世界大战（以下简称"二战"），认为它"反映艰苦岁月，但又不直接隐喻战败、德国占领和残暴罪行"②。作为解读的角度之一，这种说法无可厚非。但除却具象的比喻和现实的指涉意义，从整个故事的内容和结构来看，《鼠疫》隐含的神话意识更应被关注。

在《鼠疫》中，加缪的神话意识有着较为直接的表现，即神话意象的直接运用。在小说开头通过描绘奥兰城市中的居民、描绘他们的生活习惯以及烦恼，加缪在心中酝酿着一个有希腊神话背景的隐喻。在《夏》中关于这座城市的叙述是对这一隐喻最好的注解："奥兰恰是一堵黄色的圆环形高墙，上面是冷峻的天穹。刚开始，人们在这座迷宫里游来荡去，像寻找阿丽亚娜的记号那样，四处寻找大海。可是结果却是在苍黄的、叫人气闷的大街上兜圈子，最终还是让人身牛头怪把奥兰人都吞了下去，这就是无聊。"③ 吞噬奥兰人的，除了铺天盖地的灾难，还有人类难以逃脱的命运。《鼠疫》中另一段更加直接的对于神话的引用出现在小说第四部分，即当一场格鲁克的歌剧《俄耳甫斯》的给市民带来暂时的平静，使他们恢复几乎被鼠疫击溃的自信时，"大家几乎没有察觉俄耳甫斯在第二幕的唱腔里带了一些原本没有的颤音，他在用眼泪祈求冥王同情时，悲伤得也有些过分"④。这段文字就如灾难的谶语，悲剧即将降临。《俄耳甫斯》是一个典型的禁忌神话，在这类神话中，主人公被明令禁止不能做什么，否则将会有悲惨的事情发生。这个禁忌话题的提出往往是神的旨意，但作为一个势必被打破的形式符号，这个禁忌总是被打破而导致悲剧的

---

① ［法］阿尔贝·加缪：《鼠疫》，载《加缪全集·小说卷》，刘方译，上海译文出版社2010年版，第288页。
② 埃尔贝·R.洛特曼：《加缪传》，肖云上、陈良明、钱培鑫等译，漓江出版社1999年版，第468页。
③ ［法］阿尔贝·加缪：《夏·人身牛头怪》，载《加缪全集·散文卷Ⅱ》，王殿忠译，上海译文出版社2010年版，第227页。
④ ［法］阿尔贝·加缪：《鼠疫》，载《加缪全集·小说卷》，刘方译，上海译文出版社2010年版，第211页。

发生。俄耳甫斯的回眸导致了妻子的死亡,奥兰人对生活的随意则导致在鼠疫面前束手无策的茫然与苦痛。① 这一阶段的加缪,作为神话的延续者,经常性地进行神话的仿写和神话因素的挪用。

人性是一种相对稳定的基本精神属性。人类天天都在进步,但这是指科学技术能被外界控制的范畴。而基本人性本身却没有根本性的变化。因此,在这个意义上,神话永远不会因时过境迁而发生根本变化,因为支撑神话传承的基因编码是人类本质精神和思维范式、行为机制。几千年来人类生活发生翻天覆地的变化,但诸如母性、向群性等天性本能却基本恒定不变。这是今人可以理解和接受千年之前的神话的精神基础,也是神话对于今天仍有意义的根本原因。

在普适性的基本规则这一基因密码上填充时代精神的血肉,就使神话焕发时代特色。加拿大神话学理论家,神话—原型批评的集大成者弗莱在他的著作《现代百年》中说:"每一个时代都有一个由思想、意象、信仰、认识假设、忧虑以及希望组成的结构,它是被那个时代所认可的,用来表现对于人的境况和命运的看法。我把这样的结构称为'神话叙述',而组成它的单位就是'神话'。神话在这个意义上,指的是人对他自身的关注的一种表现,他在宇宙万物中处于什么位置,他与社会、与上帝是一个什么样的关系,他最早的本源是什么,最早的命运又如何,不仅关于他个人,还包括整个人类等等。而神话叙述则是一种人类关怀、我们对自身的关怀的产物,它永远从一个以人为中心的角度去观察世界。""我们的神话叙述是一种由人类关怀所建立起来的结构:从广义上说它是一种存在性的,它从人类的希望和恐惧的角度去把握人类的境况。"② 在加缪的时代,他也通过自己的神话和神话叙述反映了现代文明日益成熟的这个时代,人类对自身的终极关怀。这一点在《鼠疫》中反映得尤为明显。

现代批评中,"神话"已成为一个重要的范畴。在批评文体、诗学、符号等诸多方面被广泛应用。语言和神话学家马克斯·米勒认为,人类历史需经历"隐喻"这样一种催发神话发生的要素:

……那时,任何超出日常生活的狭隘视野的思想都非得凭借隐喻手段才有可能表达出来,并且这些隐喻那时尚未演变成今天这个样子,也就是说,还不是像我们眼中那样只不过是约定俗成沿袭下来的一些说法罢了,

---

① 以上两个例子来自于 Jacques Le Marinel. Camus Et Les Mythes Grecs. 邓家盛译. Presses Universitaires de France. 2013.4 Vol. 113: 802 – 803.

② [加]诺斯洛普·弗莱:《现代百年》,盛宁译,辽宁教育出版社1998年版,第74、80页。

它们仍然半是按照其本来特性,半是按照其改变了的特性而被感受和理解的。……任何一个词,只要它最初被隐喻地使用,现在在使用它时又对它从最初意义到隐喻意义之间所走过的各个步骤没有一个清楚的概念,那么,就会有神话的危险;只要这些步骤被人忘却并被填上一些人为的步骤,那么,我们就有了神话,或者说,(如果我们可以这样说的话)我们就有了患病的语言,不论这语言是指宗教的旨趣还是指世俗的兴趣。①

米勒认为,是隐喻促发了神话。反之亦然,神话也催生了隐喻。经典文本的产生是与其蕴含的隐喻性有关联的,如果某一作品,特别是在文本众多、意义匮乏的现代语境下,没有隐喻指向,其思想性和内蕴将会大打折扣,在文化潮流中很快会被巨浪淘沙。《鼠疫》本身就是一个隐喻故事。这个隐喻首先发生在"鼠疫"至"洪水"之间。鼠疫的铺天盖地、势不可挡、无孔不入隐喻人类童年的洪水。在《鼠疫》中,对于鼠疫的来临做了如下描述:

然而,在此后的几天里,形势变得严峻了,捡到的死老鼠数目与日俱增,每天清晨收集的也越来越多。自第四天起,老鼠开始成群结队跑出来死在外面。它们从破旧的小屋、从地下室、地窖、阴沟里跌跌撞撞地鱼贯爬到地面上,在亮处摇摇晃晃,原地打转,最后死在人们的脚边。……在市区里也能碰上小堆小堆的死耗子摆在楼道上或院子里。也有些老鼠孤零零地死在各级行政部门的大厅里、学校的操场上,有时也死在咖啡馆的露天座位之间。同胞们在城里最繁华的地段也发现了死老鼠,这真让他们大惊失色。阅兵场、林荫大道、滨海大道都一一受到污染,而且污染扩散得越来越远。凌晨刚把死老鼠打扫干净,但到大白天全市又会逐渐看到越来越多的死老鼠。……看看我们这座小城的惊愕状态吧,在此之前它是那样平静,而在几天之内却变得惊慌失措,有如一个身强力壮的男人体内过浓的血液突然动乱起来。②

当肆虐的鼠疫像洪水一样势不可挡时,熟悉的恐惧感和无奈感充斥了人们的心灵。正是这种恐慌与无奈提醒了人们,人类在外界世界面前并不是完全有把握的。人们必须时刻小心,以防止灾难猝不及防的回马枪。虽然人类认识世界把握世界的能力与日俱增,但科技文明在将世界全面物化的过程中,虽可能满足物质的欲壑,却将精神的疏离横亘在人与人、人与世界之间。除却物质,世界所剩无几的情形触目惊心。爱、理解、尊重……这些人类精神世界中美好

---

① [德]恩斯特·卡西尔:《语言与神话》,于晓译,生活·读书·新知三联书店1988年版,第104页。
② [法]阿尔贝·加缪:《鼠疫》,载《加缪全集·小说卷》,刘方译,上海译文出版社2010年版,第86页。

的字眼，在物欲的遮蔽下所剩无几。世界变成情感与意义上的荒原。回归精神家园，重获人性光辉，用以治疗时代痼疾并获取生存的动力是势在必行的。神话因其蕴含的人性因素，成了抚慰心灵的精神家园。

"世界末日的来临方式，有的是太阳暴晒，有的是天塌地陷，有的是神界战争，但是最常见的，还是淹灭世界的大洪水。"[①] 洪水神话就是世界各民族神话中共同保有的神话类型，具有最大的共通性。远古时代的自然崇拜最初由此而产生。

自 18 世纪人文主义思潮兴起以来，在对原始社会进行广泛探索的过程中，洪水神话这一主题引起神话学家和民俗学家等研究者的共同关注，使得他们纷纷从不同的角度对这一主题进行分析、探索和研究。灾难意识是一种使人类保持警醒的忧患意识，它是人类独有的生存意识的分支。这种意识不仅仅是对于灾难的感知，更是一种自省和反思的意识。通过这种意识，人类在不断总结灾难规律的过程中，无数次与灾难进行着艰难的抗衡，并最终取得胜利，得以生存并推动人类文明的前进。灾难意识是人类童年自有的一种意识，得益于灾难的频发以及对自我与世界关系的反思。通过这种自我反思，人类开始意识到"人"与"物"之间是存在区别的。这种反思逐渐催生了"自我意识"。即使是在童年时期，人类的自我意识也是不同于动植物的自我感知和识别能力的，它重点关照人类自身的本质以及人类与自然界的相互关系。在这个意义上，灾难意识与自我意识是伴生的。

鼠疫与洪水具有相同的隐喻指涉，是对人类意识中不可把控的灾难最感性和直观的体现。对于大规模的生命毁灭的深层恐惧，是神话的本质指涉。由于这种灾难铺天盖地，势不可挡，人类面对时难免会在心底产生自我弱小、命运无法主宰的不安全感。作为一部神话经典，《鼠疫》指涉了人类意识思维深处的许多共同心理感知。孤独就是其中重要的一个方面。在这部小说中，阿赫兰市民在经受鼠疫的折磨与恐惧之余，心理上的共同感知是孤独。这种孤独首先来自于封城带给人们的直观感受，其次来源于人人各怀心思的内心感受。"在孤独达到极限时，谁也不能指望邻里的帮助，人人都得忧心忡忡地闭门独处。倘若我们当中哪一位偶尔想与人交交心或谈谈自己的感受，对方无论怎样回应，十有八九都会使他不快，因为他发现与他对话的人在顾左右而言他。他自己表达的，确实是他在日复一日的思虑和苦痛中凝结起来的东西，他想传达给对方的，也是长期经受等待和苦恋煎熬的景象。对方却相反，认为他那些感情

[①] 陈建宪：《神祇与英雄》，生活·读书·新知三联书店 1994 年版，第 95 页。

都是俗套，他的痛苦俯拾即是，他的惆怅人皆有之。"① 短暂的防御心理及无处述说过后，个体的孤独无依逐渐唤起团结互助的群体意识。这种群体意识促使他们团结一致与灾难斗争，自发参与卫生防疫组织。《鼠疫》展示了一幅幅集体行动、共同抗争的美好图景，主人公们走出有限的个人世界，将个体的反抗行动升华为人类共同的反抗活动，个人对荒诞的具体感受凝练为人类的集体经验。这样的升华与凝练将一种个别情况上升为共同规律，反映了一个时代和群体的精神渴求。

同时，这个故事暗示末日神话的重现。末日降临的灾难主题普遍存在于各个地区各个民族的史诗和神话中。这是一个关于人类命运的共同隐喻。《荷马史诗》中，多次描写天之将倾的大灾难，并把灾难的成因归结为神的旨意。最著名的末日神话亦是著名洪水神话——《圣经·旧约》中的挪亚方舟。当那场著名的洪水来临之际，大地的泉源裂开了，天上的窗户也开了，大雨下了40个昼夜。当四顾茫茫万物覆灭，唯余茫茫大水，这种灾难的幻灭感对心理的摧毁不言而喻。在人类熟睡的深层记忆里，普遍存在着关于灾难的深刻记忆，这种记忆挥之不去，时时折磨着人类，《后天》《2012》等这些描绘世界末日的灾难电影上映之后受到人们的追捧，不仅仅是因为电影借助现代传媒手段，跨越时空差异，使人身临其境地感受世界末日的到来，更是因为这些影片表现了对人类命运的终极关怀的哲学意义，唤起了人类沉睡意识深层的前世回忆。关于世界末日的神话母题在几乎每一个民族的神话中都可见到踪影，足见人类记忆深处的灾难印记有多深刻，这种印记被编入人类的文化基因中，在世代更替中也不致丢失。及至小说创作以取代神话成为人类文化传承的主要工具时，灾难仍然是个长盛不衰的主题。在西方自文艺复兴时期就不断涌现以灾难为题材的小说。1348年，意大利佛罗伦萨瘟疫横行，为了避难，10个青年男女到一间乡村别墅暂居。每人每天讲一个故事打发时光，这就是《十日谈》。外面肆虐的瘟疫不能阻止别墅内呼唤爱与自由的故事。尸横遍野的瘟疫惨状与环境幽静、景色宜人的山间别墅形成鲜明的对比。这间别墅为人们提供了灾难来临时的庇护。面对灾难，只有人的意志是不可摧毁的，坚忍不拔的反抗是灾难题材始终如一的主题。

英国作家威廉·戈尔丁的《蝇王》是一部颇具象征意味的当代灾难小说，故事讲述第三次世界大战时，一群孩子在撤退途中因坠机事件被困荒岛，最初孩子们齐心协力，共同应付随之而来的种种困难。后来由于人性中的恶——野

---

① [法] 阿尔贝·加缪：《鼠疫》，载《加缪全集·小说卷》，刘方译，上海译文出版社2010年版，第126–127页。

兽——的出现，逐渐分化，最终两派自相残杀，引发了人为"灾难"。这可以说是一个完美的隐喻神话，在自然灾难威胁之余，人类自身的"恶"作为一种神话意象颇具警示意味。因为当今的神话冲突更大地发生在这样的矛盾之中。

加缪惯常做的哲理性预示也出现在《鼠疫》中。也许有一天，大规模的鼠疫或者其他的什么灾难将卷土重来，顷刻间毁灭地球。这就是《鼠疫》的现实意义。由于这样的忧患意识，即使在瘟疫结束，戒严解除，久别重逢的阿赫兰人忘却恐惧与悲伤，重新欢聚一堂的狂欢时刻，在绚烂的礼花和欢声笑语的喧杂背景下，加缪仍然没有让狂欢驱赶清醒和冷静。他借里厄医生那个患哮喘病的老病人之口冷静地揭示一个事实："别人说：'那是鼠疫呀，我们经历过鼠疫。'再进一寸，他们就得要求授勋了。可鼠疫究竟是怎么回事？那就是生活，如此而已。"[①] 鼠疫代表着问题、灾难，它是生活的常态。灾难蛰伏在人类身边，伺机而动，也许是鼠疫，也许是别的。人类不能放松警惕，不能放任自己恢复到烦琐的日常生活中去，而应该时时警醒。这也许是加缪想要告诉给读者的。因此，叙述者里厄医生明白他的"这本编年史不可能是一本最后胜利的编年史"，而"这样的普天同乐始终在受到威胁"[②]。加缪是一个有着极强的人类自觉性和自律感的作家，对于人类生存境遇有着敏锐的感知力，他知道悲剧与荒诞是生活的常态，暂时的安宁与胜利不应使人们忘记居安思危，他以一贯的冷静自持，对生活的智慧感悟，对事态的真相做出揭露："鼠疫杆菌永远不会死绝，也不会消失，它们能在家具、衣被中存活几十年；在房间、地窖、旅行箱、手帕和废纸里耐心等待。也许有一天，鼠疫会再度唤醒它的鼠群，让它们葬身于某座幸福的城市，使人们再罹祸患，重新吸取教训。"[③] 鼠疫杆菌隐喻与人类伴生的灾难，人类发展的历史是一部苦难史，苦难蛰伏在命运的每一个转弯处，时刻突袭，这部小说不是胜利的欢歌，也不是英雄抗争的奋斗史，而是人类生存境地的寓言与神话。

人类把自我之外的自然事物特别是江河山川、风雨雷电堪为威力无比的神力加以膜拜，祈求得到神力的庇佑和降福。而神话中的英雄，是敢于与这些神力抗衡的神或者人，他们无惧神威。比如射下太阳的后羿，逐日而走的夸父，

---

① ［法］阿尔贝·加缪：《鼠疫》，载《加缪全集·小说卷》，刘方译，上海译文出版社2010年版，第286页。
② ［法］阿尔贝·加缪：《鼠疫》，载《加缪全集·小说卷》，刘方译，上海译文出版社2010年版，第287页。
③ ［法］阿尔贝·加缪：《鼠疫》，载《加缪全集·小说卷》，刘方译，上海译文出版社2010年版，第288页。

默默填海的精卫。《鼠疫》中写道，如果一定要在这部小说中树立一个英雄形象，不是英勇赴死的塔鲁，也不是坚毅果敢的里厄，虽然他们更符合"崇高"的含义。这个荣誉应该属于那个有"一点好心"和"有点可笑的理想"的公务员格朗，这个怀揣浪漫梦想，想要写出一篇浪漫故事，却一生只写出一段话的小人物，义务参加防疫组织。这样的选择"将使真理回归原有的位置，使二加二只等于四，使英雄主义恢复它应有的次要地位，从不超越追求幸福的正当要求而只能在此要求之后。这一点还将是这本编年史具有自己的特色，那特色就是用恰当的感情进行叙述，这种感情既非公然的恶意，也非演戏般的令人恶心的慷慨激昂"①。

  这样的推荐符合西方自古希腊神话以来一以贯之的英雄观。在西方，英雄有着不同于崇高这个标准的界定标准和审美习惯。英雄神话中英雄的形象塑造，体现了这个民族的英雄观，即对英雄的认同标准。人类对在文明进程道路上认识并改造自然的英雄崇敬而热爱，英雄神话在此基础之上逐步形成。这是各民族文化史上普遍而重要的文化现象，体现一个民族的价值取向和审美风格。英雄先驱一般都是因为能完成普通人完成不了事情，具备普通人无法掌握的能力，基于对己所不能的能力的共同崇尚心理，"勇敢""坚持"是各民族神话英雄们的普遍特征。但在这个共同特征基础之下，各民族神话英雄也有符合自己民族特点的性格特点和审美特征，这是因为各民族有不同的地域特点、文化特征、思想认识，以上多种因素共同作用，使民族价值取向呈现出不同的风貌，折射出不同文明的鲜明特质，对认识此民族文化及提炼人类共同心理特征大有启迪，颇有研究意味。在希腊神话中，神话英雄的性格特点和审美特征不是崇高、德行，而是与残暴、嫉妒、狡诈、好色等多种人格特征相关联。有着舍生取义象征的崇高典范普罗米修斯在希腊神话中是个孤证。可以说，希腊的神话英雄是具有凡人的性格，拥有神力的英雄。格朗之所以被推崇为英雄，并不是他做出了怎样的丰功伟绩，而在于他对于生活真诚乐观、永不言弃的态度。格朗通过加入了组织志愿防疫队辛勤工作，承担起了为民族服务、集体反抗的责任；但他的反抗不是为了成为英雄，甚至不是出于责任，而是为了存有人世的美好或者说实现人生价值。他的人生信念是最终能写一首让出版商脱帽致敬的诗，反抗是为了能更好地实现这个人生信念。这种反抗体现人性真实的取舍顺序，而不是为了弘扬某种道德理念的宏大叙事。格朗拥有加缪认为的一种理想的人生状态：反抗是自己生活的一部分，但不是生活的目标，反抗是为

---

① ［法］阿尔贝·加缪：《鼠疫》，载《加缪全集·小说卷》，刘方译，上海译文出版社 2010 年版，第 168-169 页。

了实现自己的人生价值。在荒谬的世界中，道德的过分被推崇是一件湮灭人性的事。另外，加缪希望通过这样的价值判断传递的理念是：某一时代的灾难，只对经历过它的人有感知意义，随着人的生命消逝，再苦痛的灾难都会随时间流失被忘却；英雄人物或被遗忘，或成为传说，只有荒诞永远屹立在人类身旁。如果试图从现实中提炼出的是道德判断，那么只能借助想象，这最终会迈进虚无。在荒谬的世界，道德感的传递会被嘲笑和践踏。

"小说的主人公贝尔纳·里厄医生，是加缪反抗哲理的形象载体，是他理念的诠释者，这个人物鲜明而突出地体现了对荒诞命运坚挺不屈、奋力抗争的精神。"这个评价是来自柳鸣九先生为《西西弗的神话》所做的序言《见证生活勇气的传世作品》中。作为另一种风格的英雄，里厄与格朗最大的不同在于他的清醒，也因为这样的清醒，里厄比格朗要痛苦。面对命运的荒诞结局，他明白"威胁着欢乐的东西始终存在"，"今后如遇播撒恐怖的瘟神凭借它乐此不疲的武器再度逞威，所有不能当圣贤、但也不忍灾祸横行的人决心把个人的痛苦置之度外，努力当好医生时，又该做些什么"①，正是这种明知不可为而为之的执着与坚持，使他契合了一个神话英雄的特质。

希腊神话高扬人性旗帜。诸神和英雄们在怀揣义务勇担责任的同时，还将追求快乐和自由作为自己的最高追求。他们将承担责任看作自己的人生使命，这无关幸福感受。在希腊神话中，诸神和英雄们为了神圣的使命奋不顾身，是由于责任感和荣誉感的驱使。特洛伊战争中，激战在即，赫克托耳与妻子安德洛玛刻告别的时刻，崇高与人性的并存，是《伊利亚特》中最动人的篇章。安德洛玛刻挽住赫克托耳的手，流着泪说："我的丈夫啊，你的勇敢会害了你！你既不可怜我，也不怜悯你的儿子。希腊人会打死你，我很快就会成为寡妇。赫克托耳啊，没有你，那我还不如死了，因为除了你我没有别的亲人了。你是我的一切，你是我的父亲、母亲、丈夫。可怜可怜我和儿子吧！不要出城作战了，你把特洛伊军队调到无花果树那边，因为只有那里的城墙会被攻破。"赫克托耳这样回答妻子："所有这一切正是我所担心的。但是留在城内袖手旁观，不参加战斗，这对我来说是奇耻大辱。不行啊，为了我父亲的荣誉，我必须身先士卒，冲锋陷阵。我十分清楚，神圣的特洛伊城毁灭的日子不久就会到来。但我并不为此悲伤，令我悲伤的是你的命运。"他将儿子高高举起，向诸神祈求："……让他长大后威武强壮，当特洛伊的国王。有朝一日他作战凯旋之后，让人们都称赞他，说他的勇猛气概胜过他的父亲。让他使敌人

---

① ［法］阿尔贝·加缪：《鼠疫》，载《加缪全集·小说卷》，刘方译，上海译文出版社2010年版，第287页。

闻风丧胆，使母亲心情欢乐。"①

明知不可为而为之，虽千万人吾往矣的崇高，与对家人的眷恋深情相伴，格外让人动容。《西西弗神话》中这样的题记："吾魂兮无求乎永生，竭尽兮人事之所能"，是对这种悲情英雄精神的最好诠释。

加缪偏爱这样单纯、热情、执着的英雄，一如西西弗斯。西西弗斯无休止地推石上山，但石头每天都毫无例外地落下，西西弗斯明知如此，却从没有停下推石上山的脚步。格朗也是这样的人。他对自己要做的事充满热忱，他在生活中是个琐事缠身的小人物，最崇高的理想是写一本书，但事实证明这是一种美好的幻想。生活中的种种如生活的困顿、妻子的出走、身份的卑微都显示出他的失意。但是对生活的热望却从未从这个小公务员身上流逝。他热切地酝酿给妻子的情书，即使她因为无望的生活已离他远去；仔细推敲着书稿中的每一个字，即使他前半生只写了 48 个字。他付出了努力与热情，生活回馈给他的是一次次失败。他的失败解释了人生的荒诞。加缪用格朗重新诠释了西西弗斯，对于自己的处境无比清晰的西西弗斯们，认真生活是他们的职责，取得成功却并非他们的目标，努力的过程远比成功的目标重要，所以西西弗斯们是快乐的。这是加缪对人类生活中荒诞与悲剧的乐观解读：努力的过程比成功的结果重要。如果活着，就不思虑和惧怕死亡，尽管死亡终将来临，也不主动选择死亡，因为死亡终将来临。加缪说："你已经理解了西西弗斯是荒谬的英雄。他的确是，既因为他的热情，也因为他的痛苦。他对诸神的嘲讽，他对死亡的痛恨，以及他对生命的热爱为他赢得了那不能言说的惩罚，那里整个人都在徒劳地努力。这就是因为热爱这土地而必须付出的代价。"② 现实尽管惨淡，命运尽管荒谬，前进的脚步仍不能停。无论是在如洪水滔滔而来的现实危机面前，还是在精神荒原困顿无法前行的精神危机面前，人类唯一能够做的，就是一如既往地战斗。

神话的结构和母题，使得《鼠疫》最终成为一个神话，一个关于人类及人类生存的总体性隐喻。

---

① ［俄］库恩：《希腊神话》，朱志顺译，上海译文出版社 2006 年版，第 235 – 236 页。
② ［法］阿尔贝·加缪：《西西弗的神话》，刘琼歌译，光明日报出版社 2009 年版，第 114 页。之所以用到这个版本，是因为个人感觉这段译文对于西西弗斯的无奈把握得更为精准。

二、《西西弗神话》与《反抗者》：反抗——从西西弗斯到普罗米修斯再到涅墨西斯

加缪的荒诞哲学主要反观三个问题：什么是荒诞？为什么要反抗荒诞？如何反抗荒诞？加缪的两部哲学著作《西西弗神话》和《反抗者》系统阐述并回答了这三个问题，并且由此构建了加缪关于世界的整体态度。

关于"什么是荒诞"，加缪在《西西弗神话》中给出了一个比喻用以解释："一个哪怕是能用邪理解释的世界也不失为一个亲切的世界。但相反，在被突然剥夺了幻想和光明的世界中，人感到自己是局外人。这种放逐是无可挽回的，因为对失去故土的怀念和对天国乐土的期望被剥夺了。这种人与其生活的离异、演员与其背景的离异，正是荒诞感。"① 加缪将荒诞与荒诞感做了同一处理，将荒诞作为一种感受予以说明，在定义之初就确立了荒诞的主体性性质。"荒诞不是世界的客观存在，而是一种生命情态，是生命存在与世界的一种非价值关联。荒诞来自于人与世界的分离，是一种存在本体无意义、无常规的极端呈现。这意味着，荒诞作为人与世界之间价值关联的断裂对于人而言是本源性的。"② 荒诞不是一种客观存在的外在事物，而是一种人类感受到的物我关系，是个体生命与外在世界的关系显现。荒诞既不仅存于人，也不来源于世界，只发生于人对外部世界的主观感受中，人和世界对于荒诞来说缺一不可。根本上说，荒诞是一种关系。加缪的结论是：荒诞是人类生存困境的常态表现，人永远处于荒诞其中。荒诞是目前人与世界唯一的联系③，是确认自身界限的种种理性④。

加缪反抗思想形成之前的早期代表作《局外人》《卡利古拉》《误会》

---

① [法] 阿尔贝·加缪：《西西弗神话》，载《加缪全集·散文卷Ⅰ》，沈志明译，上海译文出版社2010年版，第79页。
② 杨经建：《存在与虚无：20世纪中国存在主义文学论辩》，人民出版社2011年版，第199页。
③ [法] 阿尔贝·加缪：《西西弗神话》，载《加缪全集·散文卷Ⅰ》，沈志明译，上海译文出版社2010年版，第90页。
④ [法] 阿尔贝·加缪：《西西弗神话》，载《加缪全集·散文卷Ⅰ》，沈志明译，上海译文出版社2010年版，第108页。

《西西弗神话》就已经开始体现"荒诞与反抗"的主题。这一系列作品旨在更好地回答"为什么要反抗荒诞"。这一阶段加缪的重点在于分析荒诞存在形式及反抗的必要性。在加缪这里，荒谬的提出不是作为一种结论，而是作为论及反抗的原因，一个客观事实被摆放出来。荒谬感首先来自于对生存习惯的疏离感。例如：起床，有轨电车，4 小时办公或工厂打工，吃饭，有轨电车，又是 4 小时工作，吃饭，睡觉；星期一、星期二、星期三、星期四、星期五、星期六，同一个节奏，循着此道走下去，大部分时间轻便自然。① 一旦有一天，人们对此感到厌倦，要拒绝这种生活，对这种生活提出了为什么，那就是觉悟到了荒诞。这就如同平时很熟悉的一个人，突然间变得非常陌生，就会对这个人进行重新审视。荒诞是生命存在的基本情态。面对荒诞，如果弃绝自我就会走向虚无，虚无无法解决荒诞，只会使荒诞以更为暴露的方式呈现于世。加缪认为应该寻求更好的方式。他从对荒诞的关照中寻求到了这种最好的方式——反抗。面对荒诞有三种态度：即生理上的自杀、哲学的自杀和反抗。不论是生理上的自杀还是哲学的自杀，都是对自我意义的否定。荒诞引发人类对自己生活境遇的质疑，这种质疑一般归结为命运的不公和人为的不公，从质疑境遇的那一刻开始，就意味着反抗的开始。"反抗贯穿着生存的始终，恢复了生存的伟大"。徐真华先生对于荒诞的探析可谓透彻："加缪进而提出了与这种最初的体验相一致的清醒选择：自由、激情、反抗。自由是没有了上帝的人自己掌握命运的自由；激情是在荒诞的世界上以最大的热情尽可能多地体验现世的一切。这种及时行乐的生活态度并非鼓励无视崇高价值的反道德论和放纵的享乐主义，而是在对来世、对圣明永恒的彻底怀疑和否定之后做出的抉择——尽可能多地感受生命、感受自由、感受反抗。反抗就是要人们对世界的荒诞性保持清醒的认识，以挑战的态度生活在荒诞中，反抗悲剧命运。因此，感受荒诞意识并不是以它本身作为目的，相反它让人认识到人类的存在应该是自由的。"② 书中那段对西西弗斯日复一日滚动巨石的描写最为惊心动魄。诸神认为比起劳动，绝望感才是世上最严厉的惩罚。西西弗斯无比清醒地认识到命运的荒诞，但绝望并没有如众神期待的那样降临他的心中，他藐视死亡与神明，热爱生活与自由，誓不低头，永不停歇。对荒诞的反抗，就是对生命困境的蔑视。"攀

---

① ［法］阿尔贝·加缪：《西西弗神话》，载《加缪全集·散文卷Ⅰ》，沈志明译，上海译文出版社 2010 年版，第 84 页。
② 徐真华、黄建华：《文学与哲学的双重品格：20 世纪法国文学回顾》，上海外语教育出版社 2008 年版，第 149 页。

登山顶的奋斗本身足以充实一颗人心。应当想象西西弗斯是幸福的。"① 即使是被命运困境逼入绝路的俄狄浦斯，加缪也没有认为他是无力的。"（俄狄浦斯）脱口吼出一句过分的话：'尽管磨难多多，我的高龄和高尚的灵魂使我判定一切皆善。'……就这样一语道出了荒诞胜利的格言。古代的智慧与现代的壮烈不谋而合了。"②

直面荒诞，进而以担当的方式走出荒诞，建立在生命意识觉醒的基础之上，还需要勇气与坚持。为了完成从荒谬到反抗的关键性过渡，人类必须克服虚无的引诱，加缪在《夏》中说道："'一切都是过眼云烟。'几千年来，这一伟大的呼声曾唤醒几百万人起而平息欲望和抚慰痛苦。它的回声穿越各个时代和高山大海，一直来到这里，即将消逝在世界上最古老的海面上……当然，这几乎是白费力气。一个虚无的境界并不比绝对存在的境界更容易达到。"③ 只有精神振作才能战胜虚无。在《反抗者》中，加缪开始探讨反抗的相关细节性问题，特别是"如何进行反抗"。"正是这部作品奠定了加缪关于反抗问题的理论思想框架——'反抗就是人对自身的始终如一的存在'。可见，反抗成为人存在的意义，成为赋予生命以意义、显现生命以伟大和崇高的人的根本性存在的根据。"④

《反抗者》写作的背景是"二战"及"二战"结束后的世界，革命、死刑、意识形态罪恶、暴力等成为这一历史时期的关键词。在这一时期，荒诞泛化为普遍的情绪反应，反抗伴之而生，加缪借笛卡尔"我思故我在"的命题进行仿词，提出一个新的命题："我反抗故我在。"但披挂了革命外衣的暴力消解了反抗的本质。英国近代史大师艾瑞克·霍布斯鲍姆（Eric Hobsbawm，1917—2012）曾对此有如下描述：

> 在这样一个充满了信仰战争的世纪里度过一生，如此活受罪。……褊狭、不能容忍，是其中的最大特色。甚至连那些自诩思想多元开放的人，也认为这个世界，并没有大到可以容纳各种对立竞争的世俗信仰永久并存的地步。信仰或意识形态的争执对峙——正如这个世纪历历所见的此类冲突——往往给史学家寻找真相的路途造成重重障碍。……而酷刑、甚至谋

---

① ［法］阿尔贝·加缪：《西西弗神话》，载《加缪全集·散文卷Ⅰ》，沈志明译，上海译文出版社2010年版，第158页。
② ［法］阿尔贝·加缪：《西西弗神话》，载《加缪全集·散文卷Ⅰ》，沈志明译，上海译文出版社2010年版，第157页。
③ ［法］阿尔贝·加缪：《夏·人参牛头怪》，载《加缪全集·散文卷Ⅱ》，王殿忠译，上海译文出版社2010年版，第239页。
④ 李元：《加缪的新人本主义哲学》，上海社会科学院出版社2007年版，第145页。

杀，竟在现代国家中再度复活，这种现象，虽然并未完全受到忽略，可是我们却忽视了其代表的重大意义。这种倒退，与漫长年月之中好不容易才发展完成的法治制度，岂不啻背道而驰的大逆转吗？①

"二战"胜利之后，世界立即分化为两大敌对阵营，美苏争霸，冷战持久。以美国为首的资本主义阵营国家四处干政，引发频繁的局部战争；而社会主义阵营里的苏联却肃清异党，专制独裁，在意识形态领域肆意打压异己，对知识分子进行政治迫害。战后的世界并没有恢复平静，加缪曾不止一次地公开表示对战后形势的失望，他说："有时候，我憎恨当今这个时代。"他对于打着革命旗号的苏联专制尤为不满，认为苏联的古拉格群岛堪比法西斯集中营，残害人命，压制人性。在《反抗者》中，加缪批判了两种他认为过激的反抗："形而上学的反抗"和"历史的反抗"。"形而上学的反抗"是对内部世界和外部世界统统报之以拒绝和否定的绝对反抗。它的形而上学体现在对人和世界的种种目的都报之以"不"字，持绝对的否定态度，体现了形而上学一贯片面的思维模式。在对萨特、陀思妥耶夫斯基、尼采等人和达达主义、超现实主义等流派的反抗进行了回顾之后，加缪总结认为，以上这些反抗中包蕴了对于事态不肯息事宁人、随波逐流的反抗精神，这是值得肯定的，但是将一切予以拒斥的反抗是不可取的。虽然尼采的一句"上帝死了"使得驾驭人类精神千年的神学信仰失去了思想的主导地位，但并不意味着人类从此可以无所畏惧，弃终极关怀于不顾。如果将生活限度弃之若履，无所顾忌地否定一切，最终将会导致深陷虚无和迷茫的深潭。否定一切的立场会为不理智行为提供理论支持和逻辑规则，以至于行为失衡，导致种种不自由和恶行。加缪认为，人必须有判断是非的清醒意识，有能力与智慧将说"不"与说"是"放在同等重要的位置，才能够在正确与谬误之间进行正确的选择。为着某种政治目的所进行的反抗，即革命，是加缪批判的另一种反抗，即"历史的反抗"。加缪对普遍意义上的革命——从法国大革命到拿破仑称帝，从列宁十月革命到法西斯暴力，特别是在当时被认为是进步和正义的革命，提出了彻底而富有创见的质疑。进行历史反抗的人为了革命这一真理性的理由，将自身推向新的荒诞——屠杀。历史的反抗会变成对形而上学反抗的否定，并且为罪恶进行辩护。对历史反抗的质疑是一种勇敢的行为，尤其是在当时的时代背景和加缪的政治身份背景下。

在加缪看来，反抗应该是对精神世界中应该保有的价值意义的捍卫，如人性、爱、尊严。反抗应该是一种坚守，而不是一种破坏。反抗是有界限的："他们对我说，为了实现没有人杀人的世界，死那几个人是必要的。在某种意

---

① ［英］艾瑞克·霍布斯鲍姆：《极端的年代》，郑明萱译，江苏人民出版社1999年版，第7页。

义上说，这是对的，不过，无论如何，我恐怕都不可能坚持这样的真理了。"①他试图将直面荒诞的反抗与杀人的暴力划清界限，因为反抗是要帮助人寻找自我的意义，而暴力是披着反抗的外衣，做着消解这种意义的工作。在《反抗者》的最后部分里，加缪试图为反抗寻找一个"节制"的限度，以避免反抗沦为杀人。这是为了回答"如何进行反抗"这种"节制"的思想是来源于古希腊哲学中的平衡观念。"希腊思想始终固守节制的观念，它从不把任何事物推向极端，无论神性还是理性，因为他不否定任何东西，既不否定神性，也不否定理性。希腊思想顾及万事万物，以光明来平衡黑暗。"② 在加缪的思想中，"美"与"爱"是来自希腊思想遗产的价值观念，除此之外，还有一个重要的理念——节制。在《流放海伦》中谈到古希腊思想时，他写道："希腊人的思想总是掩藏在有限度的观念之下，它从不把事情推向极限，无论是骂人或讲道理都是如此。它存在于一切事物中，以光明调和黑暗。我们欧洲却相反，它一切都要全部据为己有，乃是无节制者的后代。"为此，加缪引出他神话意识中一个重要的神话人物："内梅席斯（即涅墨西斯），乃是管限度的女神，而不是复仇女神。"③ 加缪在《反抗者》中进一步强调他的想法："若想对反抗的当代矛盾进行思索，则应该从这位女神获得启示。"④

但节制并不等于丢失立场，放弃反抗，因为"过度行为一直是舒适的事情，有时是种职业。而节制却相反，是纯粹的压力"⑤。由于节制这种压力，反抗为荒诞中的人找回了智慧的指引，古希腊的文化再次回归。

西西弗斯的意义在于揭示"荒诞是生命存在的困境"，普罗米修斯的意义则指示"反抗是人的本质属性"。而涅墨西斯则指涉："反抗要以维护共同人性作为限度。"这三个人物共同反映了加缪的荒诞哲学脉络：荒诞—反抗—和谐。加缪关于反抗的思想是带有悲剧的崇高的，但与悲观无关。前章提到的"明知不可为而为之"是加缪对于反抗的一贯界定。在一系列反抗的实例中，加缪逐渐将反抗表述出这样的规律：反抗是人生的常态，要在适度的范围内进行。这种"适度"的理念在实践生活中常被误会为"中立"，为加缪招致暴风

---

① ［法］阿尔贝·加缪：《鼠疫》，载《加缪全集·小说卷》，刘方译，上海译文出版社2010年版，第246－247页。
② 张容：《形而上的反抗——加缪思想研究》，社会科学文献出版社1998年版，第234页。
③ ［法］阿尔贝·加缪：《夏·流放海伦》，载《加缪全集·散文卷Ⅱ》，王殿忠译，上海译文出版社2010年版，第253页。
④ ［法］阿尔贝·加缪：《反抗者》，载《加缪全集·散文卷Ⅰ》，吕永真译，上海译文出版社2010年版，第398页。
⑤ ［法］阿尔贝·加缪：《反抗者》，载《加缪全集·散文卷Ⅰ》，吕永真译，上海译文出版社2010年版，第401页。

骤雨般的骂名与接踵而至的决裂。持各方观点的学者或者政治家或者普通人，因为秉承着不同的极限的观点，而对于加缪完整而系统的学说不以为然。"西西弗斯是一个神话，它形构了人生的徒劳虚空，但我们也能从中把握到，也许仅仅在最后的时日能够把握到这么一种重要的意义：没有完全为实在性、没有彻底地为一种单一的实在性所控制和占有，相反，他却在享受着一种不愠不火的实在论。奥德赛是一个终归成功的受苦受难者的形象，而正是因为如此，他才遭到了柏拉图主义者、但丁以及大多数蔑视'大团圆结局'的现代人的诟病和修正，认为他的漫游就是一个可能的神圣完美世界的征兆，而应该间接地看到'西西弗斯的幸福'。"① 这种诟病本身也是荒谬的。在这种荒谬中，加缪也像他笔下的反抗者一样，默默忍受加诸其身"生命困境"，坚韧有度地"反抗"。这种中道节制的反抗方式，来源于地中海思想和古希腊哲学中相同的价值诉求。加缪说："历史的专制主义尽管节节取胜，却始终不断地遇到人的本性不可征服的要求，而地中海保存着它们的秘密，在那里，炽热的阳光伴随着智慧。"② 加缪生前身后毁誉参半的评价从未间断，从他的传记中可以了解到，他并非完全置之度外，但可贵的是他的观点转变并非随外界的评价而调整，而是凭借对于人生的思考和人性的掌握。

　　荒诞感是与人类自我意识伴生的永恒情绪。神话中常可窥见这种情绪。从荷马史诗到《圣经》，对世事无常和人生苦短的感喟比比皆是。但在古典时代，理性、逻各斯、上帝等都可以作为对抗荒诞的寄托，所以荒诞感并没有成为世纪病或世界病。到了20世纪，现代文明对于人类情感的压制导致精神家园的缺失，荒诞开始泛化为一种普遍的社会情绪。反抗被加缪郑重提出，从"为什么"和"怎么做"的层面被深入剖析，希望解决抵制荒诞的问题。事实上，神话就是反抗。加缪的反抗哲学是从发生学的角度阐释了神话的内涵。在远古神话中，人类所做的是对自然以及由此产生的荒诞的反抗；现代神话中，人类将这种反抗的对象转为现代文明和工具理性所带来的荒诞。

---

① ［德］汉斯·布鲁门·伯格：《神话研究（上）》，胡继华译，上海人民出版社2012年版，第85页。
② ［法］阿尔贝·加缪：《反抗者》，载《加缪全集·散文卷Ⅰ》，吕永真译，上海译文出版社2010年版，第400页。

三、《误会》：一个命运的伦理悲剧

1943年，加缪完成了他的第二部剧作《误会》。比起4年前完稿的《卡利古拉》，《误会》的理性色彩要重得多。这部作品最初被列入"反抗"系列①，后来又被归入"荒谬"系列②，足见它的定位并非一成不变。反而跳出这个思维的定势，用神话意识来解读更贴切。

这是一篇很短的戏剧，一共只有5个人物出场。一对夫妻带着儿女若望和玛尔塔兄妹二人在欧洲一个小山村开了一家小旅馆。若望到了少年时，离开母亲和妹妹到外面打拼。他离家20年，赚了不少钱，并且结了婚。生活原本应该很幸福，但他时时觉得不安，他向妻子玛丽亚解释为何如此的原因："幸福并不是一切，人还有职责。我的职责就是找到我的母亲，我的祖国……"在获悉父亲去世后，出于"对他们母女负有责任"的想法，他带妻子返乡。他认为自己有责任把财富和幸福向母亲和妹妹奉上，因为她们一定需要他。出于一种对浪子归家时享受的接风仪式和待遇的期待，他隐瞒了自己的真实身份，希望亲情血脉的纽带串联20年的陌生。为了避免妻子的"搅局"，他甚至让太太先去住另一家旅馆，好让他独自回家。果然，母亲年纪大了，看不清楚客人，没有认出他。妹妹因为长期的心理变化，也对他冷若冰霜。事实上，玛尔塔长大后也一直希望到外面的世界去见识，但是家里太穷而无法这么做。最后她想到一个办法，决定谋杀单身有钱的客人，抢夺他们的钱财。母亲看到女儿这么坚持，只好帮着女儿一起谋杀那些单身旅客。因此，当玛尔塔看到若望时问"听说外面的世界很美丽，是吗"，哥哥当然很乐意为她描述外面的世界，但是他描写得越生动，越注定了自己非死不可的命运。若望一次次试探，希望能唤醒母亲和妹妹的亲情记忆。但最终都没有成功。若望看到母亲和妹妹都记不起自己，妹妹还用愤恨的眼神看着自己，觉得很失望，喝了妹妹倒的茶后就上床睡觉。由于玛尔塔在茶中放了迷药，若望喝了不久就睡着了。半夜时母女

---

① [美]埃尔贝·R. 洛特曼：《加缪传》，肖云上、陈良明、钱培鑫等译，漓江出版社1999年版，第271页。

② [美]埃尔贝·R. 洛特曼：《加缪传》，肖云上、陈良明、钱培鑫等译，漓江出版社1999年版，第470页。

两人把他抬到水坝丢下去，过程中他的身份证不小心掉在地上，被旅馆的老仆人捡到，第二天早晨交给母亲。母亲发觉自己杀的人竟然是自己的儿子，于是决定上吊自杀。未曾谋面的嫂子玛丽亚跑来找若望。玛尔塔把所有经过说完后就自杀了，旅馆里只剩下玛丽亚孤苦无依向上帝求助，但上帝没有回应，只有老仆人冷漠地回应："不行。"

这是一个关于命运的神话。希腊人确信命运的主宰功能。但希腊人的命运观与中国人的天命观不同的是：他们相信命运是生而注定，不会因个人的道德和才能而改变的。希腊人相信万物都有属于自己的命运，所以，在希腊神话中，无论是神、半人半神还是凡人，无论他们有无外在的差别或地位上的高低，在命运女神面前他们都是被同等对待的。可以说，整部希腊神话都可看到神谕是如何被印证的，而这个印证的过程笼罩着命运的阴云。例如，特洛伊王子帕里斯出生前夕，他的母亲赫卡柏做了一个噩梦，梦见特洛伊全城要被大火烧毁。赫卡柏十分害怕，她把梦见的事告诉丈夫普里阿摩斯。普里阿摩斯去请教预言家，预言家对他说，赫卡柏将生下一个儿子，这个儿子将是毁灭特洛伊的灾星。为了避免这个可怕的结局，帕里斯一出生便被抛弃。然而他却奇迹般地存活了下来，后来因裁决金苹果听信阿佛洛狄忒的诺言，诱拐美女海伦，引发了长达10年之久的特洛伊战争，终使特洛伊城化为灰烬。如预言家向阿特里代兄弟预言，要想攻破特洛伊，必须让阿喀琉斯参加远征，命中注定阿喀琉斯要建立永不磨灭的光荣业绩，他必定会成为特洛伊战争中最伟大的英雄。虽然阿喀琉斯会建立伟大的功勋，但是他不能生还故乡，他必然在风华正茂的时候被箭射死在特洛伊城下。他的母亲忒提斯想尽办法要使儿子免遭厄运。可是阿喀琉斯无惧自己必死的命运，欣然地投身于特洛伊战争之中，而且最终因阿喀琉斯之踵战死沙场。在希腊神话中，对命运的最经典阐释莫过于俄狄浦斯的故事。俄狄浦斯背负"弑父"的预言，刚刚出生就被父亲密令处死。之后虽侥幸长大，但知道了自己将"弑父娶母"的俄狄浦斯企图逃离厄运，但无论如何挣扎，最终他还是难逃命运的安排。命运是一张笼在古希腊神和人头上的大网，越是挣扎缠绕越紧。因为没有人能逃离命运的安排。正如毕达哥拉斯所说，"一切都服从命运，命运是宇宙秩序之源"①。

希腊神话是西方文明的源头，由理性精神和非理性精神酿造其内在逻辑。命运观是非理性精神的一个重要的表现形式。希腊神话中，人物的命运一般都是各种偶然的因素和各种必然的关系确定的。以偶然做经，以必然做纬，命运的大网一经编制便牢不可破。偶然与必然作为推动事件发生的内在机制，有机

---

① 北京大学哲学系外国哲学史教研室：《古希腊罗马哲学》，商务印书馆1982年版，第35页。

地但又无法捕捉其规律地映射在事件发生的过程之中，这种内在机制在神话中被称为"命运"。在古希腊人看来，"命运"是一种强大而神秘的网络，用以解释一切无法勘破奥秘的缘由。命运甚而成为一种母题，在后世的神话创作中反映荒诞的世界逻辑。加缪也曾对命运感喟道："假如这种命运的必然性一旦通过日常生活、社会、国家、亲切的情感向我们揭示，那惊恐就有根有据了。震撼人心的反抗使人脱口而出'这不可能'，其中则已经包含绝望的确信：'这'是可能的。这是希腊悲剧的全部秘密，抑或至少是一个方面的秘密。"①

反抗当然也是不可或缺的，但数代人思索过后，这个问题仍是一个悲剧性的结局。西西弗斯被迫永生推一块巨石上山，推到山顶复又滚下，如此周而复始。加缪承认这反抗可歌可泣，虽徒劳无功但默默快乐。

若干年之后，命运在《误会》中那个黑暗的客店里，将一个谋财害命的故事演变为一个残杀亲人的人伦惨剧。主人公们一味地按着自己的意愿行事，试图挣脱某些束缚，但却事与愿违，他们愈是挣扎，就愈加难逃命运的罗网。加缪力图还原自希腊神话以来的命运悲剧和伦理悲剧的震撼人心的力量，这一努力无疑是卓有成效的，而且由于现代文明的欲望、冷漠等因素的加入，新的悲剧有了新的内涵。在若望少小离家老大回的过程中，他在家乡的妹妹玛尔塔一心渴望离开故土，奔赴海边，这是她的幸福，也是她唯一的赌注。为了离去，她的捷径是谋财害命。比这不幸的念头更为不幸的是，她选择的对象是她刚刚返家的哥哥。若望本可以一开始就亮明身份，但出于某种奇诡的心理，他拒绝了妻子的建议，隐瞒了自己的身份。由偶然和必然交织的命运的怪圈紧紧攥紧了这一家人的生命线，使得一个团聚的故事转化为一个谋财害命、兄妹相残的悲剧。

在加缪的戏剧《误会》中，还包孕神话中常有的家园意识，这是一种蛰伏于人类心底的带有悲情色彩的迷茫意识。1941 年加缪最初计划写《误会》时，将其取名为《布特约维斯》，1942 年 11 月改名为《流亡者》。据后来加缪回忆："《误会》的调子确实忧郁低沉，它完成于 1943 年，正值德军占领、国土沦丧的时期，我远离所爱的一切。剧本带着流亡色彩。"② 剧本曾经的名字和加缪对创作背景的回忆，都显示了这个剧本写作时加缪所处的流离失所的精神境遇。

在希腊神话中，家园或者返乡是一个永恒的主题。这在《奥德赛》中表

---

① ［法］阿尔贝·加缪：《西西弗斯的神话》，载《加缪全集·散文卷Ⅰ》，沈志明译，上海译文出版社 2010 年版，第 161 页。
② ［法］罗歇·格勒尼埃：《阳光与阴影——阿尔贝·加缪传》，顾嘉琛译，北京大学出版社 1997 年版，第 98 页。

现得最为明确。奥德修斯用 10 年时间返回家园伊塔卡，既是对家园、故土的回归，也是对自我意识和内部自然的回归。"家园何在"在现当代语境下已不仅仅是返乡过程的真实再现，更多的是一种对价值意义追寻的精神彷徨。对于现代生活而言，物质满足了生活需求，科技提升了生活质量，世界的物化过程带给人们越来越多的方便与享受。但是人与人之间，人与世界之间的联系和交流却被禁锢。情感疏离、道德沦丧、信仰缺失。人类的精神家园在物化过程中逐渐迷失。对物质世界和技术工具的依赖和仰仗使得人类丢失了其他的精神交流方式，在思想层面成为失家的浪子。在这个意义上，人类的生存意义与物化过程分崩离析。在人类面前，一边是愈陷愈深的虚无与迷失的深渊，一边是从古典文化中汲取情感依据和智慧力量，以此作为救命稻草，借以活跃现代人在物质时代渐次麻痹的情感感受能力。"家园"不再实指具体的家园，更隐喻是人类曾经拥有，但在文明发展过程中逐渐退隐的精神归属如信仰、价值、精神、文化、意义等各个层面。在神话思维及意象背景下，"家园"这一概念在现代语境中更倾向呈现一种具有象征性和隐喻性的表达。

与《奥德赛》相仿的是，《尤利西斯》也是一个著名的回归家园的故事。《尤利西斯》内部结构与荷马的《奥德赛》相仿。每章节与《奥德赛》的某一故事主题相对应，角色和情节等元素也有这样的对应。米兰·昆德拉在其小说《无知》中写道，"尤利西斯这个有史以来最伟大的冒险家也是最伟大的思乡者"①。归家，家园成为一个母题，反复出现在各类作品中。汉斯·布鲁门伯格对于尤利西斯（Hans Blumenberg，1920—1996）的回归家园及其神话符合有如下解读：

> 尤利西斯之所以是一个具有神话素质的形象，不仅是因为他的回归故土是一场复兴意义的运动，这种意义依据一个循环的封闭模式而呈现，这种模式担保了世界与生命的本质就在于建立秩序，反对一切偶然性和随机性的外观。而且还因为，他克服了难以置信的重重阻力而完成了还乡大业，这些阻力确实不仅包括外在的敌对势力，而且还包括内在的迷茫以及一切动机的沉寂。神话形象将某些东西铭刻于相像之上，这些东西作为无所不在而又不可缺少的生活世界之构成要素，只有在晚期阶段上才能为理论概念所把握；而仅仅因为这些东西越来越难以展示，从而危及了一个行为的目标价值。②

回归家园不仅仅作为神话要素或者意象而存在，内化为人类的情感机制

---

① ［法］米兰·昆德拉：《无知》，许钧译，上海译文出版社 2011 年版，第 6 页。
② ［德］汉斯·布鲁门·伯格：《神话研究（上）》，胡继华译，上海人民出版社 2012 年版，第 84 页。

后，它更被认同为一种神话精神。当冰冷的要素或意象与人类情感交融，意义或者价值才更加凸显，也是神话得以传续的"意蕴"所在。加缪的《误会》对于神话范式中的"家园"意识也有集中体现。"家园"概念在现代语境中"精神迷失地"和"情感归属地"的意义在《误会》中被凸显，体现出较强的人文关怀和情感复苏。精准体现了现代人迷失"家园"后的精神焦虑，是现代神话创作中传统符号与现实背景完美结合的范例。加缪在《误会》中多次表达了流亡者若望对于寻找家园的急迫心情，以及由于这种急迫心情，他体现出的不管不顾的行为特质。当年离家时，没有过多的情绪表露，"二十年前，我走出这扇门。我妹妹当时还很小，她就在这个角落里玩耍。我母亲没有过来吻我，我也觉得吻不吻无所谓"①。但当离家已经20年，生活的各个方面都呈现出美好的一面的时候，若望表现出对于之前的家园强烈的归属欲望。这种欲望如此强烈，以至于他马不停蹄，抛下妻子，一心只想回到那个家园中去。之所以有这样急迫的愿望，就若望的表述是基于一种对家园的天性渴望和对责任的自我认知"只不过，客居异乡，或者在忘却中生活，是不可能幸福的。不能总做异乡客，我要返回家园，让我所爱的人全得到幸福"②。但这个意义上的家园并没有敞开温暖的怀抱，母亲和妹妹已从记忆中清除了若望的痕迹，"她们接待我时，一句话也未讲，只端上来我要的啤酒。她们看着我，却视而不见"③。这个家园的气氛如此诡异，以至于玛丽亚预感到了不幸："自从进入这个国家，连一张幸福的面孔都见不到，我对什么都怀疑起来。这个欧洲多么凄凉。自从来到这儿之后，我就再也没有听见你的笑声；而我呢，也变得疑神疑鬼了。噢！为什么拉着我离开我的家乡呢？走吧，若望，我们在这里找不到幸福。"④ 若望对妹妹的几次试探和示好，都被冷漠地拒绝了，玛尔塔认为"心在这里毫无意义"，"即使一个儿子来到这里，也只能得到任何其他旅客都肯定能得到的：和气而冷漠的招待"。⑤ 这预示了家园的时过境迁，若望对于家园的寻根之旅从开始便蒙上了失败的阴影。无论身心都无法找到栖居之所，

---

① ［法］阿尔贝·加缪：《加缪戏剧作品·误会》，载《加缪全集·戏剧卷》，李玉民译，上海译文出版社2010年版，第79页。
② ［法］阿尔贝·加缪：《加缪戏剧作品·误会》，载《加缪全集·戏剧卷》，李玉民译，上海译文出版社2010年版，第83页。
③ ［法］阿尔贝·加缪：《加缪戏剧作品·误会》，载《加缪全集·戏剧卷》，李玉民译，上海译文出版社2010年版，第79页。
④ ［法］阿尔贝·加缪：《加缪戏剧作品·误会》，载《加缪全集·戏剧卷》，李玉民译，上海译文出版社2010年版，第80页。
⑤ ［法］阿尔贝·加缪：《加缪戏剧作品·误会》，载《加缪全集·戏剧卷》，李玉民译，上海译文出版社2010年版，第90页。

家园的寻觅是一件艰难而痛苦的事情。甚至若望都已失望："我觉得原来的想法不妥，来到这里无事可干。说穿了，我感到这所房子不是自己的家，不免有些怅惘。"① 家园的寻觅本是一个艰辛的过程，但在若望这里，艰辛已不是最坏的结局，异化了的家园不仅消弭了他对家的热望，而且消解了他对亲人火热的情感，更可怕的是，这样的家园最终化解了他的生命存在。无论是身体还是精神，若望都没有完成返乡的愿望。他的身体最终沉入故乡的河底，他的精神游离于家园和亲人的情感之外。之所以会这样，是因为若望的家园已不是其本来意义上的家园，现在的家园被物质的需求即求财的邪念所异化，无法容纳赤子滚烫的激情。在异化这个层面上，若望的妹妹玛尔塔表现出了强烈的异化机制，她对于家园的形式并不看重，对于亲情并不眷恋，甚至人与人之间的正常交流，在她这里都是"和气而冷漠"的。讽刺的是，玛尔塔对于所谓"大海和阳光国度"的热切追求是造成她异化的原因，为了寻觅这一理想国，她可以做出任何破釜沉舟的事情："为了得到我渴望的东西，我相信会踏碎路上碰到的一切。"② 每一个人希望寻觅的家园都不一样，但相同的是若望和玛尔塔都没有找到自己心目中的家园，"家园何处"揭示了一个苍凉的结局——"家园在别处"。意义的追寻艰辛而漫长，现代人类无疑还需花费更长的时间在寻觅的道路上。

---

① ［法］阿尔贝·加缪：《加缪戏剧作品·误会》，载《加缪全集·戏剧卷》，李玉民译，上海译文出版社 2010 年版，第 101 页。
② ［法］阿尔贝·加缪：《加缪戏剧作品·误会》，载《加缪全集·戏剧卷》，李玉民译，上海译文出版社 2010 年版，第 97 页。

第四章　加缪：新神话的缔造者

"古典神话隐隐不安地意识到人类与动物之间的陡然割裂,已经留下了伤痕。我们的新神话拾起了这个主题:弗洛伊德忧郁地暗示,人类有一种回到从前的渴望,暗自希望重新沉浸在无言的最初有生机的生存状态;列维-斯特劳斯推测,人类普罗米修斯式地盗来天火(选择熟食而不是生食),掌握语言,包含了一种自我流放的欲望——离开自然节奏和无名状态的动物世界。"① 在割裂与传承的矛盾中,新神话以一种欲说还休的姿态游走在创新与延续之间。布鲁门伯格曾说神话的产生是源于"人类几乎控制不了生存处境,而且尤其自以为他们完全无法控制生存处境"。他将这种极限概念称为"实在专制主义(Absolutismus der Wirklichkeit)"。虽然随着科学的发展,人类对于自然的认识有了更进一步的突破,但传承万年的不仅仅是神话的要素,更重要的是一种情感内化的神话精神,在神话精神中,极限永远无法超越,而且随着时代的发展,新的生存困境的产生会让神话的"意蕴"有着新的用武之地。在这种情势之下,新神话的产生几乎是毫无悬念且非常有必要的。

加缪对于神话的热忱不仅体现在对于神话的种种忠实地传承和使用,更体现在对于神话这一超越文体的文化不遗余力地发扬光大。加缪说:"毫无疑问,直至今日,我不是人们所说的那种意义上的小说家。倒不如说,我是一个随着自身的激情和忧虑而创造神话的艺术家。"② 基于这样的定位,加缪创作了一批文明社会的新神话。加缪的新神话创作是在西方现代神话创作潮流的背景下发生的。神话不是一直处于艺术的巅峰的,几经沉浮,神话也曾被弃之如敝屣。古老的神话无法复制,但凝聚原始文化精神的神话意识,并未消失殆尽,也没有被人们遗忘;除却秉承对于神话的接受与解读的传统,现代作家因为精神家园的寻觅等原因,开始有意识地运用隐喻、变形、象征等方式,将古老的神话中隽永的主题重置于现代语境中,古老神话在历史的尘埃中沉寂的光芒以新的方式焕发;古老神话中的原始文化精神,重新充沛为现代文明精神。加缪在《地狱中的普罗米修斯》中提到:"各种神话,其本身并不能赋予自己以生命,它们要等待,等待着我们赋予它们生命力。世界上只要有一个人响应它们的召唤,它们便会把它们整个元气奉献给我们。我们应该保护这种元气,以便使其在沉睡状态中不致消亡,使复活成为可能。"③ 于是,神话在西方文学艺术领域重新取得了显眼的位置,在现代各流派的小说中都闪现出古老神话

---

① [美] 乔治·斯坦纳:《语言与沉默》,李小均译,上海人民出版社2013年版,第45页。
② [法] 罗歇·格勒尼埃:《阳光与阴影——阿尔贝·加缪传》,顾嘉琛译,北京大学出版社1997年版,第113页。
③ [法] 阿尔贝·加缪:《夏·地狱中的普罗米修斯》,载《加缪全集·散文卷Ⅱ》,王殿忠译,上海译文出版社2010年版,第247页。

或其因素的踪迹，新神话小说应运而生。加缪的神话创作是在这一潮流中的潮湍浪急的一支，同时又因接受程度、思想高度的不同，奏响不同的浪潮之音。

一、文明社会的新神话

美国学者戴维·利明和埃德温·贝尔德在其著作《神话学》中第一次提出"当代神话"这一概念。所谓当代神话即现代社会生产方式下所产生的神化。这样的定义，建构在神话神圣性的否定基础之上，关于这个问题，学界纷争不断，近年来比较有影响力，并引发新一轮论战的当属北京师范大学民俗学与文化人类学研究所的杨利慧博士2006年的一篇文章《神话一定是"神圣的叙事"吗？——对神话界定的反思》，① 很快便有商榷类文章应和。本研究无意对此学界尚无明确界定和深入研究的概念做进一步探讨，只需要借助这一概念展现加缪在神话领域的突破及对此问题主观意象的探索。

必须明确的是，神话在其发展历史过程中，承载的变化悄然无声但不容忽视。现代语言文化中仍然使用的"神话"无论是语义还是内涵都较初民的"神话"有了翻天覆地的变化。神话作为初民在蒙昧时期对未知世界的想象结晶，在文明日盛的过程中日渐式微。然而，当科学日渐昌明，人类的精神世界却呈现"荒原"的寂寥。神话作为一种武器，再次走入人类的生活。在这一系列变化中，神话从一种神圣信仰和生活方式，蜕变为一种思维方式和解读工具。貌似缩小了的适用范围，其实反映的是神话在人类精神生活中愈来愈精准的价值意义。作为神话的忠实拥趸，尼采对神话有着天才的洞见："没有神话，一切文化都会丧失其健康的天然创造力。唯有一种用神话调整的视野，才把文化运动规束为统一体。一切想象力和日神的梦幻力，唯有凭借神话，才得免于漫无边际的游荡。"②

在日益强大的科技文明支持下，人类对世界的把握从无措至自信甚而狂妄，但精神世界的荒芜与信仰体系的崩塌给这种自信沉重一击。惶惶中，蒙尘的神话以其神圣和隽永的意义价值带给现代人类方向性的指引。"神话复兴"

---

① 杨利慧：《神话一定是"神圣的叙事"吗?》，载《民族文学研究》2006年第3期，第81–87页。
② [法]尼采：《悲剧的诞生》，周国平译，广西师范大学出版社2002年版，第182页。

在 19 世纪末与 20 世纪初趁势而来。20 世纪的世界文学在神话复兴的潮流中产生了巨大的裂变。叶·莫·梅列金斯基感喟："神话已不再被视为满足原始人求知欲的手段……而被看作与人类想象和创作幻想的其他方式有亲缘关系的前逻辑象征体系。"①神话中稳定存在的属于人类天性中的高贵品质越来越为人们所看重，在文明社会中被组建损耗的这些美好天性，诸如自由、自然、勇敢、真诚、坚贞等格外受到人们的青睐，人们在呼唤这些美好的时候，对于承载这些美好的神话也日益珍视。

越来越多的作家回归神话，从神话那里获得灵感，撷取题材和思想。对于神话的接受与解读之余，有意识地创作新神话或将神话因素纳入文学创作，运用神话思维思考文学艺术，都是神话的新生模式。不同地域和不同民族都有各自专属的神话和因此而产生的神话因素，神话质料可谓俯仰皆是，诸如古希腊的神话以及其他民族的神话和宗教等。因为接受的途径和方式等原因，作家会更倾向于使用本民族的神话，除却更为熟悉的原因之外，也是由于本民族的神话在价值取向上容易接受，或者内化程度更高。这也使得现代神话沿袭了神话的地域性这一特点。神话质料在重新使用时，原有的含义被最大限度地突破，因而主题的表达更为宽泛，内容的涵盖更为深入，思想的表现更为现实。现代神话或神话的现代表达已日益内化为一种固定的思想方式和恰如其分的表现形式。这种思想方式和表现形式是以神话质料和神话思维在文学艺术、现代意识甚而社会生活的广泛接受和存在为前提的。

同时，神话还因其相对"模糊"而且包容性强的形式，包罗了语言、文字、舞蹈、仪式等不一而足的表现形式，为文化的自由创作提供了可能性。这在期待个性解放的今日社会，是备受推崇的。作为一种根源性的内在精神，神话为许多文化提供了支撑和支持。"神话的形式，包容了未经分化的'朴''素'特质。'朴'是形制上的简约，'素'是色调上的模糊。'朴素'的特质，使神话具有后来分化已细的各门类文化所无的包容度——它生于人类的原始心理，而这原始心理较之文明时代的社会心理更贴近人的本性。神话因而无须矫饰、无须演绎、无须变形——而为现代人的直观所赏识。文明驱逐了野蛮，但理性却代替不了神话。相反，理性往往包含了神话，并以神话的世界观作为自己的出发点。"②

在神话复兴的过程中，神话和神话思维广泛介入意识形态领域，悄然地改变人们的生活准则、审美态度和艺术经验。时至今日，神话意识已渗入科技、

---

① ［俄］叶·莫·梅列金斯基：《神话的诗学》，魏庆征译，商务印书馆 1990 年版，第 3 页。
② 谢选骏：《神话与民族精神——几个文化圈的比较》，山东文艺出版社 1986 年版，第 392 页。

文化、文学、艺术乃至生活的方方面面。"嫦娥"系列登月探测器可以说是神话意识的科学再现，转基因、克隆等技术有着神话意识的痕迹，《星球大战》《阿凡达》等影片彰显神话意识的传媒力量。在信息纷杂的当代社会，神话抽离出它的巨大能量，并成功拥有了自己的拥趸。

如果说加缪以浪漫主义的地中海思想继承了一个神话的传统，那么他以对生活和人性复杂性的准确把握、定义的反抗故事就开启了一个神话的新传统。莎士比亚的十四行诗中有这样两句："只要人们还会呼吸，能用眼看/这首诗就不会消失，你就会因此而永生。"同样可以说，只要人类还有精神的需要和对心灵的关怀，只要还有诗意的想象，神话就会存在，加缪的神话就永不会过时。加缪神话的传统性体现在他对西方文化传统中那些比较贴近人类精神需要的东西的坚守、呼吁和保留。在一个工业文明逐渐吞没自然，结束灵魂平等，关闭真诚交往的时代，加缪认为古希腊文化特别是古希腊神话中提倡的自由、平等、真诚的旗帜永远都不会过时。在人类命运的波折面前，加缪以其强烈的想象力、敏锐深刻的观察力和悲悯宽博的心灵给予最强有力的呐喊。加缪的人文精神和神话信仰是迷失在商业文明和科技文明中的现代人需要的精神家园，也是迷失虚无中的现代学人迫切需要的心理救赎。

加缪创作的新神话从根本上是对其哲学思想的阐述。在他的新神话中，采用了异化的表现形式，神话的写作手法，创作了对于当代社会振聋发聩的启示录。在现实生活中，人们扭曲个性，言不由衷，改变自己适应外界的同时丧失了自己的本性。表现出鲜明的"异化"现象：譬如无法掌握命运的无力感、不期而至的灾难感、人与人的隔阂、沟通的壁垒、人群中的孤独感、急需被救赎的心灵需求等，在初民时期对自然和外界掌握不够充分的条件下才有的心态，到了文明巅峰时期竟然又回归，而且有愈演愈烈之势，着实让人心惊。加缪创作了一系列回归本真的"神话人物"，默尔索、卡利古拉这些与周围社会格格不入的人，反而是最接近真像和本真的人。

二、超越"局外人"——挣脱文明的枷锁①

加缪的哲学思考、文学创作以及人生信仰,从不同层面展现了一个当代智者的精神生活状态和心灵世界。在其广袤丰富的精神世界中,有一种长久为人所忽视的介质,即加缪的神话意识。西方神话元素长久浸淫加缪的文学生涯,结合其本人天才的精神内核,以及其成长的独特轨迹和复杂背景,共同铸就形成了加缪的神话意识。神话意识作为一种文学意象,是创作者在大脑中构思的文学模型、文学蓝图。它作为一种稳定和固化的心理模式,是创作者借助记忆和想象,对曾经体验过的情绪感受的回味与提炼,和对某种未实现的理想的憧憬和向往。作为一种思维方式,神话意识成就创作者对世界的看法和看待世界的方式。在《局外人》中,加缪的神话意识得以淋漓尽致地体现。

(一)《局外人》揭橥的文明困境

1954年,罗兰·巴特对《局外人》给予了异乎寻常的高度评价:"……人们喜欢这本书,就像喜爱那些出现在历史的某些环节上的完美而又有意义的作品。这些作品表明了一种决裂,代表着一种新的情感,没有任何人持反对态度,所有的人都被他所征服,几乎都爱恋上了它。《局外人》的出版成为一种社会现象。"②《局外人》创新之处在于,它揭示了禁锢人心的局外之局有三层寓意,第一是现实社会的枷锁,第二是伦理关系的无奈,第三则是文明传承的辖制。生活在此局之中的人们,长久以来早已将这三层束缚视为理所应当,以至作为行为和思维的规则。一俟身边有挣脱此局的人出现,无异于发现豺狼猛兽般大惊失色。而默尔索即为这样的出头鸟。他挣脱了现实社会的枷锁,直指事情的本质,形成了自己的一套"离经叛道"的逻辑:既然雄心大志并不重要,那么工作地点在巴黎还是乡下便是可有可无的选择;既然雇不起人照看母

---

① 本节内容,参见尚丹、徐真华《超越"局外人":加缪神话意识在〈局外人〉中的范例》,载《法国研究》2017年第3期,第87—94页。
② 张容:《加缪——西绪福斯到反抗者》,长春出版社1995年版,第68页。

亲，将她送进养老院是"自然"的选择；既然"人总是要死的"，那么母亲的去世便无需用眼泪表达悲伤……他以这一套逻辑一意孤行地行事：他不记得母亲的年龄甚至葬礼时间，他不愿在葬礼前看看母亲最后的遗容，他在母亲去世的第二天就与女友游泳看电影上床做爱，无论从哪个角度来说，默尔索都以置身事外的态度表明了他"局外人"的身份。

1. 现实社会的枷锁

默尔索游离于现实生活之外。这种对于现实生活的疏离，不仅体现在默尔索对事物的异于常人的看法上，也体现在他惊世骇俗的做法上。在现实生活中，一个正常人应该有正常的逻辑思维，在工作中能够承担正常的工作任务，与上司老板在同一思维领域沟通。但默尔索在工作中"经常答非所问"，关注的都是公用毛巾有没有拧干这类"无关紧要"的小事，在老板希望他负责巴黎的办事处，并且认为这样的办事处可以直接与那些大公司做生意，而且这份工作可以使默尔索在大城市巴黎生活，故而理所当然地认为对于任何人这都是会令人喜欢的改变，默尔索却给出一个出人意料的答案"实在是可有可无"，老板问他"是否不大愿意改变生活"，他的回答是"人们永远也无法改变生活，什么样的生活都差不多"。老板失望之余，认为他缺乏雄心大志。而雄心大志在默尔索看来"实际上并不重要"①。但如果据此认为默尔索有着智商上的问题显然是不客观的，事实上默尔索并非麻木迟钝，他能敏锐感受到别人情绪的起伏，比如由于默尔索母亲的葬礼，他请了 2 天假，但由于与周末相连，等于实际休了 4 天，为此他发现老板"一直板着面孔"，但他不会为了别人的情绪改变自己的想法，"一者，妈妈的葬礼安排在昨天而不是今天，这并非我的过错；二者，不论怎么说，星期六与星期天总该归我所有。即使是这个理，也并不妨碍我理解老板的心理"②。玛丽·卡尔多娜是默尔索"很想弄到手"的姑娘，而且他也觉得玛丽对他有意，他甘愿在母亲刚刚去世时就和玛丽游泳做爱，似乎为了她颇有不顾一切之意，但当玛丽问默尔索爱不爱她，默尔索的回答让玛丽"有些伤心"："这种话毫无意义，但我似乎觉得并不爱。"③ 但同时对于"一点儿也不招人喜欢"的邻居雷蒙·桑泰斯的示好，默尔索却表现了足够的耐心和包容，甚至"受宠若惊"。以上种种异于常人的价值标准，显

---

① ［法］阿尔贝·加缪：《局外人》，载《加缪全集·小说卷》，柳鸣九译，上海译文出版社 2010 年版，第 25 页。
② ［法］阿尔贝·加缪：《局外人》，载《加缪全集·小说卷》，柳鸣九译，上海译文出版社 2010 年版，第 12 页。
③ ［法］阿尔贝·加缪：《局外人》，载《加缪全集·小说卷》，柳鸣九译，上海译文出版社 2010 年版，第 22 页。

现出默尔索对于现实生活的疏离。以他的标准与方式，很难被正常秩序下生活的人们所接受。现实的社会生活本来的有条不紊被默尔索彻底打破了。

2. 伦理关系的无奈

默尔索对待至亲表现出了世人无法接受和理解的冷漠疏离。人类认为自己与禽兽最大的差异就在于伦理情感的丰富，有时甚至需以伦理关系刻意粉饰已淡漠的情感关系。默尔索却反其道而行之，在叙述母亲去世这件事时，太多无关紧要的事务穿插其中，本应摧心裂肺的苦难被轻描淡写为一件平常事件。老板的态度、炎热的天气、吃饭的饭店、停尸房里刷了白灰的墙、玻璃天棚、棺材上闪闪发亮的螺丝钉……相较于对这些林林总总的喋喋不休，对于母亲的追思仅有几句话："妈妈在家的时候，一天到晚总是瞧着我，一言不发。刚来养老院的那段时间，她经常哭，但那是因为不习惯。过了几个月，如果要把她接出养老院，她又会哭的，同样也是因为不习惯。"① 对于妈妈葬礼事务的不耐烦，甚至不敌"想到将要上床睡上十二个钟头时所感到的那种喜悦"②。沙拉玛诺老头儿向他反馈周围邻居对他颇有非议，默尔索却认为既然雇不起人去伺候妈妈，送她进养老院是很自然的事。默尔索不会因为母亲与儿子关系的伦理制约，而流露世俗认可和接受的态度，他对母亲及母亲去世的反应引发了周围人的不适：门房问默尔索要不要看看母亲的遗容，默尔索拒绝了，门房对此很不理解；当玛丽得知与自己调情的默尔索的母亲在前一天刚去世时，"她吓得往后一退"；沙拉玛诺老头认为默尔索丧母一定很痛苦，并告诉默尔索，因为他将母亲送进养老院，周围的人对他颇有非议。但对默尔索来讲，母亲在他生活中的角色远没有别人想的那么重要，他不止一次有过类似的想法："要是没有妈妈这档子事，能去散散步该有多么愉快。""妈妈已经下葬入土，而我明天又该上班了，生活仍是老样子，没有任何变化。"③ 在伦理世界，默尔索秉承克制的态度，充分体现了个体的独立存在的疏离感。

3. 文明传承的辖制

默尔索对于文明秩序不屑一顾。在文明秩序中，默尔索是个功能强大的破坏者。如果说打向沙滩上的阿拉伯人的第一枪是误杀，后面的4枪是默尔索对原本"幸福自在"的有序生活的故意破坏。他拒绝律师为他设计的应答技巧，

---

① ［法］阿尔贝·加缪：《局外人》，载《加缪全集·小说卷》，柳鸣九译，上海译文出版社2010年版，第12页。
② ［法］阿尔贝·加缪：《局外人》，载《加缪全集·小说卷》，柳鸣九译，上海译文出版社2010年版，第28页。
③ ［法］阿尔贝·加缪：《局外人》，载《加缪全集·小说卷》，柳鸣九译，上海译文出版社2010年版，第9页。

执意将自己的真实想法公之于众:"我很爱妈妈,但这并不说明什么。所有身心健康的人,都或多或少设想期待过自己所爱的人的死亡。"如此大逆不道离经叛道的话语击碎文明的面具,使得温情脉脉与文质彬彬都成为伪装。默尔索在庭审中屡次对预审法官提出的人性、信仰表示否定,直至法官斯文扫地气急败坏。他不屑于使用律师的技巧,也不迎合法官的引导,更不思悔改。"莫尔索并非因杀人而被处死,更多的是因为他在母亲的葬礼上没有哭。加缪得出的结论是:'社会需要在母亲的葬礼上痛哭的人。'……检察官宣称莫尔索完全不了解这个社会最基本的规则,对社会道德规范一窍不通,他与这个社会毫无关系,是一个冷漠无情、没有灵魂、残忍的'魔鬼'。"① 监狱里的生活并没有迫使默尔索改变想法,在他看来,自由意识可以转变为囚犯意识,性欲可以自行解决,惩罚成为习惯就不是惩罚,甚至自得其乐挖掘消磨时间的事务,"他有足够的东西可供回忆,决不会感到烦闷无聊。从某种意义上来说,这也是一种愉快"②。

(二)《局外人》刻画的反抗者

关于默尔索,人们认为他是反抗社会的,冷漠而无厘头的,不符合常规的,光怪陆离;有人说他道德败坏、人性丧失;也有人辩护,赞扬他执着追求真理,是个英雄和斗士……众说纷纭。事实上,默尔索在某种意义上是一个合理的"局外人",是超越常规之局的反抗者。

1. 打破"正常"的樊笼

局外人的"局"即"正常"的生活格局,参照和依据的是"正常"的生活逻辑。默尔索的反常则是相对"常规"的生活世界而言的。默尔索的生活世界是一个秩序井然的"正常"世界,他以其离经叛道的思维模式和不拘一格的行为举止,成为游离"常规"之外的局外人。作为默尔索"怪异"生活的参照对象和规范标准,"常规"的生活世界一再被提及。无论是老板、爱人、朋友,抑或社会群体,都对默尔索有着"正常"的期望。"正常"是人生存于社会上的必要条件。作为正常的标准,"规矩""法则""习惯"等限制要素俯仰皆是,任何有异于这些限制要素的行为和思想都将被视为"异类",应被整饬或铲除。人类数千年的生存文化历经选择而形成的这些限制要素,是综

---

① 张容:《形而上的反抗》,社会科学文献出版社1998年版,第91-92页。
② [法]阿尔贝·加缪:《局外人》,载《加缪全集·小说卷》,柳鸣九译,上海译文出版社2010年版,第47页。

合多方思考的折中路线，它一定程度上显示了一种文化的平衡。它"先行描绘出了什么是可能而且容许去冒险尝试的东西，它看守着任何挤上前来的例外，任何优越状态都被不声不响地压住，一切原始的东西都在一夜之间被磨平为早已众所周知的事。一切奋斗得来的东西都变成唾手可得之事，任何秘密都失去了它的力量"①。依据这样的限制要素，人类社会有条不紊地平和前行。未知也因为这样的规则而失去了神秘的意义。人们成为平衡于各端的角力者，任何放手都会打破这种规则的平衡，而成为众矢之的。

2. 挣脱"契约"的枷锁

对于默尔索来说，人与人之间的关系却是一种偶然的相遇。这一观念源之于古希腊的神话观中。在古希腊神话中，伦理的缺失已成为它的一个特点。后人也从地域等原因给出了解释。最普遍的看法还是由于的命运观念的存在，造成古希腊神话的伦理缺失。"命运的形成，使希腊放逐了伦理，希腊的伦理只能蜷缩、逡巡在命运巨手之旁。"② 对于命运不可更改的最终结局，默尔索无力改变，但他以自己的方式，给予了命运无情的嘲弄。

在《局外人》中，默尔索对于现实社会、伦理关系和文明传承的反叛，将他推向与众者相对立的"失常"境地。无论是养老院院长、老板、玛丽还是法官、神甫，他们遵循的是"常规"的生存方式：按部就班的生活状态，约定俗成的社会习俗、墨守成规的规章制度……来自于不同地域、不同阶层的人们恪守这样的社会契约、各自的位置井然有序地生活。因此，社会形态中的每一个人都默默维护这一规则并不以为忤，他们认为所有人都会并且应当会维护这一默契。一旦有人有出格的表现，马上就被视为异类。积极上进的工作态度、关爱长辈的伦理道德、相爱相伴的两性关系……这些在社会生活中"必须"秉承的规则，在默尔索这里都成为无关紧要的繁文缛节、旁枝末节。能够引发默尔索内心波动，或者说他更为关心的都是一些常人无法理解或不以为然的事情，比如，他将克吕逊盐业公司的一则广告剪下来，粘贴在一个旧本上，而这个本子上据他所说，都是让他开心的东西；傍晚下班，"沿着码头慢步回家，这时，颇有幸福自在之感"③。据此推断，默尔索不是没有感情的异类，而是拥有独立规则的异类。尽管默尔索与其他人一样生活在现实的生活画卷中，经历凡人的生产生活、生老病死等客观生活，但在思想范畴中，默尔索

---

① ［德］马丁·海德格尔：《时间与存在》，陈嘉映、王庆节译，生活·读书·新知三联书店2006年版，第148页。
② 林玮生：《论希腊神话的伦理缺位》，载《长江大学学报（社会科学版）》2007年第2期，第14页。
③ ［法］阿尔贝·加缪：《局外人》，载《加缪全集·小说卷》，柳鸣九译，上海译文出版社2010年版，第16页。

早已胁生双翼、游离世外。芸芸众生恪守生活的轨迹按部就班，但默尔索却依据他的本能关注并宣示了生命的本真层面。即使在庸常的生活状态下，也可以有不同的选择和理解，既可以遵循规则压抑本性过正常的生活，也可以随心所欲不拘一格过真实的生活。这两者本没有优劣之分，但自以为掌握规则的大部分人总是试图能控制局面，因而对那些不合规则的人"规则方圆"。依据规则或依据本性是两种对立的生存方式，但常常在现实生活中相互依存，说到底，彻底的依据规则或完全依据本性都是无法成立的伪命题。在规则的桎梏之下，本性的流露可以释放天性、获得轻松，但完全的无拘无束又会使社会失序、难以为继。对于本真与规则之间的矛盾心态是人类数千年难断的情愫。对于规则的规避更进一步使人们在文化的重压下陷入对于意义感的幻灭，精神家园的缺失与迷途在每一次人类精神的重创期都是不可避免的现象。对于本真的呼唤在这样的时刻会显得尤为珍贵。"呼声在无家可归的沉默样式中言谈，之所以这样，只因为呼声不是把被召唤者唤入常人的公众言谈中去，而是从这闲言唤回到生存能在的缄默中。"① 默尔索的缄默无关道德，只是一种本真的表现形式，是无力改变社会与他人的无奈选择。唯有冷漠，是他可以随意把控并可以用以表现自己本性、本真的方式。失爱有多种表现形式，悲伤是能为世人所能接受的最常规的方式。说默尔索在用这样的方式有意识地抗争或许有拔高之嫌，但当这种行为方式和思考模式上升为一种符号，可以说是对工具理性和程式文化的对抗。

3. 排解"存在"的苦恼

《局外人》作为存在主义的典型代表，与当时的以存在主义为特征的其他小说有同有异。"同"在主张"存在主义"对个性的保护和尊重，"异"在加缪没有把"存在主义"当作救世良方。其突出的表现是不仅对"存在"失望，而且对"存在主义"也并不抱希望。正因为如此，他的作品不像萨特的《墙》之悬念，也不像米兰昆德拉的《玩笑》之噱头，而是直奔对"存在"的揭发，同时也昭显了对各种存在思想的质疑。小说告诉读者的那样一种结果：各种人物都已成了失去精神的行尸走肉，那个迷局一样的社会，锁链般的传统和灵魂出窍的伦理，都成了丧失情感、灭绝灵性、剥夺生机的所谓"存在"（être）。在这里，非常突出的是，加缪对西方文明的愤怒，对同样以存在主义对抗社会异化的思想充满了失望。这也是当萨特等人想把加缪拉入存在主义阵营之时，加缪有意淡化处理、漠然处之的原因；当文艺界评论家称加缪是"存在主义

---

① ［德］马丁·海德格尔：《时间与存在》，陈嘉映、王庆节译，生活·读书·新知三联书店2006年版，第317页。

哲学家"时，他也丝毫不感兴趣。在这种意义上，加缪成为名副其实的"独行侠"和"局外人"。其中，深刻地披露出他对所谓存在的世界和形形色色的思想，包括存在主义思潮，都失望至极。

对世界和社会失望，对文明和传统失望，对所谓的伦理及个性解放失望，如此连锁性的失望，作者究竟想说明什么？默尔索即是答案。这个人物表达出的事实上有加缪发自内心深处的痛楚，以及什么是人和怎样做人的深层疑惑。这也是加缪此后一系列作品探索的主要问题。如果说，我们没有从加缪的著述中得到极其期待和非常满意的答案，那么以下几点是肯定的：其一，《局外人》不仅给我们展示了默尔索在"局"中的无奈，也给我们展示了作者本人的苦恼。在存在主义大潮汹涌澎湃的时段，加缪的苦恼有一种天才作家的敏感，以及对存在及其主义都心存异议的清醒。这种苦恼，是质疑存在主义的先声。其二，加缪的苦恼是其此后一系列作品探索的新起点。如《鼠疫》和《误会》。其三，这种苦恼是一位杰出作家的内心的能量聚集。它也许没有摆脱苦恼之日，一如西西弗斯没完没了地进行推石运动，但这就是一个伟大思想家的命运，也是全人类不得不经历的心路历程。在此意义上，可以说加缪是全人类突破文明困境的代言人。他的伟大不在于他能否解决人类的苦恼问题，而是像古神话人物那样敢于和命运抗争。

（三）回归原初本质的神话人

默尔索生存在一个"荒诞"的世界里，人生的意义感与价值感流失，是痛苦的与无意义的，反抗并不是逃离荒诞、对抗荒诞而是正视荒诞，不再沉迷于不切实际的幻想，回到生存的真相，回到人的绝对而本真的状态。反抗，并不以消除"荒诞"为目的，而仅是强调人作为人的存在的自证。

1. 自我解剖的独白

通过默尔索的独白的解析推演他的心路历程，他的认识是直指生存的本真的，去伪存真舍末逐本后，粉饰的外衣被他直接舍弃。无动于衷也好，冷漠自持也罢，只是不屑再浪费时间和精力的表征方式而已。默尔索对于他生存的庸常社会有着深刻的认知，他冷眼旁观人们重复无聊沉闷的生活场景，逐渐洞悉人世荒诞的秘密。意义的缺乏使得所有的努力都成为对于生活的苦涩嘲弄。当他发现言语是一种无力苍白的重复，无法表述内心，不能传递真理，甚至不能传导人与人之间的情感时，他用内心丰富的独白代替了语言，世人都谓默尔索内向沉默，"从不说废话"，殊不知在他的内心中，大段的独白将他对世界的真相的认知清晰地阐明。在对自己的生活做了事无巨细的纯自然主义的描述后，默尔索的独白变得更为深刻：他解释他对于人与人之间的关系淡漠的缘由，是因为"不期望从对方那里得到什么，而且也不期望从任何人那里得到什么。"① 他对于朋友的善意心怀感激，对于没有落井下石的门房，仗义执言的塞莱斯特，心怀爱意的玛丽，及至作证的马松、沙拉玛诺和雷蒙都充满了真挚的情感，虽然他"什么也没有说，也没有做任何表示"，但是就像他对塞莱斯特所想的那样，他"生平第一次产生了想要去拥抱一个男人的想法"。② "出了法庭上囚车的一刹那间，我又闻到了夏季傍晚的气息，见到了这个时分的色彩。我在向前滚动的昏暗的囚车里，好像是在疲倦的深渊里一样，一一听出了这座我所热爱的城市、这个我曾心情愉悦的时分所有那些熟悉的声音：傍晚休闲气氛中卖报者的吆喝声，街心公园里迟归小鸟的啁啾声，三明治小贩的叫卖声，电车在城市高处转弯时的呻吟声，夜幕降临在港口之前空中的嘈杂声……"③ 能够将生活的美感感受得如此细微的人，以他厌世的冷漠遮蔽了内心充盈而丰富的爱。只是，这样的爱更多的在一种自然的蓬勃状态中，而所有后天矫饰的非自然状态都不是默尔索愿意付诸情感的。

2. 自然纯粹的姿态

默尔索并非对世俗生活懵懂无知的方外之人，相反他对世事有着非常清晰的认知。他淡漠而执拗的行为方式源自他不矫饰不掩饰的自然纯粹的生活姿态。在他看来，事情的本真状态是更为重要的生活依据，事情的"理应如此"的"理"不是"道理"，而是"自然"的本真状态。他甚至不愿意为了生存下去而撒谎。但他不愿撒谎并不意味着他的道德感更强，而是在他看来，谎言是一种对自我本真的背叛和矫饰，哪怕谎言可以带来很多的益处甚至生机，他都不愿为此而改变自己的初衷。他不愿意在任何人或神面前假装悔改，而是只做客观描述，他说的每一句话都是基于内心最真实的想法和自然状态。他在母亲去世后异于常人的种种做法是因为这是事情和感情的真实情态，和情人在丧期上床是因为有性的欲望，不愿开拓新的工作领域是因为他认为这没有意义……作为对自己内心完全尊崇的自由者，默尔索完全没有考虑世俗的看法和约定俗成的做法。这种不合时宜的率性并不是不谙世事的无知，而是基于对世事清醒的洞察，以这种决绝的态度，默尔索给世界一个反抗的姿态。并不是说默尔索

---

① ［法］阿尔贝·加缪：《局外人》，载《加缪全集·小说卷》，柳鸣九译，上海译文出版社2010年版，第55页。
② ［法］阿尔贝·加缪：《局外人》，载《加缪全集·小说卷》，柳鸣九译，上海译文出版社2010年版，第55页。
③ ［法］阿尔贝·加缪：《局外人》，载《加缪全集·小说卷》，柳鸣九译，上海译文出版社2010年版，第57页。

的这种反抗是自觉的,事实上他做离经叛道之事的目的并不是为了对抗世界,或者宣示自己与文明世界的界限,而是为了顺应自己的内心和自然状态。反抗是必然的,但如何反抗?加缪以及哲学,甚至随笔,都围绕这个问题提出预设,自问自答。在"局外人"这里,加缪以一种冷峻甚至冷漠的方式对于这个问题做出了回答:置身世外。这种颇有道家意味的处世方式由于其极端方式,隐隐带有消极厌世的色彩。但这仅仅是表面意义。对加缪来说,他用"局外人"这个词命名一种生活方式意味着一种尝试。在这种尝试的背后,隐含了作者对于人生意味的热切思考和探索。加缪自己曾说:"如果小说所表现的,仅仅是怀乡病、绝望和失望,但它终归还在塑造形式,并提供解救方法。把绝望起作自己的名字,就已经意味着是在抑制它。"加缪在美国版的序言中曾说"他远非麻木不仁,他怀有一种执著的深沉的热情——对于绝对与真实的热情"。①

3. 置身世外的超越

弗洛伊德在《文明及其缺憾》中指出:"'文明'这个词是指所有使我们的生活不同于我们的动物祖先的生活的成就和规则的总和,它们具有两个目的,即保护人类抵御自然和调节人际关系。"② 弗氏对文明的定义包括两大关系——人与自然和人与人之间的关系。不同民族所处的自然环境不同,因此在两大关系上存在着不同取向。希腊民族因大海的险恶,注意力被迫更多地聚焦在人与自然的关系上。敢于与自然挑战的希腊人,创造了较为先进的物质文明,也深深地感受到命运的存在。"命运"不是别的,它是人力与自然力冲突而形成的一种体验与认识,命运既造就了较为先进的物质文明,却又造成了伦理在相当程度上的缺失。中国先民因与土地打交道,与自然的关系相对和谐,因而把关注更多地投放在人与人的关系中。长期生活在一个相对和睦、固定的空间,可使人与人的关系更加稳定、有形、有序。在这种情况下,极容易结出人与人关系的果实——伦理。希腊伦理框架中将自然欲望的满足提高到至尊无上的地步。"他们常常是在宴饮与欢笑;而且总的来说,他们享受着他们那不朽的生命!"③ 饮酒、弹琴、唱歌,比赛是诸神生活的重要主题。狂欢不仅是一种文化指向,更是一种精神需求。同样地,男女情欲在希腊神话伦理中也备受推崇。引发特洛伊战争的美艳海伦之争,没有成为"烽火戏诸侯"或"冲

---

① [法] 罗歇·格勒尼埃:《阳光与阴影——阿尔贝·加缪传》,顾嘉琛译,北京大学出版社1997年版,第45页。
② [奥] 西格蒙德·弗洛伊德:《文明及其缺憾》,傅雅芳等译,安徽文艺出版社1987年版,第31页。
③ [美] 特伦斯·欧文:《古典思想》,覃方明译,辽宁教育出版社1998年版,第18页。

冠一怒为红颜"的丑闻，反而成为美谈。"古希腊人最根本的性格就是追求肉体上的享受……希腊人全貌的生活完全体现了一种令人欣喜若狂的情欲信念。"① 希腊神话对自然欲望的表达是坦率和自然的，并无任何羞愧和不安。被自然山水充分浸淫的希腊人，以一种坦然和热烈的态度对待人的自然欲求，没有丝毫遮掩与回避。与被规则束缚的其他地域和时代的人相比，这种态度以更为奔放和洒脱的姿态绝世独立。而现代文明备受诟病的原因，是基于自由自在是人的原始的本真要求这一基本认识。在文艺作品的字里行间隐藏的一个民族的文化向度，最大限度地刻画了这个民族的审美趋向和精神内涵。除自然醇厚的审美趋向外，古希腊神话中肯定自我、追求自由、张扬人性及追求幸福的伦理思考和伦理观念，因其对于人性自然的尊重与保有而显得尤为珍贵。古希腊神话中的自然的伦理价值指涉出对于人类命运的终极追索与思考，折射出对存在意义与生命价值的敬畏与惊叹。因为这样的文化背景，希腊神话和《局外人》之间在伦理取向这一点上富含暗通性。

世人质疑默尔索，甚至最后判他死刑，不独因为他杀了人——世俗和法庭给予默尔索多次机会避免绞刑——最终将他推上绞刑架的，是他置身"世"外的观念与做法。被绞死的不是杀人的恶行，而是对世俗伦理文明的反抗意识。在"正常人"的眼中，杀人可以被饶恕，但妄图打破常规的努力甚至想法都是不可饶恕的，意识形态的同一性对统治者们来讲至关重要。庄子亡妻后的鼓盆而歌并非在任何地方任何时候都是佳话，在文明日益昌明之际，这却有可能是罪行。在默尔索身上，有《聊斋》中婴宁的无拘无束，有《西游记》中孙悟空的肆意妄为。对于这些率真的人物而言，文明、伦理、规则都是枷锁，所有的做法都是基于内心最真实最原始的情感。一如神话中懵懂但单纯的初民们，鲁莽但真挚的英雄们，以及奔放且率直的神祇。作为人类本真思维的集中表现，神话有着对于文明本能的反抗。《局外人》的离经叛道，是对神话精神的一脉相承，同时又结合时代内质，体现了新的神话意识。

---

① 利奇德：《古希腊风化史》，杜之、常鸣译，辽宁教育出版社2000年版，第6-7页。

三、《卡利古拉》审美的个性光辉

《卡利古拉》作为一部戏剧,上演之际并未吸引特别的关注。但这部作品却是加缪倾注心血最多的一部,首次公演之后,数度修改。加缪自己曾说:"我无法忘记《卡利古拉》。这个剧本的成功具有重要意义。"(加缪致克里斯蒂安纳·加兰多的信)卡利古拉以其怪诞、乖戾而又意味深长的言行,被丰富为一个颇可玩味的艺术形象。卡利古拉与上帝万能的、充耳不闻、视而不见的形象相仿,同时又是一个和西西弗斯与普罗米修斯一样向荒谬撞击的英雄,而在内在矛盾性上,他不同于沉默低沉的普罗米修斯,也区别于默默耕耘的西西弗斯,他一如决绝的美狄亚,足以使受众瞠目结舌之后苦苦思索。从个体的审美丰富性上来说,卡利古拉是众多神话人物的集合。

《卡利古拉》是一部让人震惊、引人深思的哲理剧。古罗马帝国年轻的皇帝卡利古拉在深爱着的妹妹兼情人德鲁西娅死后失踪3天,杳无踪迹,正当群臣慌乱之际,卡利古拉突然返回,但神态异常衣着不整,他对于臣子埃利孔腹诽的疯狂不以为然:"其实,我并没有疯,甚至可以说,现在比什么时候都明白。"① 他否认了自己的失常是因为德鲁西娅的逝去:"我也知道你心里在想什么。死掉一个女人,引起多少麻烦事!不对,不是这碍事儿。不错,我好像还记得,我爱的一个女人,几天前死了。其实,爱情又怎么样呢?微不足道嘛。我向你发誓,她死了无所谓;她的死不过是一种真理的标志。"而这个真理就是:"人必有一死,他们的生活并不幸福。"② 在这个简单而又复杂的真理面前,大部分人虽知其然却不知其所以然,也没有对此有过追根究底的探寻,故而浑噩麻木,但当卡利古拉发现这个真理并有了自己的理解之后,犹如醍醐灌顶,他开始用自己的方式帮助人们认识这个荒谬不堪但大多数人自欺欺人的世界。在卡利古拉看来,神力并不是不可突破的东西,自由才是最可宝贵的,他"竭尽全力追求的,是超越神的动心",他想要"让天空和大海浑然一体,要

---

① [法]阿尔贝·加缪:《加缪戏剧作品·卡利古拉》,载《加缪全集·戏剧卷》,李玉民译,上海译文出版社2010年版,第10页。
② [法]阿尔贝·加缪:《加缪戏剧作品·卡利古拉》,载《加缪全集·戏剧卷》,李玉民译,上海译文出版社2010年版,第11页。

把美和丑混淆起来,要让痛苦迸发出笑声"。之所以有这样的设想,是因为卡利古拉立志"要将平等馈赠给本世纪。等到一切全被拉平了,不可能的事终于在大地上实现,月亮到了我的手中,到了那时候,我本身也许就发生了变化,世界也随我而改变了,人终于不再死亡,他们将幸福地生活"①。没有人知道卡利古拉如何顿悟,对于真理的领悟本源自个人悟性的差别,但将这种顿悟身体力行至某种改变的力量在于卡利古拉手中无上的权利。他认为权利之于他,是"改变事物的秩序,让太阳从西边升起,减轻人间的痛苦,使人免于一死"②。卡利古拉决意由自己来掌控命运之手,将绝对自由奉为圭臬,他要让"不可能者为王"。于是他侮辱众臣尊严,肆意杀戮,任意掠夺富贵者的财富,把臣子的妻子收在自己开的妓院里……3年里,卡利古拉所犯罪恶罄竹难书,饱受摧残的众臣终于共同商议要推翻这个"无比丧心病狂的暴君"。

在一群反对卡利古拉的人中间,有一个叫舍雷亚的人,他有着异于常人的清醒和见识,他反对卡利古拉的缘由不是因为卡利古拉施之于众人的"小小的凌辱",而是"反对一种远大的思想:那种思想一旦胜利,就意味着世界到了末日"。这种思想即是将"人生的意义化为乌有","这才是无法容忍的。人生在世,不能毫无缘由"③。应该说,一定意义上,舍雷亚是真正理解卡利古拉的顿悟者,不同的是对于这种终极意义,两者有着不同的理解和做法。舍雷亚对于卡利古拉的有着清醒的认识,他对卡利古拉说"我并不能恨你,因为我看你并不幸福。我也不能鄙视你,因为我知道你不是卑怯的人"④。他发觉卡利古拉的暴政是一种"毫无利己动机的险恶用心",而摧毁的方法应是"投其所好,推波助澜,等待那种逻辑发展到荒谬的程度"⑤。舍雷亚以他的远见卓识,成为反抗队伍的领军人物。卡利古拉秉持他奇异的逻辑,但没有走出这种逻辑的怪圈。他因此坦然甚至在期待中接受被毁灭的命运。在被众人杀死的时刻,卡利古拉笑着抽噎,大叫着:"历史上见,我还活着!"

卡利古拉始终处于对终极意义痛苦思索的层面之上,对习惯与常规的反抗

---

① [法]阿尔贝·加缪:《加缪戏剧作品·卡利古拉》,载《加缪全集·戏剧卷》,李玉民译,上海译文出版社2010年版,第19页。
② [法]阿尔贝·加缪:《加缪戏剧作品·卡利古拉》,载《加缪全集·戏剧卷》,李玉民译,上海译文出版社2010年版,第18页。
③ [法]阿尔贝·加缪:《加缪戏剧作品·卡利古拉》,载《加缪全集·戏剧卷》,李玉民译,上海译文出版社2010年版,第23页。
④ [法]阿尔贝·加缪:《加缪戏剧作品·卡利古拉》,载《加缪全集·戏剧卷》,李玉民译,上海译文出版社2010年版,第51页。
⑤ [法]阿尔贝·加缪:《加缪戏剧作品·卡利古拉》,载《加缪全集·戏剧卷》,李玉民译,上海译文出版社2010年版,第23页。

较默尔索更彻底更极端,以暴力手段消灭规则、破坏秩序、制造混乱,目的在于砸碎惯常生活的枷锁,将人从"习惯"的牢笼中解放出来,建立一个不受惯例常规禁锢的自由人的天地。这位罗马皇帝透过妹妹的尸体看到了悲剧性的人类宿命及日常生活的虚假面纱,认为罗马人沉迷于机械惯性的日常生活,在重规迭矩中怡然自得,毫不关注自身存在境况。饮酒作乐转移了人们对命运的视线,庸庸碌碌的生活使人们难以发现死亡之临近,惰性习惯导致精神的麻木茫然,使他们回避对人生有限、生命脆弱的承认与正视。这种遵循习惯常规的生活遮蔽了世界荒诞、人生有限的残酷真相,因而是虚幻的。因此,卡利古拉以极端的暴力手段消除常规惯例,推倒粉饰生活的布景伪装,撕裂遮蔽存在真相的帷幕,唤醒沉浸于"习惯"的罗马人将关注的目光从寻欢作乐转向自身的生存状况,激发混沌浑噩的头脑去思考生活的荒诞性,剥除存在肌体上的矫饰,还原人之存在以本真的、原初的面目,"他迫使人思考,迫使所有人思考,把人置于朝不保夕的处境,这就发人深省"①。

卡利古拉有着奇怪而又特别的逻辑,这种逻辑成为他种种暴行的行为准则,也是他最终被毁灭的缘由。他若干次提及对这种逻辑的重要性:"一定要遵循逻辑。……逻辑,卡利古拉,必须遵照逻辑干下去。"② 这种逻辑即改变现有的一切规则、秩序,改变一切现有生活赖以为继的依据。这种逻辑产生的基础是对于意义和价值的绝望。当理念和信仰崩塌之际,所有一切都是无以为继、任意妄为的。在和西皮翁谈论诗歌时,卡利古拉诱使西皮翁说出他诗歌的主题,但当西皮翁逐渐放下内心对于卡利古拉弑父的仇恨,与之真挚谈及自然的和谐,"罗马丘峦的轮廓以及黄昏带来的短暂的、令人心潮平和的恬静"等美好时,卡利古拉却发表看法说:"这一切缺少血腥气味。"③ 西皮翁从温情的迷幻中惊醒,痛斥卡利古拉:"魔鬼,吃人的恶魔。"④ 卡利古拉认为自己"在世上崇拜过的唯一的神:像人心一样残忍和卑怯"⑤。他的所有认知建立在意义缺失和对人性的彻底失望基础之上。为了验证人性的丑恶,卡利古拉做了一

---

① [法]阿尔贝·加缪:《加缪戏剧作品·卡利古拉》,载《加缪全集·戏剧卷》,李玉民译,上海译文出版社2010年版,第57-58页。
② [法]阿尔贝·加缪:《加缪戏剧作品·卡利古拉》,载《加缪全集·戏剧卷》,李玉民译,上海译文出版社2010年版,第50页。
③ [法]阿尔贝·加缪:《加缪戏剧作品·卡利古拉》,载《加缪全集·戏剧卷》,李玉民译,上海译文出版社2010年版,第39页。
④ [法]阿尔贝·加缪:《加缪戏剧作品·卡利古拉》,载《加缪全集·戏剧卷》,李玉民译,上海译文出版社2010年版,第39页。
⑤ [法]阿尔贝·加缪:《加缪戏剧作品·卡利古拉》,载《加缪全集·戏剧卷》,李玉民译,上海译文出版社2010年版,第46页。

系列的实验，"问题只是要看看究竟会走到什么地步"①。他下令私人财产不能继承，只能捐给国家；随意列出名单，处死名单上的人，财产收归国有；侮辱臣子的尊严，肆意杀害他们的亲人；将贵族妻女收入妓院接客，规定光顾卡利古拉妓院次数多的将获得公民英雄勋位团酬奖，次数少的则将被流放或处决；将贵族在竞技场的专座分给平民，逼迫贵族们与平民百姓争斗，然后更加严厉地惩罚贵族们……礼崩乐坏之下，反抗却迟迟没有发生，"什么人格、尊严、别人的议论、民族的智慧，统统没有任何意义了。在恐惧面前，一切都销声匿迹了"②。偶有的蠢蠢欲动密谋反抗都是因为个人的私利受到挑战，卡利古拉无疑在这种试验中无数次验证了自己对于人性的推断，在荒诞的怪圈中受到肯定而义无反顾地走下去。卡利古拉的极端行为基于对世界、人之存在境遇的清醒洞察与明晰把握，但显然，他并没有找到一种解决悖论的方式、以荒诞的方式反抗荒诞，无异于饮鸩止渴、以暴制暴。

　　神话历经千年仍闪耀光辉，是因为人性亘古不变，加缪显然深刻地意识到了这一点。在《卡利古拉》中，惜字如金的他不惜花费众多笔墨描绘众生的昏聩与卑怯。但作为一个对于美与和谐持有好感的哲思者，加缪并没有将人间描写成地狱。在昏聩与卑怯之余，穿插了自然、诗歌还有人类的美好情感。面对真挚的卡索尼娅，一意孤行的卡利古拉也不得不恼羞成怒般地承认："对你这半老徐娘，我不禁有一股羞愧的柔情。"③ 对待荒诞的世界，加缪创作了不同的神话，希望能找到予以对抗的方式，但不论是默尔索式的沉默对峙，还是卡利古拉式的孤注一掷，显而易见的是，加缪没有找到一种合适的方式来对抗荒诞，所以在这种探索的过程中，分明地可以感受到作者的左右为难。人类在规律的漩涡面前，显然没法搬动自己坐的椅子。但是，对抗荒诞，对待无法改变的人类命运，最需要的不是可行的具体做法，而是永不言弃的态度和精神。至少在这一点上，加缪以其时刻战斗的勇气努力做到了。

　　《卡利古拉》展示的是一幕哲理悲剧，加缪以纵横恣肆的方式，深刻哲思的语言、彷徨缱绻的人物内心和回味深长的潜台词，发出了令人惊悚与震颤的追问。卡利古拉的蜕变，源于他那个惊人发现："人都得死，所以他们并不幸福。"这种原本寻常的客观现实，一经深究便成为对人生的残酷发现。卡利

---

① ［法］阿尔贝·加缪：《加缪戏剧作品·卡利古拉》，载《加缪全集·戏剧卷》，李玉民译，上海译文出版社 2010 年版，第 50 页。
② ［法］阿尔贝·加缪：《加缪戏剧作品·卡利古拉》，载《加缪全集·戏剧卷》，李玉民译，上海译文出版社 2010 年版，第 28 页。
③ ［法］阿尔贝·加缪：《加缪戏剧作品·卡利古拉》，载《加缪全集·戏剧卷》，李玉民译，上海译文出版社 2010 年版，第 70 页。

古拉无法放弃对人类的责任感以及对于人类命运的清醒自觉:"人理解不了命运,因此,我装扮成了命运。我换上神的那副又愚蠢又不可理解的面孔。"①既然死亡无可避免,生存的意义何在?这种对于人生近乎刻薄的反思归根结底是由《卡利古拉》内蕴的神话意识和现代性焦虑所引起的。加缪在其神话《卡利古拉》中表述了对神秘生命力的追求,这种生命力是通过丰沛的情感激烈表达的。在远古神话中,原始人的情感表达常以宣泄的方式将所有人带入狂欢状态。这种表达方式源自生命力的充沛。人类进步脚步没有停滞,情感愈加丰富,表达的方式愈加多变。对神话近乎本能似的回归意识,催生了《卡利古拉》。《卡利古拉》中呈现了对原始野性的崇拜。对于原始生命力的推崇充斥在《卡利古拉》的字里行间。卡利古拉是一个矛盾体,他看似有着伊壁鸠鲁式的冷漠,事实上骨子里却有着迷狂式的热情。卡利古拉的不羁与放纵与酒神狄俄尼索斯如出一辙。狄俄尼索斯因为蓬勃的生命力量而纵情狂欢,同时灵魂中有着毁灭性的黑暗力量,如果不受限制的话,它就会"荒淫残暴到登峰造极的地步,浑如最凶残的野兽"②。甚至连重生的力量,都有相似之处。故而卡利古拉才在被匕首刺中时狂吼:"历史上见!我还活着!"从这个意义上说,《卡利古拉》从内涵到形式都借鉴了神话原型。神话世界是一个思接千载、视通万里、无所不能的所在,处处弥漫着酒神狄俄尼索斯的迷狂。"酒神狄俄尼索斯式的纵情狂欢是早先的丰产祭祀中的内容,它逐渐演变成一个更高层次的象征,尤其象征着通过迷醉所希求实现的与神的相通。这种迷醉是一种植根于人内心深处的强烈冲动……"③但即使在神话世界里,也需要有是非善恶的法则去规范方圆,然后才有众神相对意义上的"自由",所以卡利古拉的努力也不是一种行之有效的办法,对此,加缪也有很清醒的认识。"如果说他的真理就是反抗命运,那么他的谬误在于否定人","《卡利古拉》是一种高级自杀的故事,这是谬误的最富人性的、也最悲惨的故事。卡利古拉忠于自己而不忠于别人,以死来换取一个明白:任何人都不可能单独拯救自我,也不可能得到反对所有的人的自由"④。如同不能挣脱自身束缚的狄俄尼索斯一样,卡

---

① [法]阿尔贝·加缪:《加缪戏剧作品·卡利古拉》,载《加缪全集·戏剧卷》,李玉民译,上海译文出版社2010年版,第45页。
② [美]撒穆尔·伊诺克·斯通普文、[美]詹姆斯·菲泽:《西方哲学史:从苏格拉底到萨特及其后》,匡宏译,世界图书出版公司2009年版,第354页。
③ 利希特:《古希腊人的性与情》,弗里兹英译,刘岩等中译,广西师范大学出版社2008年版,第101页。
④ [法]阿尔贝·加缪:《戏剧集(美国版)序言》,李玉民译,载《加缪全集·戏剧卷》,上海译文出版社2010年版,第756-757页。

利古拉拼尽全力反抗的，不过是自己作为人类的本性而已。作为荒诞世界里的荒诞个体，卡利古拉天才般地具备了超越人类天性的狂狷与清醒。但这种清醒不意味着可以拥有为所欲为和否认幸福的权利。因为作为个体，自身的局限是不言而喻的。这本身是一个悖论，因为有着充沛的情感支撑和激烈的表现方式，而更呈现了悲剧的美学意味。除去前文提到的狄俄尼索斯，还有以决绝而不顾一切的美狄亚。美狄亚帮助伊阿宋盗取金羊毛，为此不惜催眠巨龙，铤而走险，甚至诱骗兄弟，杀人害命，并随其私奔异乡，但神话中并非没有道德判断，"无论是伊阿宋还是美狄亚，命中注定不会幸福"①。伊阿宋迷恋上了格劳刻的美色，背叛了美狄亚以及对她许下的诺言。

……一股疯狂的愤怒攫住了她的心。美狄亚那桀骜不驯的性情是不可能罢休的。她，科尔喀斯国王的女儿，光芒四射的太阳神的孙女，岂能在仇敌面前忍气吞声！岂肯忍受仇敌对她侮弄！愤怒之中的美狄亚是令人害怕的，她的报复必然无比残酷。……狂怒之极的美狄亚不停地诅咒着。她咒骂两个儿子，咒骂伊阿宋。美狄亚十分痛苦，她恳求诸神立即用雷电夺走她的生命。除了报仇，她活着还有什么意义？②

为了复仇，美狄亚除了要杀死情敌之外，还有一个计划是杀死自己和伊阿宋的两个儿子，"看到儿子，美狄亚哭了，她搂住儿子，吻着儿子。她爱自己的儿子，然而她强烈的复仇欲望超过了爱子之情"③。作为在希腊神话中个性独特的一个审美对象，美狄亚不是因为其暴虐，而是因为其不顾一切地选择让读者获得异乎寻常的审美体验。其性格张力有着别具一格的戏剧色彩，卡利古拉的张狂与决绝一定程度上契合了这些狂人的人物性格。

卡利古拉身上还集合了许多神话人物的影子：阿喀琉斯，就是因为对于命运的抗争精神而成为卡利古拉身上投射的另一个神话人物。阿喀琉斯虽最终难逃命运的"阿喀琉斯之踵"之殇，但他从未停止反抗的脚步。骁勇善战的阿喀琉斯曾可以选择避而不战，得以永生，也可以选择歃血杀敌，英勇战死。明知自己有着战死的命运，阿喀琉斯没有选择逃避。如果说阿喀琉斯面对命运时展现了英勇，那么俄狄浦斯则让人感受到与命运抗衡时"虽千万人吾往矣"的悲壮。在希腊神话中丰富而多变的英雄身影都被赋予相同的一种使命，即与命运不屈不挠的斗争。英雄们虽曾因命运的重负举步维艰但百折不挠。结局虽早已被设置，但胜负显然悬而未决。这种慷慨无惧的勇气，誓不屈服的坚韧，

---

① ［俄］尼·库恩：《希腊神话》，朱志顺译，上海译文出版社2006年版，第195页。
② ［俄］尼·库恩：《希腊神话》，朱志顺译，上海译文出版社2006年版，第195页。
③ ［俄］尼·库恩：《希腊神话》，朱志顺译，上海译文出版社2006年版，第197页。

是在希腊神话中对英雄人物设定的永恒不变的主题。

　　加缪显然对人类的神秘命运的存在感到莫名的恐惧与深深的无奈，同时对生命殊途同归的结局充满疑惑与探寻，这使得他的作品中常常不同形式和程度地反映这种情绪与探索。这种对于命运与生俱来的恐惧与疑惑同样游荡在被"匪夷所思"色彩笼罩的卡利古拉暴政的世界里。古希腊神话中蕴藏的无处不在的命运在《卡利古拉》中也闪烁其神秘的光芒。原始人类总结的生命真理是一种不可捉摸的神秘力量，解释无法找到出口之际，外部世界和自然环境都被赋予了人类的情感特色和生命基质，而作为其中个体的人类因为某种秘而不宣的力量，被引领生活在浩瀚天地间。在这样的认识基础之上，"神话思维的真正基质不是思维的基质而是情感的基质"①。感情——而不是理性——成了神话思维的基本动力，"神话是情感的产物，它的情感背景使它的所有产品都染上了它自己所特有的色彩"②，神话逻辑是一种情感体验，是对于不可捉摸的神秘力量的展示、论证，以及探索。在《卡利古拉》中每一个人都试图拯救，或是自己或是他人，抑或整个人类，为此殚精竭虑，却无一例外不可避免地走向毁灭。这其中并没有根据有罪还是无辜做伦理的划分，只要是作为人类个体，都将承载不偏不倚的共同命运。在卡利古拉的神话逻辑中，人类在人世间的遭遇没有必然的轨迹和规律，一切都在命运静置的结局处汇合。这是关乎人类的悲剧。正如荷马在《伊利亚特》中所说的：

　　　朋友，你也只有死亡，何以如此痛伤？
　　　…………
　　　然而，就连我也逃不脱强有力的命运，我的死亡，
　　　将在某个拂晓，某个中午或者晚上，
　　　被某人在战斗中放倒，夺抢我的性命，
　　　用离弦的箭镞或投掷的矛枪。③

　　卡利古拉试图打破被命运牵着鼻子走的束缚，他尝试做主宰，反叛现有的秩序、伦理、道德与文明。跳脱道德与伦理的评判，单从思维机制的判断来讲，这是一次回归本质的思维过程的尝试。

　　德国社会学家马克斯·韦伯曾提出"祛魅"这个概念："只要人们想知道，他任何时候都能够知道；从原则上说，再也没有什么神秘莫测、无法计算的力量在起作用，人们可以通过计算掌握一切。而这就意味着为世界除魅。人

---

① ［德］恩斯特·卡西尔：《人论》，甘阳译，译文出版社1985年版，第104－105页。
② ［德］恩斯特·卡西尔：《人论》，甘阳译，译文出版社1985年版，第104－105页。
③ ［古希腊］荷马：《伊利亚特》，陈中梅译注，译林出版社2000年版，第568－569页。

们不必再像相信这种神秘力量存在的野蛮人一样,为了控制或祈求神灵而求助于魔法。技术和计算在发挥着这样的功效,而这比任何其他事情更明确地意味着理智化。"① 韦伯提及的"魅"即是神话意识——将一切都诉诸神秘、神圣的思维模式。用文明、科技等方式为世界祛魅,即意味神话这种认知方式和思维模式被祛除,代之以所谓清明的科学意识,探究事物背后的规律与法则。加缪借卡利古拉的指天撼地的胡作非为,不是旨在重现这个史上著名暴君的劣迹,而是对文明与伦理的一次彻底的反叛。一切如同人类萌荒之初,没有什么是被限制的。神话意识从没被祛除,就像卡利古拉被杀死前的那一声狂吼:"我还活着!"

《卡利古拉》是一部寓言。卡利古拉制造的迷狂与混乱的情景暗喻了现代文化背景下精神的混沌与迷茫,现代人在物欲冲击下的各种精神畸态被袒露无遗,更揭示出了由此而引发的现代心灵与精神信念的隔膜及与价值意义的疏远。备受凌辱丑态百出的群臣对于卡利古拉暴政的怨而不发暗喻人类在灾难面前的逆来顺受的忍受能力,他们为着自己剩余的物质和财富,按捺复仇的冲动,也暗示了物质追求和个人私欲对价值意义的摧毁和践踏。卡利古拉对于秩序规则的随意性也将价值追寻弃如敝屣。卡利古拉的自我放逐虽形式破败不堪,但其主旨却堪比普罗米修斯的慨然就难,两者更因追求永恒的精神旨归而异曲同工。卡利古拉在迷茫中的狼狈探索虽不及西西弗斯对于目标的坚毅隐忍,但这种追寻无关私欲,因而深沉哀伤,犹如从一个正确的起点,画出凌乱的线条。现代人显然也无法跳出这种阴差阳错的悖论和悲剧。对于价值和意义的追寻,取代了对于物质和财富的把握,这是物质文明带给现代人的新的神话意义。"别人总以为:一个人那么痛苦,是因为他所爱的人一日之间逝去了。其实,他痛苦的价值要高些:那就是发现悲伤也不能持久,甚至痛苦也丧失了意义。"② 在卡利古拉的神话世界里,意义之下,俗世的情感无堪玩味,不值一提。这样的境遇与思考,对于现代社会意义缺失的情致是一个悲剧性的反讽。

在新神话的创造阶段,加缪开始挑战传统理性,上帝与神圣都成了可堪玩味的对象,灾难与异化都需忍痛面对,思考拯救自身成了继发现真善美之后最重要的工作。在这一阶段的加缪作品的思想脉络中,古老的神话原型被赋予新的背景设置和思考机制,决绝无望的荒原及价值意义的寻觅成为背景和主题。

---

① [德]荷马:《伊利亚特》,陈中梅译注,冯克利译,生活·读书·新知三联书店1998年版,第29页。
② [法]阿尔贝·加缪:《加缪戏剧作品·卡利古拉》,载《加缪全集·戏剧卷》,李玉民译,上海译文出版社2010年版,第70页。

四、《堕落》：对现代生活的无情讽喻

在加缪的作品中，《堕落》有着特别的意义。它常常被当作——事实上也有充分的证据表明——加缪的一部自传。加缪也一改冷静自持的零度写作或宏大叙事的文风，以辛辣的笔触和跳脱的思路展示了一个现代人的内心世界。虽然这一风格有可能才是加缪的真实表现。

《堕落》这样的题目以及关于"忏悔"的主题，使得众多的评论都将它解读为"基督教小说"，认为其揭示了人由于本性邪恶而注定堕落这一圣经文学中反复出现的原型主题。这作为一种解读的方式当然有其代表性即有其合理性。但在神话意识这样的解读背景下，《堕落》作为人性自省的典范之作，也许还有其他的解读方向。

《堕落》的诞生是一个偶然，它本应作为《流放与王国》的故事之一出现，但加缪奔涌的思绪和横溢的才华使得《堕落》成了一部 120 页的中篇，也是他最后一部中篇小说。小说以第一人称的滔滔不绝的单向述说方式展开，讲述人自称让-巴蒂斯特·克拉芒斯，这场人生述说发生在阿姆斯特丹的一个小酒馆里。克拉芒斯向过客先生讲述自己的人生际遇和所感所思。克拉芒斯将自己过去几十年的荒唐事讲述给与自己毫无关联的过客，貌似忏悔，却不免洋洋得意；意欲反思自己，却时时指向他人。克拉芒斯的虚伪、风流、尖刻——被他拿来作为谈资，毫无保留地介绍给萍水相逢的陌生人，整个文风显示出狄奥尼索斯式的狂欢与放纵。有评论说克拉芒斯影射萨特，也有评论说他是加缪的影子。原因无外乎克拉芒斯身上的某些特质与这两人相仿："克拉芒斯有可能是萨特的化身，这个道德说教者兼沉溺于女色的堕落者，从来都是振振有词。……克拉芒斯也可以被视为加缪的映像。这位'品行端正的'无神论者，从来没有摆脱基督教的影响，也从来没有对妻子忠贞不贰。"① 事实上，克拉芒斯确实有很多地方与加缪很相似。加缪本来喜欢讽刺挖苦，克拉芒斯也是一个喜欢玩笑和戏言的人；加缪和克拉芒斯都是体育爱好者；加缪与克拉芒斯都是风流的人，在女人面前总是很成功，并且不用费什么力气；他们都喜欢使用

---

① ［美］理查德·坎伯：《加缪》，马振涛、杨淑学译，中华书局2002年版，第113、114页。

虚拟式的讲话方式；都极为讲究礼仪；都宣称自己不会信教……这些证据都表明，克拉芒斯身上有加缪浓重的个人色彩，也有研究据此将《堕落》视为加缪的自传。加缪创作这篇小说，应该是将自己的个人想法投射其中，还糅合了很多时代骄子的个人特点。但如果将这个形象简单地作为对某个人的隐射，未免会辜负了加缪的苦心。这篇貌似聒噪的单向倾诉，是对现代社会现状的讽刺与悲叹。作为一种对人类自身状态的探索，这篇神话在日常琐事的描述中蕴藏了悲怆深沉的悲剧崇高。"他努力在小说中描绘他那固有的传统准则与现代社会之间的冲突；而这个冲突已经影响到他整个小说创作，因而他的全部工作确实是一个争取悲剧条件的努力过程。"① 神话介质显然可以为这个努力过程做注解。

化名为让－巴蒂斯特·克拉芒斯的讲述者是一个律师，他饶舌而油滑，他的自我评价包括精明、文质彬彬、谈吐不俗、在职业生活方面无可指摘、乐意施舍、有礼貌、处处受欢迎……他总结道："我做足了凡人，既圆满又淳朴，结果多多少少变成了超人。"② 这种满足戛然而止于某个晚上，在参加完一个晚会后，克拉芒斯忽然听到一阵大笑，这笑声一直纠缠着他，虽然没有疾病，但情绪却一直不高。这件事让他想起在他听到身后有人发笑之前的两三年，在罗亚尔大桥目睹一个年轻的美好少女投河，他并没有报警。随后的笑声他认为是对自己的嘲笑。反思或者说忏悔就出现在这之后。克拉芒斯开始将之前的虚伪慢慢摒弃："我送走了一位刚搀扶过的盲人，然后向他致敬。这'脱帽礼'不是给他看的，他反正看不见。给谁看呢？给观众看。演完了戏得谢幕呀。表演得不错，嗯？还有一天，我助了一位开车者一臂之力，他不胜感激。我竟答称：'没人能这样做！'当然，我本应说：'谁都会这样做的。'后来我深悔这次说漏了嘴。须知在谦恭礼让方面，我比谁都高出一等。"③ 至于发生这样改变的原因，实际上是出于一种顿悟，这种顿悟与卡利古拉的顿悟有异曲同工之妙，即都发现了人生的荒诞真相，用克拉芒斯的话来说是"真理"。唯一不同的是克拉芒斯发现的是生活中现实真相，不像卡利古拉那样直接回归人之为人的原理。这样的真理诸如："奴役，最好是面带微笑的奴役，实在绝对必要，

---

① 乔治·马里恩·奥唐奈：《福克纳的神话》，薛诗绮译，见李文俊《福克纳的神话》，上海译文出版社 2008 年版，第 17 页。
② [法] 阿尔贝·加缪：《堕落》，载《加缪全集·小说卷》，丁世中译，上海译文出版社 2010 年版，第 302 页。
③ [法] 阿尔贝·加缪：《堕落》，载《加缪全集·小说卷》，丁世中译，上海译文出版社 2010 年版，第 311 页。

但这只能心照不宣。非要使用奴隶,而又管他们叫'自由人',岂不甚好?"①经过反思,克拉芒斯发现自己"最大长处是蔑视。我日日相助的,是我最不放在眼里的人。对那些盲人,我彬彬有礼,友爱关怀,至善至诚,其实我是在天天朝他们脸上吐唾沫"②。之所以这样做的原因在于:"我从未真正以为人间百事值得当真。"③ 克拉芒斯的问题是时代的流弊。这是一个道德沦丧、信仰迷茫的时代,意义早已沦陷,理想业已远去。克拉芒斯深埋心底的想法是这个时代大部分人的想法。差别就是克拉芒斯的觉悟,而芸芸众生还执迷不悟。克拉芒斯一如加缪其他神话中的主人公,有着超越时代和自身局限的清醒与自觉,这种卓越无关道德,纯粹是作为一个绝世独立者的责任感。从这个意义上说,克拉芒斯也是他这个时代的普罗米修斯。只是他在时代所面对的也如普罗米修斯所面对的一样:"普罗米修斯面对压迫他的力量时的长久沉默一直在昭告世人。然而,普罗米修斯看到世人转变了态度,在反对他、嘲笑他。他在人类的恶与命运、恐怖与专横之间左右为难,所剩留的仅仅是反抗的力量,以此将仍然生存的人们从凶杀中拯救出来,而不屈服于那些辱骂的话语。"④ 克拉芒斯本可以一如从前般堕落,但某一时刻的幡然醒悟让他决定"把受审扩及众人"⑤,于是他"关掉律师事务所,告别巴黎,踏上旅途。……首先是尽其所能,常做公开忏悔。……宣称:'在下乃人间渣滓。'就在此时,又悄然将演说词中的'我'偷换成'我辈'。及至变成'这就是我辈自身',也就大功告成:我就可以揭示他人的真面目了"。这一整套流程下来,如同完成一个仪式,在这样的仪式中,克拉芒斯自认为找到了治愈时代通病和人性恶疾的良方。他也承认这一方法并不完美:"我的解决方案并不是我的理想。但当你不喜欢自己的生活方式时,就应改换一下,别无他途,对吗?"⑥ 除了这一套并不高明的做法,克拉芒斯没有找到其他的方法,也许加缪对于这一方法的寻觅

---

① [法]阿尔贝·加缪:《堕落》,载《加缪全集·小说卷》,丁世中译,上海译文出版社 2010 年版,第 310 页。
② [法]阿尔贝·加缪:《堕落》,载《加缪全集·小说卷》,丁世中译,上海译文出版社 2010 年版,第 326 页。
③ [法]阿尔贝·加缪:《堕落》,载《加缪全集·小说卷》,丁世中译,上海译文出版社 2010 年版,第 327 页。
④ [法]阿尔贝·加缪:《反抗者·南方思想》,载《加缪全集·散文卷》,吕永真译,上海译文出版社 2010 年版,第 404 页。
⑤ [法]阿尔贝·加缪:《堕落》,载《加缪全集·小说卷》,丁世中译,上海译文出版社 2010 年版,第 347 页。
⑥ [法]阿尔贝·加缪:《堕落》,载《加缪全集·小说卷》,丁世中译,上海译文出版社 2010 年版,第 350 页。

并不是很热心,因为能够自省对于他来说更有意义。这意味着人类对于自我的抗争。"莫里亚克在《堕落》中读出了上帝的缺席:'加缪就差把他的生命放在这坩埚里,我指的是上帝的审判,基督徒都会受到神的裁决的……通过加缪,我发现,最狂热的自省和自我纯净的人,不一定都是我们这些基督徒。'"①

克拉芒斯丢失的,是在堕落中丢失的东西,堕落是个人命运和人类命运的本能意象。克拉芒斯的命运与人类一样,在成长的过程中逐渐丢失了很多东西,克拉芒斯丢失的是自己本真的最为个人的最初良善,而在人类的征途上,堕落丢失的是从传统文化的土壤中培养的真善美。堕落过后,人类被置于文化的荒原,亟须的是普罗米修斯这样的神祇,背负这沉重的命运,盗取挽救终身的火种,寻觅再次栖身的精神家园。

那么是什么导致了堕落?人类到底丢失了什么?加缪借克拉芒斯呼唤的,是人类内心深处的信仰与敬畏。特别是在一个人人都懵懵懂懂、迷茫度日的时代。在20世纪,暴力与杀戮横生,信仰与意义缺失。自私、孤独、浮夸与虚伪成为现代人的关键词。羞耻感与罪恶感并不是经常性地为人觉醒。克拉芒斯由于错失救人时机而自省,可以算得上是对于道德的维护。关于道德是一个伦理学的话题,但如果整个社会都陷入道德沦陷,信仰就是必须重塑的。信仰不等同于宗教。所以将《堕落》简单地归纳为带有基督教色彩的小说是带有片面性的。树立美好、崇高等人性最本真的性质,是加缪毕生的信念。他不愿意皈依上帝,因为"上帝"这词已无意义,他希望的是"人们自由了,所以得靠自己"②。对人类自己坚持反抗的信念如此坚定,以至于尽管探索的道路并未明了,加缪仍然坚持在每一部作品中重申自己的想法。"他痛恨基督教,也不相信哲学的推论,他是通过耐心地研究人们如何行动、如何努力保持生活的连贯性,来启发自己和读者去辨认人类的生活中什么是善,什么是恶。他的探索凭借的是自己的直觉、作家的才华和虽不甚丰富但自己感觉良好的哲学词汇。从专业的意义上讲,这几乎称不上是哲学,但它无疑是对智慧的真诚探求。"③ 最为重要的是,加缪有着让人感怀的赤子之心,对于人类命运最深切的关注和热爱,使他的每一次尝试都如此情真意切和感人至深。在《堕落》中,隐含的不应只是基督教文化中救赎和忏悔的主题,不是人类在上帝面前请罪,而是呼吁与上帝平等的人,自主地协调人与自然的和谐关系,是神话意识

---

① [法]奥利维耶·托德:《加缪传》,黄晞耘、何立、龚觅译,商务印书馆2010年版,第669页。
② [法]阿尔贝·加缪:《堕落》,载《加缪全集·小说卷》,丁世中译,上海译文出版社2010年版,第346页。
③ [美]理查德·坎伯:《加缪》,马振涛、杨淑学译,中华书局2002年版,第122页。

在作品中的完美体现。"原型批评已不仅局限于从古代神话中提取模式，它也可以同社会的或历史的兴趣结合起来，从现当代作品中发现具有文化特征的神话和原型，使文学批评超越无意识的作者，上升为具有强大理性透视力的文化批评。"①

离开了和谐而自然的阿尔及利亚，加缪将《堕落》的背景地设置为阿姆斯特丹。这里"处处有水道，步步难走动，而万国游客却络绎不绝"②。如果说阿尔及利亚是加缪心中的至善之地，那么，阿姆斯特丹就是包罗世相的人间尘世。这里是工业文明的成果，是近现代文化的缩影，选择这里做故事的发生地，是希望将现代人的众生相都微缩至一个地方，集中而高效地进行"审判"。当人类愈加远离原初和淳朴的故地，愈加将原本的真诚、尊严、自由、美好埋葬在成熟的科技和冷酷的理性之下。虽然时代在进步，文明在发展，但人性是相对稳定的，"人性的弱点使罪恶难以避免，罪恶又带来了沉重的精神惩罚，然而，由罪恶而引起的痛苦悔罪意识却架起了人与人之间理解、同情与交流的桥梁，是一个人理解生活、同情他人的必经之路，这才是罪恶的真正教育意义"③。没有恶是无法彰显善的意义的，堕落得越深，所带来的反思越深刻。文明出走的程度越深，其投射回人类最原初的本真才更加深邃。克拉芒斯的忏悔是一种净化的仪式，这一仪式祭奠的是现代人失去的一切美德。

《堕落》是加缪的作品中最难以为人理解的，但却是不可略过的一部。无论加缪创作的初衷是什么，后人从中解读的都是丰富而又耐人寻味的深意。这篇短小的文字"带着与高傲的宁静相反而又相成的一份达于极致的快乐，加缪这位尼采和尚服的崇拜者汇集了种种箴言、警语、短小精悍的格言、带有玄学色彩的沉思和被紧紧抑制的感情"④。这是加缪对于这个时代最深沉的爱与恨，带着对于人类最初的美好的缅怀，以及对于人类未来最殷切的希冀。

---

① 叶舒宪：《神话——原型批评》，陕西师范大学出版社总公司 2011 年版，第 20 页。
② [法] 阿尔贝·加缪：《堕落》，载《加缪全集·小说卷》，丁世中译，上海译文出版社 2010 年版，第 348 页。
③ 代显梅：《超验主义时代的旁观者——霍桑思想研究》，社会科学文献出版社 2013 年版，第 187 页。
④ [法] 奥利维耶·托德：《加缪传》，黄晞耘、何立、龚觅译，商务印书馆 2010 年版，第 668 页。

五、加缪之死——以生命践履神话

1960年1月4日[①]，阿尔贝·加缪与他的出版商米歇尔·伽利马，以及米歇尔的妻子雅尼娜及女儿安娜一同乘车前往巴黎，车上还有一条狗。米歇尔驾车，加缪坐在副驾驶座上，车辆在5号国家公路上偏驰解体，阿尔贝·加缪当场死亡。

这是一场普通的车祸，也是一宗普通的死亡。但回顾加缪去世前的点滴，对于命运冷酷而荒诞的安排，仍让人心惊胆战。

这次出行是从鲁尔马兰出发去往巴黎的。在鲁尔马兰，加缪用自己的诺贝尔奖奖金购置了一处房屋，他非常喜欢这座新宅，费尽心力购置家居用品妆点新屋，买了"阿尔及利亚石版画"，房子所在的鲁尔马兰的葡萄园和鲁伯隆山谷让他的乡愁有了寄托："现在，只要我伸出手去，仿佛我就触摸到了阿尔及利亚。"这是山间，是加缪的退隐之地，在这里他拒绝了很多"多余的要求"，专心写作。他说："我在鲁尔马兰终于找到了自己的墓地，我会在里面好好待着的。"

从1959年的12月下旬开始，加缪以书信或语言的方式与他生命中的女人们告别。12月21日，他给母亲写信："亲爱的妈妈，我希望你永远年轻和美丽，也希望你永远保持你的心灵，因为它是人世间最善良的……"在所有的作品中将母子关系淡漠化的加缪向母亲留下如此温暖的话语。12月29日，加缪写信给情人密："这次令人伤感的分离至少让我们明白，我们彼此是多么需要对方。……我满怀热情地等着你，我亲爱的、热情的女孩，我的心上人！在你读到我的信的时候，我们只剩下两三天就可以团聚了。"12月30日，他写信给玛丽亚·卡萨雷斯："愿你永葆青春，愿你的小脸永远美丽，这么多年了，我是多么爱它啊……吻你，紧紧地拥抱你，直到我们相见的星期二，在那之后，我才能重新开始[②]。"12月31日，加缪写给卡特琳娜·塞莱斯——他的

[①] 下文中关于加缪之死的相关细节和文献，均来自托德：《加缪传》，黄晞耘、何立、龚觅译，商务印书馆2010年版，第760–778页。

[②] 指工作。

又一个爱人："亲爱的，这是我的最后一封信了……我星期二到，可我现在就开始吻你，从心底祝福你……"将最炽热的爱交付情人们之后，加缪也对自己的妻子弗朗西娜袒露心迹："你就像我的妹妹，你很像我，可一个人不该娶自己的姐妹。"对于自己复杂的男女关系，在开往巴黎的车上，加缪仍笃信：他能让她们都幸福。

加缪所坐的副驾驶位是雅尼娜让给他的，理由是："谁让你比我高呢？"

加缪本来买了去巴黎的火车票，但由于米歇尔的坚持，他坐上了伽利马一家的汽车。他的朋友夏尔也要去巴黎，但他拒绝了坐汽车的邀请。

加缪曾和朋友们说过，没有什么比孩子的死更可耻，也没有什么比死于车祸更荒诞的了。

无论是急寻归属的行动，还是字里行间的谶语，抑或阴差阳错的安排，加缪之死都表现了莫名的宿命阴影。在每个人都必须面对的结局面前，以怎样的方式离开或许是面对死亡唯一可以讨论的内容。这种方式可以有多种理解的方法，人们甚至期待从中寻求规律性的要素。无论这种寻求是基于心理的猎奇还是科学的考证，它都作为一个研究的方向出现在那些值得关注的人身后。将加缪之死归结为命运或荒诞都是可行的。事实上，在加缪去世后的岁月中，研究者们对他的死的研究热情并不啻于对他的任何一部作品的关注。甚至有人言之凿凿加缪是死于克格勃之手。无论这种猜测是否确实，这件事本身已带有明显的荒诞色彩。加缪对于自己千方百计想要躲开的结局却不可避免地滑入结局的漩涡，从这个意义上，加缪之死是一部神话。加缪用自己的作品、思想和生命，为之做了注解。究其一生，加缪对于人类命运、终极意义的思考和探索，使这部神话有着丰富的内涵和层次。人们通过不同的解读方式，可以读出哲理、命运、家园、和谐、快乐等母题。

与加缪之死有着相似的离奇性和荒诞性的文人之死，如圣·埃克絮佩里、徐志摩、厨川白村、郁达夫、顾城、海子、马雅可夫斯基等，都在一定意义上诠释了生命的神秘。曾经感叹"我们的生命，本是在天地万象间的普遍的生命。但如这生命的力含在或一个人中，经了其'人'而显现的时候，这就成为个性而活跃了"①的厨川白村，历经挫折仍坚忍不拔的厨川白村，却遽然逝于1923年的关东地震。在中国现代诗歌历史上高歌突进的徐志摩，对于人世有着自己的理解，留下的诗句隽永清新："去吧，人间，去吧！／我独立在高山的峰上；／去吧，人间，去吧！／我面对着无极的穹苍。"终结于1931年11月19日的飞机失事。而最堪称传奇的是圣·埃克絮佩里。他与加缪有着相似

---

① 厨川白村：《苦闷的象征》，鲁迅译，江苏文艺出版社2008年版，第3页。

的勇气，同时又文笔过人。《小王子》是一部童话，但文中不乏对于人类命运莫测、情感孤独、意义缺乏的描述，更有对航空、空间、星球、宇宙等神秘事物的探索描写，从这个意义上说，《小王子》也是一部神话。这部神话的创作者，对于人生有着积极思考和认知的圣·埃克絮佩里，在民族危亡之际，义无反顾披挂上阵，失踪在地中海。近60年后，他驾驶的飞机残骸才被打捞出海。但圣·埃克絮佩里之死永远都是一个谜。在这些践履神话的人当中，对于命运的理解不可谓不深入达观，但显然，命运或者偶然，不是以理解或了解作为把握的前提的。"命运很少与人交往，也不与人通话，它的能量及其实施不以人的意志为转移。人可以祈求或呼请神灵帮助，但他们一般不祈求命运，因为命运嵌入在他们的生命和生活之中，不是那种可以通过呼请改变的东西。命运乖僻、严厉、冷酷，不能对之诉诸感情，也不对人的理性解释产生兴趣，在运作的极点上，它甚至能表现出连神也对之无可奈何的生硬。命运决定人的本体属性，一定程度上模塑人的认知取向，影响人对世事的评判方式，鼓励人对神的依赖和无条件地服从，催生人的宗教意识，使许多无法明晰阐释的事情变得可以理解。然而，命运就是命运；人可以试图理解它，却无法操控它。命运不强求人的理解，不在乎人对它的态度。不管人是否意识到它的存在，命运通常以既定的方式展开，不以人的愿望而改变。"[①] 将所有人的离世归结为命运也许是一种偷懒的做法，而这一做法是将所有无法言说或言有尽意无穷的疑惑一言以蔽之的归纳。这一归纳背后可以有许多细致的划分，包括神话、谜语、寓言……甚至不怀好意的玩笑、谬误等。作为一种美好的希冀，加缪等人因为他们留在世间的蓬勃生机和慷慨勇气，可以用神话来解释自己的命运。

"作为一种极为古老的制约力量，命运（moira）可以指世界乃至宇宙的秩序。"[②] 不是所有因偶然而离世的人都堪称神话，在这里神话是与和谐、美好、深邃、英勇等词汇要素紧密相连的。加缪曾说过："这里我明白了，什么是所谓荣誉：无限爱恋的权利。在人世间只有一种爱情。紧紧搂抱一个女人，这也是留得由天界下凡入海的那种异趣。等一会儿，当我投身于苦艾丛中吸收其清芬时，我将不顾一切偏见领悟到自己正在完成一项真理：阳光的真理，也将是我弃世而去的真理。"[③] 加缪认为追求幸福是生命的最终意义。生命虽不能永恒，但幸福却是可以隽永的。在加缪的作品中，所有的努力最终指向的方向是追求凌驾于生命物质之上的永恒幸福。在这个追寻的过程中表现出的人世眷

[①] 陈中梅：《荷马的启示：从命运观到认识论》，北京大学出版社2009年版，第9—10页。
[②] 陈中梅：《荷马的启示：从命运观到认识论》，北京大学出版社2009年版，第2页。
[③] [法] 阿尔贝·加缪：《婚礼集·提帕萍的婚礼》，载《加缪全集·散文卷Ⅰ》，丁世中译，上海译文出版社2010年版，第47页。

恋、美好依恋才可为加缪的神话做界定。神话中的隽永真理以不经意的形式出现在加缪的作品及生命中,揭示人生无尽的苦难与诱惑。如弥漫在加缪作品与人生态度中的狄俄尼索斯意象:它曾出现在卡拉古拉身上,玛尔塔的梦里,也出现在加缪对于生命中若干女人的倾慕中。

  尽兴的心醉神迷,热情奔放,完全的占有,的确如此。但还有美酒、狂欢、演戏的幸福;爱情的愉悦,对绚丽多彩而又难以预料的生命的讴歌;假面和化装舞会的快乐,日常的祝圣。狄俄尼索斯能够带来这一切——如果人类和城邦承认他的话。但在任何情况下,他都不是要宣告在彼世会有更好的命运。他并不鼓吹逃避现世,也不宣扬通过苦行禁欲的生活为灵魂打开通向不朽的入口。他从此生此世出发,让他者的各种不同形象在我们周围和我们之中脱颖而出。在这片土地上,在城邦的范围内,他为我们开创了向着令人惶惑的怪异逃逸的道路。狄俄尼索斯教会我们,或者说是强制我们与我们通常所见的样子相异。①

  神话作为最无法言说但最有挖掘意义的一种艺术形式,其神秘之处就在于难以把握。"所谓'神圣',那种出现在人和物里面的神秘难解的性质所产生的效果,或者说所引起的最低限度的效果,无非就是恐惧感,即'可怕的神秘'(mysterium tremendum),它在强度上可能被弱化而成为敬畏与崇拜、神奇与惊讶的温和形式。……神圣性是对那种不确定'权利'(Mächetigkeit)的最初解释,人们不仅假设而且感受到这种权力依存于一个简单朴素的事实,那就是人类根本就无法主宰他的命运,所以他不是自己生命绵延和生活环境的主人。"② 曾经,神话之于加缪,是一种认知结构,一种生活方式,但当他的生命以这样一种奇异的方式结束时,不得不说,加缪本身已经成为一部神话。

---

① 韦尔南:《古希腊的神话与宗教》,杜小真译,商务印书馆2014年版,第92-93页。
② [德]汉斯·布鲁门·伯格:《神话研究(上)》,胡继华译,上海人民出版社2012年版,第69页。

润物细无声

——神话意识在中西文化中的比照

作为一种陪伴人类时间最长的文化载体，神话跨越了千年。今时今日关注神话，除却对于其神秘特质的探寻之外，更具有现实意义的是对其发生发展的机制更为准确地了解和把握。神话意识就其现状来说，既延续了传统传承逻辑，也随时代变迁呈现了与文明的冲撞。当加缪的神话意识体现出希腊人的理性主义的圆润，当鲁迅的神话意识推演出东方思想的浑厚，当余华的神话意识呈现出现实主义的印记，神话意识不言而喻已成为各时空文化人的共同思想特质。这一认识是基于对神话发生认识论的认同基础之上。但这共同的思想特质之余，并不是所有的文化人都对神话意识有着齐头并进的接受空间和自觉意愿。这种不同源于不同文化人的个体差异，也受中西文化特别是中西神话发展的进程差异影响。为何加缪有着神话人物般的特质：爱好自然、率性天真、有勇气？为何加缪的作品中体现了"人类的良知"？为何中国作家对于人类命运的思考呈现别样的风格？从一定程度上说，这些问题都可以用神话对于后世文化的影响意义来解释。本章希冀立足于不同文化的特点，分析和探讨神话对于文化的养成功能和价值意义，进而确定神话对于加缪整个学术思想形成的意义。本章所涉及的古希腊神话和古中国神话主要聚焦于两国神话的比较性观察方面。不论是古希腊神话还是中国神话，都有一个共同的功能，那就是对人类精神矛盾的解救作用，该作用集中体现为弥合心理裂变的努力和化解困惑的尝试。"列维-斯特劳斯在研究中发现，世界各不同民族虽然处在不同的地理生态环境之中，其进行发展的程度亦有很大差异；但是作为人类却有着某些共同的生态问题，这是一些无法回避的矛盾难题，它们可以用二元对立的模式加以概括。……神话是一种理性调解，它的基本功能便是化解这些永恒对立的矛盾，超越由此而造成的精神困惑和焦虑，恢复心理的和谐与平衡。"[①] 神话的这种功能可以简要地称之为"弥缝"。这个曾见于《左传》《淮南鸿烈》和《文心雕龙》等巨著的词语，如今恰如其分地表述出神话对于人类精神的修补与调和功能。

[①] 叶舒宪：《结构主义神话学》，陕西师范大学出版总社有限公司2011年版，第4页。

一、神话与精神信仰之培育

作为造成中西不同文学风格的文化基础,神话的弥缝功能应该被关注。不同文化之所以能从不同的人生样态中总结出殊途同归的解决方式,源自于神话这种最基础和普遍的文化形式对于人类心灵的抚慰。

同时,文学样态无优劣之分,文化背景无高下之别,但对于不同之源而造成的相似流向则引人思考。之所以文学中会有不断追问人生终极意义的作品频频出现,而不仅仅是感喟;之所以总有尝试创新之举诉诸笔端,而不单单抒发,神话之功不占全部,也应有十之八九。

中国神话未见体系,散见于各类笔记中。原因无外乎天马行空的想象不适用于近乎严苛的集权统治,于是神话的被历史化成为中国神话的一大特色。在真伪难辨的神话与历史之间,神话意识以艰难的姿势得以传承。这可以解释中国文学中并不缺乏想象力,比如屈原的辞、李白的诗都可谓思接千载,但在这些想象力之余,藤缠萝绕的总有立言、立功、立志的现实寄托。沉重的现实枷锁成为中国文化的气质特征,绵延千年不改其宗。希腊神话以其汪洋恣肆的建构方式营造出丰润的文化世界,并形成了完整的神话谱系和立体的人物特征。其中的神话要素不仅成为后世文学哲学的思想养料,其神话思维的方式更极大地影响了西语世界的认识观念和文化品格。一定程度上讲,希腊神话的影响程度更为深广。神话影响的不同维度对于不同文化区域的精神信仰的养成有着深远的意义。作家们所呈现的关注层面、思考方式和审美品格也因不同的神话影响而呈现极大的差异性。这种差异无关优劣,但一定程度上反映了文化本真的传递力度。

随着科技的进步,物质产品的极度充沛和科学对于外界事物掌控能力的提高,使得生活的享受成为一种平常而基础的要求。因此,"享乐主义""拜金心态""物质至上"等思想迷惑甚至蒙蔽了人类的心智,在享受生活的过程中人类不小心越界背离了生活的本来面目,人类的精神在物质的泥潭中失去了对自我的关照。对物质世界的过度执念,势必导致精神家园的荒芜,人类陷入信仰危机。科学实证主义也在价值判断上给予人类误导,"一种单纯的批判姿态,不管在主观上被许多现象证明是多么有理,却必须让位给更加可靠确切的知识"①。在这一认知逻辑推演下,归属于不可捉摸的意识形态领域的价值信仰,因其无法被科学实证所证明,故而被归为"不合理"的范畴。"无法证明的就是不科学的"——技术理性的膨胀不仅造成人类片面、畸形的物质发展,而且还造成了人的个体意识迷失和价值理念的错乱。科技时代是一个祛魅的时代,所有不符合科学发展规律的事物都被祛魅,不幸的是,人类传承千年的所有美好情感、价值理念都不能在科技的实验室被条理清晰地解释,故而被理性和科技扬弃。

在物质、科技没有情感投射的冰冷氛围中,清醒的思想家们已敏锐地意识到工具理性对人类生活的过度干预有可能带来怎样不可挽回的后果。有的西方学者甚至形容这有可能使人类面临"毁灭"。霍克海默更是明确地指出:"今天,人性的堕落与社会的进步是联系在一起的。经济生产力的提高,一方面为世界变得更加公正奠定了基础,另一方面又让机器和掌握机器的社会集团对其他人群享有绝对的支配权。在经济权力部门面前,个人变得一钱不值。社会对自然的暴力达到了前所未有的程度。"② 人类的文明进程,以启蒙的美好愿景开始,却迷失在自身悖论的窠臼中:"被彻底启蒙的世界却笼罩在一片因胜利而招致的灾难之中。"③ 在当今社会中,人与人之间的关系疏离,情感交流缺失,道德意义沦丧,说"礼崩乐坏"未尝不可。"神圣"早已走下神坛,与意义、价值等曾经的崇高一起被弃之脑后。思想家们渴望寻求重塑价值体系和内心家园的精神元素,重新梳理人类的意义归属,支撑人类艰辛而未知的未来。神话在这种寻觅的过程中,因其沉潜的博大丰富的文化元素和朴素真诚的价值脉络,被重新请回价值塑造的精神圣殿。加缪就曾感喟:"黑暗的哲学将在霞光灿烂的大海上烟消云散。啊,南方的思想,特洛伊的战争在离真正战场很远的地方进行着!还是这一次,现代化城市的高墙,将为献出海伦的美丽而坍塌,将在如平静的大海般安详的灵魂中坍塌。"④

除却物欲对思想的遮蔽,各种文化相互撞击、交融、交流的背景下,多元文化的冲击使文化认同成为一件困难的事,由此影响价值判断和意义选择,造

---

① [德]阿诺德·盖伦:《技术时代的人类心灵:工业社会的社会心理问题》,何兆武译校,上海科技教育出版社2003年版,第108页。
② [法]马克斯·霍克海默、[德]西奥多·阿道尔诺:《前言》,见《启蒙辩证法——哲学断片》,渠敬东、曹卫东译,上海人民出版社2006年版,第4页。
③ [法]马克斯·霍克海默、[德]西奥多·阿道尔诺:《前言》,见《启蒙辩证法——哲学断片》,渠敬东、曹卫东译,上海人民出版社2006年版,第1页。
④ [法]阿尔贝·加缪:《夏·流放海伦》,载《加缪全集·散文卷Ⅱ》,王殿忠译,上海译文出版社2010年版,第257页。

成"众声喧哗,意义匮乏"的情势,这些势必导致终极关怀的缺失。无所畏惧、不辨是非、不知美丑成为迷茫一代的特征表现。文化不能再给予人们关怀的温暖,不能使人体味真理的美好。人们不知自己的民族文化归属何处,遍寻不得,异质文化生搬硬套,生吞活剥,却仍不能辨其真意。当代人生活状态的真实写照便是内心空虚、信仰匮乏及神圣感失落。"我们今天社会的许多丑恶现象或社会弊端的出现,其原因之一恐怕正在于人们少了一种信仰的情怀和精神的依托,或少了对某种外在力量的敬畏。"① 信仰危机的毁灭性不啻生化危机。一个民族如果没有信仰就没有了凝聚力和向心力;如果任由这种信仰缺失的情态蔓延,势必会导致整个民族和国家的衰落甚至是灭亡。这不是危言耸听,而是人类的切肤之痛。人类进行深刻反省进而重树信仰已显得刻不容缓、势在必行。对自我无限探究的人类,从未停止过对人生价值和意义,以及生活目的和方式的终极关怀追问。实验技术或科学思维无法对此类问题给予满意回答。曾经给先人们带来精神慰藉,并为之后文化构建注入生命力的神话,在与文明的博弈中曾式微归隐。神话作为人类思想源泉和精神力量之一,在人类文化史上始终作为一种丰富的养料,而今这种精神养料继续充盈人类心灵,拯救人类灵魂,焕发历久弥新的精神光彩。

神话之初,因为无知而有畏。畏惧是崇高感产生的基础。任何时代,敬畏感都是对人的精神进行约束的利器。敬畏感的培养教育是必需的。没有终极关怀的民族文化将会无所顾忌,恣意妄为,直至自取灭亡。历史事件中这样的事例比比皆是。历次战争中对生命失去敬意、肆意滥杀的一方,最终都是失掉民心,失败而去的一方。无畏道德,则可能丧尽天良;无畏法律,则可能违法乱纪;无畏自然,则可能强取豪夺。无所畏惧,对人世万物缺失敬畏感,人类将在看似自由的无拘泥潭中迷失方向。科学的进步让人类逐步得以寻求对自然奥秘的科学解释,但未知以及超越理性的神秘仍会存在于人类认知世界中。曾经的敬畏来自于无知及由此衍生的无从把握,科学昌明之后的有知但无从完全把握才让敬畏更加纯粹和彻底。所谓的了解,以及对于其中规律的一知半解的解读,在新的例外出现之后会更让人迷惑。探索之余,自然的神秘莫测和深不可测会让敬畏之心尤甚。而人类自身无限的内涵,广博的思想和柔软的情感,将这种敬畏推向极致。而这种对于自身和外界的敬畏之心,是框囿人类蠢蠢欲动的无限欲望的最好利器,在敬畏的束缚之下,人类的野心才不会摧毁世界。神话意识其实有这样一种意义,即唤起人们的敬畏之心。这种敬畏包括对某种具象的拥有特别能力的神或人的敬畏,也包括对人们无法解释和控制的未知力

---

① 王坤庆:《精神与教育》上海教育出版社 2002 年版,第 179 页。

量。神话中的重要元素"禁忌"概括了这种无法控制,不可触碰的力量。"'禁忌'乃是自在凝聚以及用部分取代整体的,不仅现在存在,而且还将继续存在。因而,它必须呈现,甚至无疑必须在现状的运转中偶尔模拟一种本源地依附于世界的无限敌对的整体色调。像其他强大的法令一样,禁忌在某种程度上大大地夸张了世界一度强加于人类的否定性非意愿状态"① 当无视禁忌,心无敬畏时,正是人与世界的平衡关系被打破之时,这种失衡状态无疑会引发人类思考。

曾经,初民在面对未知而强大的自然时,既不俯首称臣,逆来顺受;更不是狂妄自大,为所欲为。对待神秘的外部世界,初民们用敬慕和神往赋予其意义空间,用想象和思考赋予其诗意的特征,让和谐互制成为人与自然、与异己力量的相处模式。神话能使个体更深刻理解生命的真正蕴含,有所敬畏,有所信仰。在现代文明背景下,神话的含义是对人类生存境遇的探索。它为人类寻找丢失的精神家园提供武器和工具,对于弥合文明与价值之间的裂缝添砖加瓦。周作人在《知堂书话·镜花缘》有如下表述:"对于神异故事之原始的要求,长在我们的血脉里,所以《山海经》《十洲记》《物博志》之类千余年前的著作,在现代人的心里仍有一种新鲜的引力……"② 作为对于神话的产生及意义有着独到见解的哲学大师,霍克海默在其《启蒙辩证法》中,不仅解析了启蒙与神话的内在关联,还指出了启蒙与神话的相互制约。他说:"被启蒙摧毁的神话,却是启蒙自身的产物。……如同神话已经实现了启蒙一样,启蒙也一步步深深地卷入神话。启蒙为了粉碎神话,吸取了神话中的一切东西,甚至把自己当作审判者陷入了神话的魔掌。启蒙总是希望从命运和报应的历程中抽身出来,为此它却在这一历程中实现着这种报应。"③ 但今日对神话的关照更重要和有意义的是对神话以及由此凝练而成的神话意识的关照,即对那部分被启蒙以理性的旗帜压制的人性自然予以昭显和呼唤。这种神话意识是一种悲悯之心、敬畏之心、信仰之心,而不仅仅或者说不是对客观事物的探索和研究。作为一种更具形而上意义的精神内核,神话意识这种思考过程和认知方式,凝聚而成的结论式成果——神话精神——是一种情怀和反思。

---

① [德] 汉斯·布鲁门·伯格:《神话研究(上)》,胡继华译,上海人民出版社2012年版,第15页。
② 周作人:《知堂书话(一)》,钟叔河编订,岳麓书社2016年版,第91-92页。
③ [法] 马克斯·霍克海默、[德] 西奥多·阿道尔诺:《前言》,见《启蒙辩证法——哲学断片》,渠敬东、曹卫东译,上海人民出版社2006年版,第5、8页。

二、中国神话信仰与文学传统的价值判断——以余华为例

在西方文坛,《尤利西斯》《变形记》《百年孤独》等神话创作从未停歇。这种不断地尝试源自于西语世界中神话语境的充盈丰富和神话系统的完整精细,以及古希腊神话和基督教神话等神话体系强大而持久的影响力。通过神话学课程、宗教教义、文学典故等方式,神话频繁地出现在人们生活中,可以说不论是在教育引领,文化氛围还是在日常生活中,神话都在西方世界的人类生活中扮演了非常重要的角色。

相较而言,作为一个过早被历史化和伦理化的神话体系,古中国神话的影响力并没有古希腊神话等西方神话那么明显。但是,在中国文化史上,神话依然坚韧地扮演了她的角色。在中国文学史上,有过瑰丽奇妙的《离骚》,有过思接千载的《洛神赋》,有过惊世骇俗的《西游记》,也有过写尽百态的《聊斋》。这些新神话创作都是民族文化特色的集中体现,也是中国原始神话的文化延续。无论是《离骚》里天马行空的美妙思旅,还是《洛神赋》里情真意切的肆意爱恋,都是对自然人性最真挚的讴歌。在这些作家生活的时代,并非风平浪静,安居乐业的太平盛世。相反,民族、国家都处于较为动荡的时期:楚国腹背受敌,面临灭国;汉魏社会动荡,权争频迭;明末礼崩乐坏,暗潮汹涌;清初格局未定,政治严苛。而这些作家个人生活也备受煎熬,屈原怀才不遇,数度流放;曹植深陷权谋,兄弟阋墙;吴承恩官场失意,生活困顿;蒲松龄一世潦倒,半生飘零。神话及神话意识以其对人性的悲悯关照,对自然的热切亲近,对信仰的执着无疑成为抚慰作家心灵,保有其纯美的不二法门。神话及神话意识对这些作家思想的形成起到了至关重要的作用,也使得他们的作品呈现出感人至深的浪漫主义情怀。越是在精神凋敝的时代,神话及神话意识的作用越能凸显。从一定程度上讲,有着浪漫主义情怀的诗人或作家,或多或少都是保有神话意识的。神话中所持有的对于人性的关爱,对自然的推崇,对本真的追求,可以为精神干涸的人们带来慰藉和指引,为精神危机的时代指引原初但又纯粹的道路。如前章所述,中国文化有着非常浓重的道德伦理约束,这是人类文明的标志之一,后世新神话创作力图挣脱这样的约束,用浪漫主义翅

膀飞跃人类文明为自己设置的桎梏。人们喜爱孙悟空,因为他的无拘无束,浑然不怕,有效地代偿人类个体在社会生活中的无力感。人们喜爱狐女婴宁,因为她的天然去雕饰、一心向自然,可为世事所累的个体畅快欢歌。所谓的无拘无束,是对文明束缚的跳脱;所谓的天然去雕饰,是对自然本真的向往与渴望。这些跳脱、挣扎、向往、渴望,无一不是人类在自身文化走向的过程中反思与拨乱反正。作为一个以规则、礼教作为文化基质的民族,不时有对本初最真诚无羁的呼唤,是与神话以及神话意识对于人性自然的保有不无关系的。

在加缪生活的时代直至之后,同时期的中国的文坛上鲜有关注人性和人类命运的作家,原因不外乎政治生态的严酷束缚了作家们思考的手脚。之后的中国作家们或多或少地都带有着较为强烈的现实关注,对于人类内心的关注未免浮光掠影。窃以为,西方社会的现代神话创作自觉性明显要高过中国作家,对于神话要素、结构、意象的运用也明显驾轻就熟。中国作家的现代神话创作多为"借题发挥",借神话之壳填忧患之实,现实主义的意义消解了神话的灵动气韵,更何况这里的"现实"多是社会事件和社会现状的忧患,很少对人类命运做宏观思考。这似乎预示了神话弥缝功能在不同的土壤上发挥的不同程度的效果。在这一点上,中国现当代文坛有一个典型的代表——余华。神话意识的意义不是依靠神话接受的直接关系来衡量的。作为一种自觉或不自觉的思考模式,神话意识已经可以内化为一种对于人生或人类命运的强烈关注和责任意识。余华创作的转变历程及其相应取得的认同程度和社会反响,恰恰论证了神话意识在文学接受、社会认知、文学典范树立等方面所彰显的意义。在余华的创作之初,其奉行的文学游戏方式吸引了眼球,但没有博取心灵。之后余华对于人性、人类命运的悲悯关照,平实无华,却回归自然原初最真实的关爱。

(一) 余华小说创作的转变历程[①]

在1987年,余华以短篇小说《十八岁出门远行》在中国文坛上异军突起。此后直到1991年,他连续创作了《现实一种》《劫数难逃》《世事如烟》《西北风呼啸的中午》等一系列中短篇小说,掀起了他在中国先锋文学运动中的第一个浪潮。这一时期的作品风格阴森晦涩,设置有悖常理。荒诞、暴力、死亡成为这一时期作品的主题。进入20世纪90年代,余华的风格迥变,从第一部长篇《在细雨中呼喊》开始,这位曾经的先锋派盟主开始"减弱形式实

---

① 本节与下一小节的相关内容,参见尚丹《从余华的创作过程转型看中国先锋派文学走势》,载《漯河职业技术学院学报》2010年第4期,第47–49页。

验,终止了文本游戏,关注人物命运,重视故事情节,追求价值意义,以较为平实的语言格调和对人文精神的关注"①,完成了从先锋向传统的转化,从另类到通俗的转变。这样的转变,有着受众接受的原因,也不能缺少作家自省的缘故。对于这样的转变,大多数论者认为是一种由先锋实验到现实主义的传统回归。但从另一层面来讲,更为重要的转变发生在对于人类命运和人性关照更为温情的回归,这种回归是一种沉淀,是出自对人类命运的关注和沉潜。

无论是《现实一种》中山峰、山岗兄弟两家莫名其妙的互相残杀,《劫数难逃》中归于命运强大力量的人生劫数,还是《世事如烟》中面对死亡的无计可施……都表达了存在的荒诞感是人生之常态这样一个主题。余华在其前期的创作中,以一个热血青年的决绝方式、不遗余力地展现了一幅图景:在看似一切正常的世相之下,隐藏着一种非理性本质——在社会习俗认为合理的许多事物中间,存在着大量人们未加思索过的荒谬和非理性。余华曾说:"我觉得今天的社会生活中充满着荒诞,从压抑禁欲到纵欲乱性,从政治癫狂到经济混乱,从无视经济到金钱至上,从人性遏制到伦理颠覆……"② 余华的小说真实地反映了这些现象,把现实中"荒诞的真实"变为小说中"真实的荒诞",这本是一种力图追寻世界真相和残酷现实的尝试,但对于形式的过度挖掘和操作,削减了其原初的理念,是对于秉承自然、和谐、有度的理念的神话意识的反叛。

对于这一时期的创作理念,余华曾说:"人类自身的肤浅来自经验的局限和对精神本质的疏远,只有脱离常识,背弃现状世界提供的秩序和逻辑,才能自由地接近真实。"③ 因此,余华这一时期的小说更多关注一种情绪、一种心理、一种行为或一种状态,而作品的人物和故事本身,却成了他进行文本形式实验和文本游戏的工具。这一时期的余华,在创作上更多的是从直观自觉上把握文本所要描述的对象,而并非冷静客观地对其所要表现的对象进行观照。

在前期写作中始终沉湎于利用暴力、血腥来反映世界真相和荒诞事实的余华一定也意识到了这种写作的局限性,开始寻求更形而上的关注领域。当余华开始写小说时,他力图嘲弄传统的文学规范,以至于零度写作方式的过度使用,使得汉语言本身所蕴含的价值和美感大肆消解。巧合的是,加缪曾被罗兰·巴特确立为零度写作的典范。但显然这种写作模式并没有对加缪的创作形

---

① 张学军:《形式的消解与意义的重建——论九十年代先锋派小说的历史转型》,见李复威、张德祥《90年代文学潮流大系·时代文论卷》,北京师范大学出版社1999年版,第45-50页。
② 余华:《我的文学道路——在苏州大学"小说家论坛"上的讲演》,载《当代作家评论》2002年第4期。
③ 王永午:《余华:有一种标准在后面隐藏着》,载《中国青年报》1999年9月3日第8版。

成桎梏。作为一种形式和风格,是为主题服务的。当将这种形式与风格作为一种追求,就成了买椟还珠。《局外人》与《卡利古拉》都震撼人心,但显然不是因为其中风格的不同而造就的。在此种写作模式带来最初的刺激和震撼五年之后,余华就放弃了这种先锋派实验。他以一种基本上写实主义的笔法写出了两本畅销书《活着》和《许三观卖血记》。余华说:"当一个作家没有力量的时候,他会寻求形式与技巧;当一个作家有力量了,他是顾不上这些的。"①当余华对先锋写作,对现实有了更清醒的反思后,终于有力量告别了"虚伪的形式"。他开始从对生命价值失落的怀疑和批判,到认同和尊重平凡渺小的个体生命,他的态度也由愤怒转为超然。他让人世间的血腥和冷漠悄然从作品中引退,代之以宽容和温情,让读者从血腥震撼中回归到了人世温情。

应该说余华是一个善于自省的作家,在创作中对于越来越难以把握的世界的荒谬感,余华做过多种尝试,以期寻求到一条解决的道路。他在作品中写到了许多种开头,结局却全部是死亡。既然无法改变结局,只能致力于完善过程。如同加缪试图揭示的那样:"对荒诞所持的解决方法不是自杀,也不是对非理性的世界满怀希望,而是以反抗宿命的方式来证明存在的种种可能性,来体现人类的尊严和伟大。"②

综观余华的小说,他从未放弃对荒诞世界的探索。即使是 20 个世纪 90 年代的两篇温情脉脉的长篇《活着》与《许三观卖血记》也同样以真实而深刻的笔尖力量揭示了人的荒诞处境以及人在此颓败不堪的处境中对苦难的承受能力。"活着"是中国人最朴素的生存愿望,也是人类最基本的生存要求;"活着"是以最简单最平凡的方式,去展示生命中最深厚最顽强的精神力量;"活着"是意味着向死而生,面对生命的渺小和脆弱。可以看出,余华这个时期开始思索在残酷的人生面前如何沉默而坚韧地抗衡命运的荒诞。"当人物沿着自己的命运奔跑的时候,当人物一次次与各种不可抗拒的苦难对抗的时候,当人物为追求自我的生存尊严而陷入种种灾难深渊的时候,余华从这种命运的高度关注和深切的体恤之中,渐渐地明白了生命中特有的精神韧性和情感中悲悯的品质对一个作家的意义。"③ 这意义显然非同寻常,促使余华从一个先锋写手内省为一个内敛的作家。

此外,余华创作的转型也源于他内心平民意识的觉醒,他不再纠缠于曾经

---

① 余华:《我能够对现实发言了》,载《南方周末》2005 年 9 月 8 日第 27 版,第 4 页。
② 徐真华、黄建华:《文学与哲学的双重品格:20 世纪法国文学回顾》,上海外语教育出版社 2008 年版,第 149 页。
③ 洪治纲:《悲悯的力量——论余华的三部长篇小说及其精神走向》,见林建法《先锋的皈依》,辽宁人民出版社 2014 年版,第 40 页。

的纯粹叙事，或者执着于释放自己内向对于世界的认知，而是开始关注普通人的生活。"我觉得作为一个作家……最重要的一点就是必须放下自己所谓知识分子的身份，这是非常重要的。不要认为你高人一等。有的人跟我说，最近有一本书写得怎么好，是嘲笑小市民的，我一听就反感，不愿读，因为我觉得还是个立场问题。"① 不难看出，余华是把自己作为平民大众中的一员，并站在他们的立场上来说话，维护他们的自尊。这也是余华对自己的重新定位。在《活着》中，余华详尽描写了生活在大众身边的福贵，将其一生所经历的酸甜苦辣展现得淋漓尽致。作者把更多的同情和怜悯给予了像福贵这样的小人物。大众意识觉醒了的余华关注的更多是政治、经济、权势、文化和思想上皆贫乏至极的农民阶层和市民阶层的最低限度的人生追求，以及他们面对生存和死亡时的普遍态度。这一时期的余华，把关注的目光更多地放在农民阶层和市民阶层身上，因为余华清醒地认识到他们之所以成为贫苦大众更根本的原因在于他们不仅在政治、经济、权势上，更重要的是在文化和思想上都是贫乏的。然而余华并不止于此，而是向更深的层面挖掘处于社会最底层的人们到底是如何面对生存和死亡这一永恒相悖的主题。这样一种视角的转变，在《许三观卖血记》里，表现得尤为突出。在这部小说中，余华描写的是一个典型的底层平民形象。主人公许三观始终认为自己处于一种不平等的生存状态，也因此造成了他心理的不平衡，为了追求平等的地位，获得一种心理平衡，当然，更多的是为生活所迫，他从最初的偶然性的卖血，逐渐过渡到习惯性卖血。余华由此摒弃了先前那种陌生化的话语创作，开始在小说中使用大量的平民化的语言，同时也使得小说更加贴近现实。应该说，跳脱出狭隘的某一阶层的代言人，对于打开一个作家的视野，回归最本质和本真的人的本性，是至关重要的。促成这种转变的根本原因也是精神层面的回归，即神话意识的作用。

（二）文化背景与传统力量对于转变的作用

在余华不断内省并痛苦地蜕变的同时，受众的喜好与倾向也在潜移默化中改变着他的方向。文学活动是包括作品的创作与接受的。因此，尽管很多评论会以"媚俗"或"迎合"这样带有贬义色彩的词汇来描述余华创作的转变，仍然不能否认受众对于作家和作品的意义。马克思曾说："艺术对象创造出懂得艺术和能够欣赏美的大众——任何其他产品也都是这样。因此，生产不仅为

---

① 王宁：《王宁文化学术论文批评文选（一）》，人民文学出版社2000年版，第257页。

主体生产对象，而且也为对象生产主体。"① 作为文学文本的现实消费者与传播者，读者在接受活动中有重要的作用。接受美学指出："在这个作者、作品和大众的三角形之中，大众并不是被动的部分，并不仅仅作为一种反应，相反，它自身就是历史的一个能动构成。"② 而在中国人的传统观念中，通俗小说有着寓教于乐的特殊功能。在这种情况下，理解作品的意义显得尤为重要。最初的新奇过后，不知所云的呓语和执着个体内心的实验都将被厌倦。作为一种常识和现实，受众的好恶很大程度上会影响作家的写作走向。由于东西方读者群的知识水平和接受习惯不同，西方读者对传统文学的手法早已厌倦，而中国读者对于故事讲述仍乐此不疲等原因，现代派和后现代派文学运动出现在西方响者云集、长盛不衰，而在中国则出现应者寥寥、昙花一现的现象。

在对外界新生事物的接受方面，中国从来都是敏锐和宽容的。面对中国之外的来势凶猛的各种思潮，中国文学以一贯的从容态度予以接纳。

中国当代文学的"转型"，在摆脱了当代史的巨大压力之后，其思维方式和叙述方式正在日益感受到"走向世界"的巨大压力。而此时的当代文学，已经不是"十七年"那种"本土化"的当代文学，而日益变成了"新时期"那种"世界化"的当代文学。美国"垮掉派文学"对"第三代诗歌"诗人行为方式、生存状态和写作的启迪，法国新小说的观念和结构方式对先锋小说的影响，拉美魔幻现实主义作品成为不少寻根作家创作的摹本，都证实了一个不同于"社会主义现实主义"意义上的"现代派"视野里的"当代文学"正在兴起的迹象③。

余华的转变以及他的盛极一时，都从一个侧面印证了文学价值的判断标准。无论何种尝试，如果没有按照亘古的标准——即对人性的关照和人类的关注——都难逃昙花一现的命运。余华还很年轻，现在对他的价值意义做出终判显然是不公允的。仅仅从《许三观卖血记》《活着》等寥寥几篇文章判断他对于人生的体悟和人类命运的思考也是不足为据，且略显单薄的。他对于本研究的最重要的意义在于用其变化揭示一种规律：在中国文化历史上，启蒙之前的原初性思考从未被舍弃，几千万年过去，人类最关注的还是未被发掘的人性和人类命运。

先锋尝试每个时代都会有，但中国几千年的传统文明使得所有的出轨都会再次回归。中国历史悠久的古代文明以它的巨大惯性和丰富内涵将"现代"

---

① 马克思：《政治经济学批判导言》，载《马克思恩格斯选集（第2卷）》，人民文学出版社1972年版，第95页。
② 李泽厚：《接受美学与接受理论》，辽宁人民出版社1987年版，第24页。
③ 孟繁华、程光炜：《中国当代文学发展史》，中国人民大学出版社2008年版，第163页。

与"后现代"消解为阶段性的文化规范。在接受"现代"与"后现代"来势汹汹地冲击与洗礼的同时,中国的大传统文化与小传统文化都自觉不自觉地对其进行了消化:在中国的文化土壤上,"现代"与"后现代"不再是文化进化的必然要求,而只是多元化的思维世界中的某一次努力的尝试。待暂时的新奇过后,中国文学的传统叙事与思维方式仍是能引起知识分子和大众兴趣的重要方式。这使得中国新时期文学在经历了短暂的迷茫与混乱之后,很快进行了拨乱反正。在内容上,生命的激情和信仰的高贵重获重视;形式上,技巧的把玩与界限的突破不再是新锐的标志。故事性、诗性、戏剧性和达到这一切的传统表达手段重回大雅之堂。

就中国当代文学的发展和现状来说,既存在卓有成效的自身突破也激荡过非理性的建构幻想。新的实验形式在文学流变中高歌猛进时,也会出现不合文化传统的生硬夹生,也因未获真谛内核而流于形式。余华的作品在转型过程中也备受质疑:

> 余华的小说创作与心理分析以及性本能的表现几乎无缘。即使是像《难逃劫数》这样偶尔写到性,那也不是从生命本能需要的角度出发,而是另有所图——借助不可抑制的肉体欲望来强调无法逃避的命运的惩罚,并暗示读者在命运的巨大陷阱中,欲望仅仅是引诱猎物的那块肉馅,《难逃劫数》欲望书写的背后隐藏着"一切都是命运,最终难逃劫数"这样一个十分概念化的主题。而概念化写作正是中国当代先锋作家在学习和借鉴欧美等先锋文学过程中所犯的通病,他们忽视了后者所产生的现实语境,没有充分意识到欧美先锋作家怪诞荒诞表达背后真真切切的生命和生活体验,因而也就不可能看透形式和内容之间的必然联系。①

余华们欠缺的是由神话一脉传承的西方文化中对于人类的命运思考。余华带有回归传统文学叙事倾向的转型,实际上是先锋派为了自身的生存和发展的一种调整,是期待接近现实与本土文化融合以进入当前文化环境的一种需要,也是在文本实验走向穷途末路之后的一种自我救赎,更是对和谐自然的人类天性的回归,是神话意识在思想层面的有力反击。余华作品中整体风格冷硬、荒凉,即使是在向传统回归之后,笔端的柔和与心境的广博都无法遮蔽这种冷硬风格的存在。相比起加缪的作品,即使是零度写作的典范《局外人》,在人世荒诞的境遇面前,在默尔索不知所谓的呓语中,都可以读出作者温润和悲悯。"这些作品所展现的生存状态也堪称冷硬和荒寒,可在文本的背后,分明氤氲着来自创作主体灵魂内部的柔润与温馨。正是创作主体所贡献出的这份伟大情

---

① 王永兵:《欧美先锋文学与中国当代先锋小说》,人民出版社 2015 年版,第 259 页。

感,将他笔下所描述的冷硬与荒寒温柔地包裹了起来,才使得读者既可以直面人生的荒谬与痛苦,又不至于被这荒谬与痛苦所伤害。"① 这样的差异产生的原因除却所受的教育和文化的差异之外,还源自中国近百年来相对残酷的政治斗争对人们心灵的残害,神话中祥和自由的气质被侵蚀殆尽,人性中最柔软善良的部分被戕害遮蔽。中国文化和文学需要神话意识的灌溉和荡涤,才能将最具人性和真善的部分更好地延续,同时以更为达观和深远的视角关注人生,关爱人类,和谐自然,通达社会。

人类进步脚步匆忙,将文明视为浑水猛兽而弃之敝屣未免是倒行逆施,神话之意义并非如此,之所以将神话的功能设立为"弥缝"而不是"修正",即是尊重文明发展进程,但不忽视这进程中人类精神世界的缺失,神话的意义在于对于精神世界中缺憾的部分进行修补而不是彻底的颠覆。不论是古希腊神话还是中国神话,都有一个共同的功能那就是对人类精神矛盾的解救作用,这种对于弥合心理裂变付出的努力和化解困惑所做的尝试,以"弥缝"为其代称可谓恰如其分。

三、中西神话的弥缝功能——以加缪与鲁迅做比

谈及神话的弥缝功能,最为有效的解读是通过作家作品直观地感受。想要在中国的作家中选择一个年代相近、轨迹相似、旨归相同的作家,鲁迅可以说是较为恰当的人选。加缪和鲁迅同为20世纪著名的作家与思想家,尽管他们生活的国度不一样,也有着不一样的文化背景,然而,他们的精神却有着不谋而合之处。鲁迅与加缪都曾经用西西弗斯的神话来象征人生的荒诞与虚无。在《陀思妥耶夫斯基的事》中鲁迅这样写道:"那《神曲》的《炼狱》里,就有我所爱的异端在;有些鬼魂还在把很重的石头,推上峻峭的岩壁去,这是极吃力的工作,但一松手,可就立刻压烂了自己。"② 这样的"异端",在加缪的笔下亦是一个值得称道的人物,他将这个"异端"写在了都凝练了自己哲学思想的《西西弗神话》中。西西弗斯饱受推巨石上山之苦,但最痛苦的不是繁

---

① 摩罗:《悲悯情怀》,中国青年出版社2008年版,第99页。
② 鲁迅:《鲁迅全集(第六卷)》,人民文学出版社2005年版,第425页。

重的辛苦劳作，而是每当到达山顶，巨石又会滚下山崖，于是他又要重新来过的内心折磨。这种循环没有尽头，人生便没有希望。永远不知苦难何时结束，甚至明知苦难永远不会结束，因为连生命也没有结束的时候。没有希望是远甚于肉体折磨的心理压迫。对于人世的悖论与悲剧，加缪和鲁迅有着相同的感受，并且都将这种感受诉诸笔端。《鼠疫》中的里厄医生对无以抑制的生存危机的反抗与《野草》中那"状态困顿倔强，眼光阴沉"①的过客——不知来处，无谓方向，即使前方是坟，仍要继续前行——有着相同思想走势，他们充分感受和体现了生存的悖论：明知道前面是"坟"，却还是要走，这就是对于绝望的一种反抗，生命的意义就是在于这行走的过程当中。里厄医生和过客对虚无和绝望的反抗，恰好在精神上契合了现代哲学对人的生存境遇和生存意义的探讨。

（一）殊途同归的文化表征

加缪和鲁迅在思想上表现出一个共有的特征：高扬人类生命旗帜，坚忍执着，抗争现实。加缪与鲁迅的作品中传达的正是这样一种精神：人生苦痛，这是悲剧而非悲观，然而人之为人就必须依靠迸发的生命力量来直面和战胜这种固有的痛苦。活在有限的世界中，只有无限的生命力量才能使人类忍受痛苦，在奋斗中寻求人生的意义。这也恰恰就是《鼠疫》和《野草》中体现出的那种生命力量以及那种在行动过程中抗击、超越绝望和虚无的勇气。

《鼠疫》的主人公里厄医生，以及他身后的那座城市里的普通人：英雄主义者让·塔鲁、记者朗贝尔、神父帕纳卢、小职员朗格等等，都在突如其来的灾难中思考人生。鼠疫使他们陷入困境，这是不可选择的命运。但显然，对加缪来说命运的安排并不是终点或者结局，不能揭示人生的意义。更重要的是，人们在不可选择的命运面前，如何选择自己的态度与行动。只有能充分清晰地选择自己行为的人，才是加缪理念中真正意义上的人。甚至更有倾向性的是，选择积极反抗而不是束手就擒的人，才是体现了人生过程的人。人们通过对于生活和命运的积极态度与行动，可以超越人生固有的绝望和虚无，从而肯定人类在冷酷的生存环境中的价值成分。因而，《鼠疫》所展现的人生困境，使包括里厄医生在内的很多人都意识到，只有积极的抗衡才能争取在绝境中生存。也许这种抗衡并不一定意味着个人生存——塔鲁死在鼠疫消退的前夜——但只有这种积极努力向绝望和虚无抗争的行为，才能争取一个群体甚至整个人类的

---

① 鲁迅：《鲁迅全集（第二卷）》，人民文学出版社2005年版，第193页。

生存。尽管这种行为也许是荒谬的，也许是虚无的，也许是徒劳的——就像西西弗斯那样，眼看自己推上山顶的巨石重新滚回谷底，必须周而复始重复之前的动作——但显然是有意义的。意义的确立将凝聚一种精神，正是这种精神延续了人类的历史。成功与失败虽可以以结局判定，但相对成败更为永恒的是试图超越困境，以及由此衍生的绝望和空虚时的精神和努力，这是生存的意义。《西西弗的神话》揭示了人生的荒诞困境，《反抗者》则明确了反抗困境的意义。加缪哲学不刻意推崇成功与结局，而更关注态度和行动的过程，《鼠疫》为这一哲学理念做了很好的注脚。加缪以沉稳的笔触，将里厄医生等人在长达九个月的漫长煎熬中奋力抗争的努力和坚持隐藏在平淡的表述中。鼠疫消退，全场狂欢也被消解为冷淡的背景，为的是能清晰地表现抗衡的冷静自持，因为这是一场无谓胜负的较量，这种抗争只是一种选择，一种态度，面对困境不能不做的选择和态度。当然，希望不是无序的幻想，对此加缪也有自己清晰的界定，在《西西弗神话》中，借由谈创作，加缪有如下感慨："希望复希望，希望何时了。昂里·波尔多乐观主义的作品令人特别沮丧。……作品一味重复，而不去孕育一种不结果的境况，一味洞若观火地颂扬过眼云烟的东西，就成为幻想的摇篮了。"[①]

再看看《野草》中那"直刺着天空中圆满的月亮，使月亮窘得发白"[②] 的枣树，那宁愿"向黑暗彷徨于无地"[③] 的影，那"在无边的旷野上，在凛冽的天宇下，闪闪地旋转升腾着的雨的精魂"[④]，同样可以让人感受到那股强大的生命动力和勇于反抗的精神力量。在《希望》中，突破绝望和荒谬的力量更为集中，鲁迅写道："倘使我还得偷生在不明不暗的这'虚妄'中，我就还要寻求那逝去的悲凉缥缈的青春，但不妨在我的身外。因为身外的青春倘一消灭，我身中的迟暮也即凋零了。"[⑤] 也正如他所说的"绝望之为虚妄，正与希望相同"[⑥]。在《两地书·四》里，鲁迅写道"唯黑暗与虚无乃是实有"[⑦]，这是对于人生的本质深刻的发现和认知。人生长河曲折坎坷，唯有"黑暗"和"虚无"常不期而至，常伴身侧，个人对此无能为力束手无策。在鲁迅的作品

---

① [法]阿尔贝·加缪：《西西弗神话》，载《加缪全集·散文卷Ⅰ》，沈志明译，上海译文出版社2010年版，第165页。
② 鲁迅：《秋夜》，见《鲁迅全集（第二卷）》，人民文学出版社2005年版，第167页。
③ 鲁迅：《影的告别》，见《鲁迅全集（第二卷）》，人民文学出版社2005年版，第170页。
④ 鲁迅：《雪》，见《鲁迅全集（第二卷）》，人民文学出版社2005年版，第186页。
⑤ 鲁迅：《希望》，见《鲁迅全集（第二卷）》，人民文学出版社2005年版，第182页。
⑥ 鲁迅：《希望》，见《鲁迅全集（第二卷）》，人民文学出版社2005年版，第182页。
⑦ 鲁迅：《两地书·四》，见《鲁迅全集（第十一卷）》，人民文学出版社2005年版，第21页。

中,常感喟与揭示"希望"与"真实"的消逝和幻灭,从而衬托出"绝望"与"虚无"的真实存在和绝对权威:"负着虚空的重担,在威严和冷眼中走着所谓人生的路,这是怎么可怕的事呵!而况这路的尽头,又不过是——连墓碑也没有的坟墓。"① 但是鲁迅的伟大之处在于,他的创作绝不止步于感伤悲戚。而是在敏锐体察人生的"绝望与虚无"后,绝不沉沦,奋力追寻生命的意义,痛苦但是坚定地担负人生苦难的责任。毛泽东曾评价"鲁迅的骨头是最硬的,他没有丝毫的奴颜和媚骨"。这个评价的初衷是带有政治意义的,但对于鲁迅精神的把握却是精准到位的。鲁迅对于人生的思考不是"希望—绝望""积极—消极"这样非此即彼的极端与片面,而是有着更为深层而悲悯的宽厚情怀:无谓输赢,只需战斗。同加缪一样,对于虚幻美好的前景及影影绰绰的希望,鲁迅并不看好,这样的情绪在《影的告别》里有明确的表示:"有我所不乐意的在你们将来的黄金世界里,我不愿去。"② 鲁迅对于绝望与死亡、黑暗与虚无有着清醒的认识,而这种认识为的是"借此知道它曾经存活"③"借此知道它还并非空虚"④,他以自己特有的"以悲观作不悲观,以无可为作可为"对绝望做出了积极的反抗。

纵观《鼠疫》和《野草》的创作,可以肯定,加缪和鲁迅两位思想家都是敢于直面人生困境与绝望的勇士。这也正好应了鲁迅那句名言:"真的猛士,敢于直面惨淡的人生,敢于正视淋漓的鲜血。"⑤ 加缪也曾经指出,"若没有对生之绝望,就不会有生之爱"⑥。生命的意义就在于"走"的过程中,学者汪晖曾经在《反抗绝望·题辞》中写道:"这种无休止的'走'向无尽苦难的历程震撼着我的心灵,那沉重的旅程不是由希望支撑,主人公完全洞悉自己无可遁逃的痛苦和劫难,但恰恰是这种对'绝望'的洞悉和反抗使他们成为自己命运的主人,西绪福斯与过客永远行进,在绝望的反抗中制造了生命的意义。"⑦只有正视了人生的绝望与虚无,才能勇于直面,不会逃避,才能拥有还击绝望与虚无的勇气,尽管面对的是未知的结局,也或者这个结局是早已知道的悲剧。

---

① 鲁迅:《伤逝》,见《鲁迅全集(第二卷)》,人民文学出版社2005年版,第129-130页。
② 鲁迅:《影的告别》,见《鲁迅全集(第二卷)》,人民文学出版社2005年版,第169页。
③ 鲁迅:《题辞》,见《鲁迅全集(第二卷)》,人民文学出版社2005年版,第163页。
④ 鲁迅:《题辞》,见《鲁迅全集(第二卷)》,人民文学出版社2005年版,第163页。
⑤ 鲁迅:《记念刘和珍君》,见《鲁迅全集(第三卷)》,人民文学出版社2005年版,第290页。
⑥ [法]阿尔贝·加缪:《置身于苦难与阳光之间》,杜小真、顾嘉琛译,上海三联书店1997年版,第1页。
⑦ 汪晖:《反抗绝望·题辞》,河北教育出版社2000年版,第47页。

加缪与鲁迅都在各自的领域努力"走"着，都在义无反顾地超越绝望与虚无，探寻存在的意义。但是由于文化背景的差异，以及所处时代环境的不同，两人关注的焦点又有所不同。然而，尽管聚焦在不同的层面，加缪与鲁迅的精神确实有相同的地方，那就是一种大爱的情怀，一种对人至纯至诚至沉的爱。

　　鲁迅始终将个体融入民族这个大环境中来衡量，他反抗的力量来源，在很大程度上与知识分子"家国天下"的使命感是分不开的。鲁迅希望让群体在个体的反抗中觉醒，其最终目的是民族整体的生存和发展。他提倡"自别异""独具我见""朕归于我""不随风波"的"立人"要求，就是希望人人都能发挥出强大的生命力量，自觉、主动地对抗存在的荒谬与困境。但这些主张的目的都在于"沙聚之邦，由是转为人国"① 这样一种希望国家和民族强大的寄托。鲁迅所体悟到"绝望"既有来自对人类存在的深刻认识，也有对当时中国社会状况和文化桎梏的忧虑。他要"背着因袭的重担，肩住了黑暗的闸门，放他们到宽阔光明的地方去；此后幸福的度日，合理的做人"②。这是一个先驱者为民族独立、自由、强大甘愿独自承受重压的牺牲精神，也由此超越了个人的死亡与绝望。在《野草·一觉》中，鲁迅分明写道："魂灵被风沙打击得粗暴，因为这是人的魂灵，我爱这样的魂灵；我愿意在无形无色的鲜血淋漓的粗暴上接吻……《浅草》不再出版了，似乎只成了《沉钟》的前身。那《沉钟》就在这风沙涌动中，深深地在人海的底里寂寞地鸣动。……是的，青年的魂灵屹立在我眼前，他们已经粗暴了，或者将要粗暴了，然而我爱这些流血和隐痛的魂灵，因为它使我觉得是在人间，是在人间活着。"③ 这些凌厉硬朗的词句实际上表达了鲁迅对现实层面的失望，以及对青年们的鼓励和热爱。鲁迅虽然也在探讨生存的意义，但是他更关心的是形而下层面的民族兴亡以及始终关注的国民性的问题，在《野草·这样的战士》中，他写道："他知道这点头就是敌人的武器，是杀人不见血的武器，许多战士都在此灭亡……那些头上有各种旗帜，绣出各样好名称：慈善家，学者，文士，长者，青年，雅人，君子……头下有各样外套，绣出各式好花样：学问，道德，国粹，民意，逻辑，公义，东方文明……但他举起了投枪。"④鲁迅关注苍生，关注民族，更关注文化。他讨论的问题，是一个有良心的知识分子在当时中国文化受到剧烈冲击时

---

① 鲁迅：《文学偏至论》，见《鲁迅全集（第一卷）》，人民文学出版社2005年版，第57页。
② 鲁迅：《我们现在怎样做父亲》，见《鲁迅全集（第一卷）》，人民文学出版社2005年版，第145页。
③ 鲁迅：《一觉》，见《鲁迅全集（第二卷）》，人民文学出版社2005年版，第228－229页。
④ 鲁迅：《这样的战士》，见《鲁迅全集（第二卷）》，人民文学出版社2005年版，第219页。

深深焦虑的问题,也是民族之魂的走向问题。

　　相比之下,加缪的人生思考更多的是关注个体形而上精神的状态。在《鼠疫》中,突如其来的瘟疫降临到原本平静的城市,慌乱中的人们不知所措,而神甫帕纳鲁仍然期待宗教信仰能挽救这场危机,里厄医生却清楚地意识到这不可行,诊断病情并尽力遏制其蔓延也许是可行的,但彻底消灭鼠疫甚至使人类脱离苦难并不是一件乐观的事情。他所能做的一切就是尽其科学精神,严阵以待,对势不可挡的疾病和人类苦难展开有限但是顽强不懈的斗争。加缪的本意不是为了让人感喟个人努力的崇高与伟大,或者凸显个体意识的使命感和责任感,恰恰相反,所有的一切努力,都指向崇高的瓦解与个人的无力感。鼠疫势不可挡的蔓延之势和随时卷土重来的不可预知,表达了人类对于自身处境的清醒认知:人类注定要死亡,生存都是有限的、偶然的。借此,加缪表达了他对那些"不管他对制造瘟疫或任凭瘟疫降临人间的上帝的善心作何感想,他始终注视着苍天"[①]的人们的钦佩和认同。地中海文化赋予加缪对于人生和人类的达观认知,也将亘古的难题再次抛向这个不断思考的智者:未知的命运下,人类如何自处?古希腊文化同时赋予了他作此思考的底蕴——从泰勒斯起就开始了对形而上的探索与思考,并且不断地把这种精神发展下去。这种注重对形而上世界的思考传统对加缪来说是不无影响的。《鼠疫》的困境与《俄狄浦斯王》中无法摆脱的命运,有着一脉相承的联系。《鼠疫》中人类不能摆脱灭顶之灾的困境,犹如《俄狄浦斯王》中人类不能逃脱厄运的魔掌一样。俄狄浦斯为躲避命运谶语远走家乡,运用自己的智慧和能力,本以为德才兼备,可以挣脱神谕的束缚,但却挣不脱弑父娶母的注定命运;《鼠疫》中尽管有像里厄那样为了众人的幸福努力奋斗的志士,但灾难仍蛰伏在命运规定的某一个角落。与鲁迅注重民族,注重疗救社会的整体意识不一样,《鼠疫》中的人物始终都是从个体到个体的奋斗,目标并没有指向民族或者社会群体,指向的往往是精神层面的个体解放。加缪关注的焦点是从个体出发再回归到个体的自由和意识,个体始终是终极的目标。这是不同的文化落脚点造成的差异,更根本的是,不同的神话思维造成的差异。两位作家一脉相承的神话思维,一个凸显个体意识,一个追求家国天下;一个以个性审美作为最高宗旨,一个早早渗入伦理意象。正因此才有如此殊途同归的追求和思考。

　　虽然,加缪与鲁迅因受到不同的文化背景熏陶而把目光聚焦到不同的层面,但是他们终其一生努力超越绝望与虚无、追求生的意义这种精神是一致

[①] [法] 罗歇·格勒尼埃:《阳光与阴影——阿尔贝·加缪传》,顾嘉琛译,北京大学出版社1997年版,第130页。

的。这样的精神源自于两位思想家对人的生存状态的关爱，这是一种大爱情怀和归潜精神。尽管他们的作品都透露着让人战栗的冷峻，但是仍可感受到字里行间那种来自对人类真切关怀的温暖。他们的爱是寒冰底下的热火，是纷扰背后的深沉，更是一种宁愿沉没于黑暗，亦不愿徘徊于明暗之间的铮铮铁骨和博大情怀。这种爱与归潜精神是相一致的，因为这不仅仅是消失，不仅仅是毁灭，更是潜藏，是孕育。虽然文化背景的影响不同，但是两位思想家寻求的终极归宿却是相似的，那就是创造有价值的人，在生的绝望中探寻存在的意义，生活的意义，努力在荒诞的生活中突破虚无、体验真实的人生，哪怕那人生是既定的痛苦，只要"自由行走"，那么就能体验到存在的价值与存在的意义。鲁迅在《野草·题辞》中写道："过去的生命已经死亡。我对于这死亡有大欢喜，因为我借此知道它曾经存活。死亡的生命已经腐朽。我对于这腐朽有大欢喜，因为我借此知道它还非空虚。"①《鼠疫》中的里厄医生等人，明知面对的是既定的死亡，也还是坚持反抗，虽然看似徒劳，但是他们也是借此体现了作为人存在的价值和意义。这些都表明了加缪与鲁迅对生的渴望，是向死而生的无畏精神，为了突破绝望与虚无，宁愿选择体验痛苦，坚持反抗，而非自杀。这些痛苦的体验，留下的是沃土，是滋养，是此隐而他秀之。

（二）相似的生活轨迹推演相似的思想脉络

加缪与鲁迅两位思想家对生命有着相同的挚诚的热爱，对于生命力有着相同的炙热的推崇。加缪与鲁迅有相似的童年经历，幼年困顿，忍受病痛，直面死亡威胁，都对苦难有着敏锐深沉的感知力，然而对生命真实的渴望与向往，使他们走上了反抗荒谬，超越绝望与虚无的道路。仅仅拥有这些当然是不能解释两者高度契合的思想脉络的形成原因，须知这样经历的人有太多。应该说对于苦难的敏锐洞察力和感受性，结合这样的外部因素，才可以锻铸如此相似的思想结晶。更重要的是，神话及神话意识在两位思想家精神形成的过程中都担负了意义非凡的作用。作为一种人类智慧的先验成果，神话在几千年的文明教化史上功勋卓著。虽然两人耳濡目染的是两个不同地域的神话背景，接受的是完全不同形式和风格的神话样态，但神话中蕴含的属于人类本原的基质是相同的，神话无拘无束的模式也是相近的，其中都凝结了初民们最本质的人生智慧和神秘的规律意识。这对两位思想家之后宽博的人生态度和深刻的人生思考的形成起到了航标的意义。加缪曾深情表述："需要神话的人未免可怜。在这

---

① 鲁迅：《野草·题辞》，见《鲁迅全集（第二卷）》，人民文学出版社2005年版，第163页。

儿，神灵充当岁月流逝的河床或标尺。我描述，我指出，这是红的、蓝的、绿的，那是海、是山、是花朵。我爱用鼻子紧压乳香黄连木的花球，何须言必称酒神狄奥尼萨斯？古老的颂歌写道'饱览这等美景，幸哉此生！'我后来怡然念及，何须拘泥于是否献给农神得墨忒耳？饱览，并且是在人间饱览，怎能忘怀这忠告？当英雄厄琉西斯创造奇迹时，只需静观便可。就这一点来说，我深知接近世俗永无止境。"① 对于神话的倾慕以及神话对自己的影响可窥一斑。

鲁迅对神话有着与生俱来的好奇，并在之后的写作过程中形成了一种持久而坚定的审美体验。在自传体散文《阿长与〈山海经〉》中，鲁迅表现出了对中国远古神话的孩童般的热烈神往："人面的兽；九头的蛇；一脚的牛；袋子似的帝江；没有头而'以乳为目，以脐为口'，还要'执干戚而舞'的刑天。"②

而后的《破恶声论》《中国小说史略》《汉文学史纲要》《中国小说的历史的变迁》等书中对于神话的论述，散见于各种文章中对于神话的信手拈来，特别是取材于古代神话传说的小说集《故事新编》中人神兼蓄的"新神话"创作，不仅代表着鲁迅对神话执着的兴趣与感悟，还可窥见神话对于鲁迅创作的影响，以及鲁迅对于神话的解读和审美趋向。在《中国小说史略》中鲁迅曾有这样的议论："故神话不特为宗教之萌芽，美术所由起，且实为文章之渊源。惟神话虽生文章，而诗人则为神话之仇敌，盖当歌颂记叙之际，每不免有所粉饰，失其本来，是以神话虽托诗歌以光大，以存留，然亦因之而改易，而销歇也。如天地开辟之说，在中国所留遗者，已设想较高，而初民之本色不可见，即其例矣。"③ 当神话的神秘审美推演开来，鲁迅对于鬼神也有了推崇。在其散文《无常》中鲁迅写道："我和许多人——所最愿意看的，却在活无常。他不但活泼而诙谐，单是那浑身雪白这一点，在红红绿绿中就有'鹤立鸡群'之感。只要望见一顶白纸的高帽子和他手里的破芭蕉扇子的影子，大家就有些紧张，而且高兴起来。"④ 鲁迅在《女吊》中也有如下描述："比别的一切鬼魂更美，更强的鬼魂，这就是'女吊'。"⑤从神话至鬼神，鲁迅对神秘的精神渴求和审美意向贯穿其一生。虽然这种精神渴求和审美意向最终都成了批判国民性的利器，但其初始却是为了神话之美而确立的。鲁迅从神话中汲取的力量表现在他的人生思考和文学创作中，即他的寻觅、反抗、挣扎是为了对

---

① ［法］阿尔贝·加缪：《提帕萨的婚礼》，载《加缪全集·散文卷Ⅰ》，丁世中译，上海译文出版社2010年版，第47页。
② 鲁迅：《阿长与〈山海经〉》，见《鲁迅全集（第二卷）》，人民文学出版社2005年版，第255页。
③ 鲁迅：《中国小说史略》，中华书局2010年版，第6页。
④ 鲁迅：《无常》，见《鲁迅全集（第二卷）》，人民文学出版社2005年版，第276页。
⑤ 鲁迅：《女吊》，见《鲁迅全集（第六卷）》，人民文学出版社2005年版，第637页。

于"吃人"世界的抗拒，对于礼教、伦理等急切地挣脱，希冀在中国传统文化源头——神话——中获得力量，以"精神界之战士"的面貌勇敢地战斗，鲁迅精神的丰富涵养相当一部分源自中国远古神话。而在面对外界的冷漠谩骂、冷酷质疑时，是神话为其多年的思考和创作寻找到了根基，充盈心理，恢复力量。神话的返璞归真与原初归一，保持了在纷繁的现代思潮中对于中国文化精神的固守。尽管这固守有时不免尖刻、不免沉郁。

《鼠疫》中的一个动人的细节。约瑟夫·格朗的小说永远只停留在这一句话："在五月的一个晴朗的早晨，一位风姿绰约的女骑士跨一匹漂亮的阿尔赞比牝马，驰过布龙涅林苑繁花似锦的条条小径。"① 尽管他唯一的爱好就是写一部小说，直到病重感到绝望的时候，格朗请求医生把他手稿烧掉。直至此时，格朗50多页的手稿依然是这不断修改的一句话："在五月的一个晴朗的早晨，一位苗条的女骑士，跨一匹华贵的栗色牡马，在花海里穿过一条条林中小径……"② 鼠疫带来的死亡阴影，无法遮蔽这50多页的同一句话所描绘的充满美丽的画面，这从一个侧面强烈地传达出生命的美好，透露出加缪内心对生的热爱之情是多么的炙热。与之相似，鲁迅在病重的时候，曾反复地看一幅苏联某作家着色的木刻：一个穿大长裙子飞散着头发的女人在大风里奔跑，在她旁边的地面上还有小小的红玫瑰花的花朵③——两幅图画中都有一个充满着活力的女子，都有路上娇美的花朵，传达的意义是如此的贴近：虽然时刻受到死亡的威胁，但是无法不眷恋人生，他们真诚地热爱着生命。正是对生命真实的热爱，使得他们拒绝自杀，积极投入反抗，超越绝望与虚无。正是在这个意义上，加缪和鲁迅在精神上是契合的。

神话文本作为一种基本的叙述模式，结构简单，故事有其类型化和固定母题，但作为一种文化，其中蕴含的可探寻因素却是丰富多彩且千变万化的。正因为这种取之不尽的内涵和言说未明的意义，各个时代的作家都可以从中汲取所需的养分，体现在他们的文本和思考中。同时，对神话的传承与解读，也是人们对哲学本源问题的探寻和人类命运走向的思考，出于对人类自身本能的好奇和探究。不同的民族有不同的苦难，但因着神话的滋养，培育出一个个像加缪和鲁迅这样的智者，他们在理想与现实之间，用思想与文字弥合巨大落差，慰藉失落灵魂，坚定坚持的力量。神话是充沛人类心灵的添加剂、营养液。

---

① [法] 阿尔贝·加缪：《鼠疫》，载《加缪全集·小说卷》，刘方译，译文出版社2010年版，第146页。
② [法] 阿尔贝·加缪：《鼠疫》，载《加缪全集·小说卷》，刘方译，译文出版社2010年版，第256页。
③ 萧红、俞芳等：《我记忆中的鲁迅先生——女性笔下的鲁迅》，河北教育出版社2000年版，第64页。

第六章　弥　缝

——加缪神话精神的当代意义

从"神话意识"这样一种相对零星而片段式的思考方式上升为"神话精神"这一完整而浑厚的思考层面,需要有一个解释和推演的过程。简单地说,神话意识作为一种思考过程和认知方式,势必导致一种结论式的成果。神话意识在加缪精神世界里的沉潜和积聚,内化为一种认识世界的视角,升华为一种改变世界的方法,这种成果可以被称为加缪的神话精神。如果说神话意识对于加缪本人的创作和人生来说意义非凡,那么加缪的神话精神对于后世的价值则非比寻常。作为一个新的概念,本研究试图给"加缪神话精神"做一个界定,事实上,这一工作在前文已零散地见于各章节的相关论述中。如前文所示,总结来讲,加缪的神话精神有着节制有度、振作坚韧、珍视生命、尊重价值等特质,这些糅合了地中海精神、古希腊文化特质的思想,成为加缪逐渐成熟的价值取向和哲学依归。之所以用"神话精神"来作为加缪思想的界定,是因为这种思想体现了古希腊神话和现代神话的范式、价值与旨归。

　　加缪的哲学思考、文学创作以及人生信仰,从不同层面展现了一个当代智者的精神生活状态和心灵世界。他是一位伟大的作家,获得过诺贝尔文学奖。他关注现实而且介入社会,在许多方面得到世人的肯定和赞赏。他同时也是一位神话色彩浓郁的思想家,以至于提起他就得谈论他与神话的密切关联。可以这么说,西方神话元素充斥着他的文学生涯。如果对加缪的精神世界做一个学术性提炼,那么,完全可以说,他是在继承古老神话传统的基础上,进行新神话的创造。加缪的精神就是一种神话精神,他与创造古地中海神话的先民们一样,在不遗余力地进行弥合文明裂隙的努力。在本书接近尾声之际,笔者将如下一些想法提出来供专家们审断。

一、本真意义上的"神话人"——加缪及神话精神的复兴

　　在精神世界,神话常被看好。人文学家栾栋认为:"神话是常青树。在想象类的作品中,神话的生命力最强。在这种意义上,可以说,唯有神话真不朽。"① 曾有神话学家这样描述神话和文学的关系:"神话和文学的关系,就像

---

① 见栾栋教授《风体学讲义·神话篇》(手稿)。

中国神话中所见的盘古与日月江海的关系。神话说盘古死后，头化为四岳，眼睛化为日月，脂膏化为江海，毛发化为草木。盘古虽然死了，可是日月江海及人间万物之中都含着盘古的影子；神话转换为文学以后，虽然往往消失了它本身的神话意义，可是神话却作为文学中的艺术性的冲击力量而活跃起来。"①

可以说，神话是文学产生发展的母体养分。宗教中有神话意识，哲学作品中有梳理和改造过的神话意识，文学作品中更是处处闪烁神话意识的光辉。正因此，睿智的思想家、文论家、精神分析家、人类学家等无不把神话和神话思维看作一种弥足珍贵的文化资源。

在西方过去的一百多年中，神话思维被大幅度激活。不仅古神话的研究蓬勃展开，成果卓著，而且新神话的萌芽如雨后春笋般地催生。有学者称之为"古神话复兴"和"新神话生发"。②

近600多年来，科学技术突飞猛进地发展。表面上看，科学技术与神话有着貌似水火相克的关系，然而正是科学技术的大幅度发展，激活了人类在童年就具有的神话思维能力。从另一个层面看，不正是古老的神话孕育了巫术、宗教、文学、科技和哲学等数之不尽的文明谱系吗？在这个意义上，似乎可以说，神话曾经是上述各门类的母胎，甚至可以说，神话是文明之母。一个客观的事实是神话曾经落入低谷。因为神话不敌文明的铁砂掌，科技的强光迫使神话思维逐渐隐退。但是神话并没有消亡，也没有绝迹，而是以变相的方式存身，于是文学、诗歌、寓言等思想形式都在改头换面地使用神话的资源。

在科学昌明技术飞跃发展的现当代，古代人类擅长的神话思维竟然出现了。当人类的足迹踏上了月球，当一个个航天器进入了高空、深空、远空、太空，当宇宙探测器日益推进到太阳系外的星系，当人类逐渐揭开了时间、空间、生命的种种奥秘，古老的宇宙起源神话、创世神话、日月星神话、造人神话、奔月神话褪去了神秘的面纱，然而神话并未因之而黯然失色，因为科学技术在文明跃升的另一个节点上，悄悄地亲近着神话，甚至以这样那样的方式实践着神话。细心的天文爱好者不难发现，科技将文类宏阔深邃的眼神投射到千万亿光年为计量的古往今来，同时也把想象的翅膀和创造的触角伸展到了宇宙深处，伸展到了足以让人类生在地上想成仙的境界，是否可以说，人文用科技或曰科技助人文构想着新的神话？在这种意义上，栾栋先生的《新神话的寓意》为我们打开了神思的积极看点。原始文化在复兴，新神话在放飞。人人可以看到一个不言而喻的事实，20世纪90年代以来，神话复兴之势日益强

---

① 王孝廉：《中国的神话世界》，作家出版社1991年版，第281页。
② 栾栋：《感性学发微》，商务印书馆1999年版，第142－169页。

劲，新神话故事在世界文坛、影坛、科技等领域异彩纷呈。

就从文学借助神话资源来讲，也有以下三个方面值得梳理：一是直接引用神话中的元素和典故；二是提炼神话含义投射于作品之中；三是神话成为一种意象，内化为作家的思维过程。在这个近乎实证的论述层面，我们也得给加缪及其新神话的运思留一席之地。至少他综合运用了这三种方式，进而将神话元素铸造成自我思维模式中的创新编码。他对"神话意象"反复运用。"神话意象"也支配了他的思维。这个变数产生了"神话命运"式的加缪。简括地讲，神话之于加缪，不仅是一种写作的模式，而且是一种思考的方法。在古神话复兴和新神话崛起的大背景下，加缪是汇入这一思想文化的一泓清流，他也是这个潮流推上风口浪尖的弄潮儿。

之所以将加缪界定为真正意义上的"神话人"。其一，加缪是神话思想的高手。在加缪的作品中，神话因素信手拈来：西西弗斯推石上山周而复始循环不已，一如人生生老病死新旧更迭无以更改；若望千里奔家兴致勃勃却不知此举如执意赴死，一如俄狄浦斯费尽心思逃不脱命运的羁绊；鼠疫铺天盖地让人无处躲藏，一如初民面对滔天洪水内心惶恐；在《夏·流放海伦》中，他借"报复女神"涅墨西斯告诫人们行事需有度；借普罗米修斯说明反抗更高层面的意义是为了全人类；在《夏·阿丽亚娜的石头》中一连用了五个神话典故……无论外界如何评价，加缪对自己的定位是艺术家。他的这个自我认知，印证了栾栋先生对他的第一个评价，他与其他存在主义文学家的共同点，即"与神话在精神追求和思想基调上的连缀关系，绝非文学上的夸张比类和理论上的穿凿附会，而是有着深刻的文化渊源和心理共鸣"[①]。

其二，加缪也是神话传承的"创客"。如果说他的《夏》是思接千载视通万里的时空隧道，将原始思维与现实压力撮合到了一起，那么，其《局外人》中恍若隔世的主人公，展示的是莫名其妙的犯罪，披露的是糊里糊涂的结局。这些作品中确实写了评论界通常所说的社会"异化"，但是也有超乎"异化"的反思整个文明弊端的逆向思维。加缪的书写荒诞或荒诞描写，与其说是投向现实社会"异化"病灶的标枪，不如说更是拷问作者自己关于"局"的创意，关于人、人性、人伦、人道边缘的那么一种行状，甚至是关于陨石般被抛入人类沙漠化或冷漠化文化的另类感受。其中固然有他在北非极度贫困童年经历生活的缩影，有其所见所闻的变相表述，但也有他对文明界外精神状态的拟态，有他对于荒诞人社会异化之中和之外的超现实思索。对于深究社会及其文明而言，"局"之荒诞发人深思。对于神话思维的大手笔而论，难道不是别有隐

---

① 栾栋：《感性学发微》，商务印书馆1999年版，第145页。

喻？试想，一个数千年之前的原始人，被投入一个现当代的所谓文明环境中，他该如何做？反过来看，一个当代文明人，突然出现返祖现象，他"退化"一如"进化"，人们权衡他，可人们远远没有进入他的"局内"，岂不是等于他周围的人处于"局外"吗？时下有不少外星人文艺的种种想象，其实加缪用地球上的这样一种"局"的描写，给了我们类如神话般的启迪。什么是"局"，局中有局，局外有局，多层次的局思和局想，恰似"超以界外，得其环中"的一个环中环的创设。在这个意义上，荒诞，"局内"也荒诞，"局外"也荒诞，此局荒诞，彼局亦然。何处才不荒诞？这不啻千古一问。加缪以酷似神话般的思考，深深地把读者卷入了这样的情景当中。

其三，加缪同时还是践履神话的人。他不仅有神话般的思维，以神话神思设"局"解"局"，而且自觉不自觉地践履神话。栾栋先生在《法国文学他化论》的课件中曾讲述过这样一个事实：加缪是"神话精神的身体力行者，他和他的作品以及他的行为有着神话化的轨迹"。人们一般认为，《鼠疫》《反抗者》《反与正》等著作中，传达出了一种抵制社会压迫和克服庸俗世情的斗争精神，其实作家加缪何尝不是一个遗世独立的神话人？他说自己是"既然奋力建立一种语言并复述一些神话故事，如果我最终不能重新写出《反与正》，那我就注定一无成就了，这便是我心中的信念。不过无论如何，没有什么能阻止我梦想自己必将成功"①。他的自我定位是一个"神话"的"建立"者和"复述"者，比这个定位更为重要的是他认为自己除此之外一无所成，这是他的宿命，也是他的使命，他坚信自己可以成功。一如栾栋先生在《新神话的寓意》中所言，这种新神话及其践履者是"禀命造化"，是"重膺造化和再聆天命"②。

由于这样的差别，用文学类型学说来对加缪的神话创作归类就有点牵强附会。加缪一生挣扎在荒诞的生存状态之中，但是他毕生都在突围荒诞，跳脱荒诞，使自己由荒诞跃升为"神话人"。众所周知，他经历了许多困局，阿尔及利亚与法兰西两种文化，法国与阿尔及利亚战争时的两难选择，在共产党与出共产党的复杂关系，在婚与出婚的个人感情纠葛，与存在主义流派为伍与对存在主义流派说不……诸如此类的人生矛盾际遇都让人叹为观止。评论家们抓住了困境对加缪的造就，但少了一点界外审读的敬意与悲悯。

---

① ［法］阿尔贝·加缪：《反与正》，载《加缪全集·散文卷Ⅰ》，丁世中译，上海译文出版社2010年版，第11页。
② 栾栋：《感性学发微》，商务印书馆1999年版，第148－159页。

二、加缪神话精神的现实情怀和时代意义

　　本文以加缪的神话色彩立论，并非说这位诺贝尔文学奖的获得者只是一个神话，也不是说他只创作神话。讲神话加缪或加缪神话，丝毫不意味着他是非现实的人物，恰恰相反，在加缪那里，神话精神与现实情怀并行不悖，甚至可以说二者在加缪身上水乳交融，表现出相辅相成的积极作用。毋庸置疑的是，加缪是神话意识强烈、神话精神深沉的作家，他曾多次说明自己与神话难解难分的关系。同样毋庸置疑，他这个神话人深深地植根于欧洲和北非大地。一方面，他自称为"地中海之子"，执着地焕发和创造着神话精神。另一方面，他的神话精神又有其很深的社会基础与现实情怀。早在孩提时代，他就与阿尔及尔的贫民窟生活，与法兰西文化圈内的纷争，与华沙条约国与北大西洋公约集团对垒的背景，与各种主义对立和观念交锋的社会思潮，都有着千丝万缕的联系。这些压力、牵挂和纠缠，成就了加缪正派而且坚强的多元文化人格，也正是由于这样的生活基础和现实磨炼，才激发出了他秉性中潜在的反抗精神，并最终将之升华为神话英雄般的超拔气概。当今读到的各种关于加缪的传记、评论和介绍，无不极力强调这位诺贝尔文学奖得主的现实经历和现实意义，这个倾向无疑是有道理的，有价值的。诺贝尔文学奖授奖词中称他"阐明了人类良心当今所面临的问题"，这个评价是恰如其分的。圆观宏照地讲，充满神话意识的加缪和深刻纠结现实的加缪是一个硬币的两个侧面，对任何一面稍加刮磨，便可以触及另外一个侧面，因为它们互为表里，甚至可以说互为内质。

　　本文的聚焦点集中在焕发神话精神的加缪，但是此举并非排斥或清洗加缪创作的其他方面。关照加缪的神话精神，不是说要人们回到远古洪荒、茹毛饮血的野性生态，也不是要人们投入人类童年的魔幻想象当中，而是要提倡那么一种对于文明统治机制的反思，对精致的利己主义思想的批判，对业已积重难返的工具主义理性的反拨。换一个表达，现下人们追随加缪，是为了与他一起寻找另一种有助于反抗压迫性文化的精神资源，建构一种可以净化庸俗文化的良性参照系列。在这个节点上，我们可以非常有把握地说，加缪的作品和品行，尤其是他执着于神话思想的行状，唤醒的是那样一种充满地球人童心的丰富想象，激发的是那样一种洋溢着少年人类昂扬向上的精神气质。在这个维

度，加缪的努力和贡献可谓出类拔萃，他留给我们的教益可谓振聋发聩。他那种基于现实的神话意识很能益人神智。他那种神话精神中的现实情怀，也确实令人神往。读加缪，可以领略到古今神话精神的内核，也有助于汲取"地中海文化的精髓"。

在这里，加缪的神话精神与现实情怀合二为一。在这里，加缪的当下憧憬与远古风神集为一体。这就是我们在加缪作品及其思想元素中分辨出的新神话的隐喻。为了深入理解这个隐喻，我们很有必要重温加缪对神话价值的分说："各种神话，其本身并不能赋予自己以生命，它们要等待，等待着我们赋予它们生命力。世界上只要有一个人响应它们的召唤，它们便会把它们整个元气奉献给我们。我们应该保护这种元气，以便使其在沉睡状态中不致消亡，使复活成为可能。我有时也怀疑它是否能拯救当今之人类，但拯救这些人类的孩子们，使其不至于在肉体和灵魂上堕落，也还是可能的。同时，赋予这些孩子以幸福和美好的前景也仍然是可能的。"①

（一）加缪神话精神对价值体系构建的意义

著名传记文学作家奥利维耶·托德记述了这样一个情节："剧作家让-卢·达巴蒂曾经写过一篇小说，书中描述了某些在 1960 年 20 岁上下的年轻人对加缪的看法：'一个年轻人死了，没有人真正理解他……人们把他的书交到我们这些哲学版学生的颤抖的手中。有些人大口吞咽着这精神的食粮，为这清澈的词句陶醉不已，却连荒谬和荒唐都分不清，他们属于盲目的反抗者的行列。还有人被他的书感动，试图在思想上摆脱乐观的情绪，他们想象着西西弗是幸福的，随即又感到厌倦……还有一些人很快就抛弃了加缪，他们看到作家呼吁孤独的奋斗，就将他抛下，让他独自面对挑战。'"②

这是一个近乎电影画面式的片段。剧作家让-卢·达巴蒂给我们刻画出了一个可怜巴巴的加缪：让青年人始而感动，继而厌倦，最终抛弃。加缪真就那么不堪一击？真就那么命运不济？答案与上述描写恰恰相反。剧作家让-卢·达巴蒂描摹的画面，纯属于他个人的一己之见。作为文学家的加缪，在其生前就蜚声文坛。他年纪轻轻就荣获诺贝尔文学奖获，这是诺贝尔设奖以来为数不多的两者之一。他作为思想家，也成就卓著。他与萨特等其他存在主义哲学家

---

① ［法］阿尔贝·加缪：《夏·地狱中的普罗米修斯》，载《加缪全集·散文卷Ⅱ》，王殿忠译，上海译文出版社 2010 年版，第 247 页。
② ［法］奥利维耶·托德：《加缪传》，黄晞耘、何立、龚觅译，商务印书馆 2010 年版，第 781 页。

不同，他不但书写荒诞，而且真正地破解荒诞。不但阐述存在先于真理，而且直接在源头创新存在。不但探求存在的真理，而且比存在还要早一步地揭示存在真谛。其神话阐发如此，神话思维如此，神话构造如此。换句话说，他的神话酝酿过程，是在前提处动斧钺，可谓石破天惊。他的神话践履功夫，是在身体力行中做修炼。他的神话推助活动，是在众多矛盾交织中求突围。他成功了。正如为他作传的托德所言，20世纪欧洲的知识分子们，都为加缪对政治和社会的洞察与立场所折服。他没有倒向苏联为首的华沙条约国阵营，也没有倾向北大西洋公约集团，没有与萨特等人的左翼学派同流，也没有与阿隆等右翼势力合谋，一种加缪人格，一种奋斗精神，一种少壮气质，一种脱俗的揭谛，有推石上山的顽强，有居高临下的气势，有冒死担当的决绝，有阳光灿烂的明媚，这就是"地中海之子"，这就是神话般的震撼欧洲旧大陆的赤子。

加缪是不愿人们为他作传的。奥利维耶·托德也不是轻易给人作传的。然而他们两人都为对方的品质和气质所感动。后者为前者做了一部厚达800余页的传记。这部传记被欧陆学界所看好。其中包蕴着许多珍贵的历史资料，也记下了一个英年早逝的不朽作家的丰功伟绩。这个评价不为过誉。因为加缪留给人们的是可以建构新价值体系的宝贵遗产。他充满了积极向上的意志，弥漫西方世界的霸权主义、欧洲中心主义、虚无主义等风气为之一扫。他那种出淤泥而不染的品性和神话人物般的精神，展示给人们的是另一种活法：不要上帝，不要战争，不要暴力，不要帮派，不要算计，否则宁愿孤独，宁愿反抗，宁愿赴死。加缪对此恪守不渝。他自己就是一个神话，地中海之子的新神话。他本人就是一座丰碑，突破现代性弊端的里程碑。

加缪是一种价值。在加缪的诞辰和忌日，人们以各种方式纪念他。他的一生都以巨大的热忱关注生活的意义和人类的命运。人们也永远记得他的这段话："我一直坚持认为，这个世界并无超凡的意义。但是我知道这世界上的某种东西是有意义的，那就是人，因为人是唯一提出了生而有意义的生灵。"①

加缪的神话精神中一个重要的原则是"反抗"。从他的几部主要著作如《局外人》《卡利古拉》《西西弗神话》《鼠疫》《反抗者》等中，都可以发现"振作坚韧"的反抗精神。这样的应对方式是积极的、乐观的、催人奋进的。虚无主义曾经的影响很快被反抗的意义所驱逐，西方现代主义作家中的通病——幻灭感——不属于加缪。这是一种到任何时候都应称为正面的价值信念。

---

① ［法］阿尔贝·加缪：《致一位德国友人的信·第四封信》，载《加缪全集·散文卷Ⅱ》，王殿忠译，上海译文出版社2010年版，第22-23页。

（二）加缪神话精神对人文思想建设的意义

神话精神对文学、史学、哲学、艺术学、宗教学、天文学、星相学、人类学、民俗学、心理学、伦理学、政治学、经济学等学科都有挥之不去拒之常来的影响。加缪的神话精神也具备这样的作用。按体裁常规划分，他的小说《局外人》《鼠疫》《堕落》《流亡与王国》（中篇集）、《第一人》，《婚礼》，戏剧《卡利古拉》《误会》等无疑是极富特色的杰作，具有高超的艺术造诣。但是这些作品同时深深地蕴含着生动活泼、深入浅出的哲学道理。20世纪四五十年代，即使西方文化界陷入集体迷狂的状态中，加缪仍保持其一以贯之的冷静自持和独立批判意识。这种勇气和独立即使在众叛亲离的危机中仍未改弦更张。从另一个角度看，加缪思想性的论著《西西弗神话》《反抗者》被公认为是哲学类著作，这些著述与经院式哲学论著有着截然不同的论述模式。但又有谁能否定其深刻而圆润的文化价值？其哲思影响丝毫不逊色于大部头的哲学巨著，而且由于简单易读，文字简练，更容易为普通读者接受。

有学者指出，"常常被认为是加缪主要思想的荒诞哲学其实仅仅是一个出发点而已，他最重要的思想论著不是早期的《西西弗的神话》，而是1951年出版的《反抗者》；他真正重要的思想不是荒诞哲学，而是既拒绝上帝信仰、又拒绝价值虚无主义的'人间信仰'和人道主义思想，以及成熟时期关于'反抗'和'地中海思想'的深刻论述"①。在加缪的神话精神构成中，哲思是一个重要的组成部分。加缪用干净清晰到近乎简单的文字，传递足以让人有醍醐灌顶一般感觉的思想热量。加缪的神话之思，阐发的不是玄思教义，而是辟除荒诞的智慧和力量。阅读加缪，不会让人如坠云雾，在"经院式"的文字中迷惘，而是体验到清风拂面的清澈和澄明，明晰一直的困扰与疑惑。

马克思指出："任何真正的哲学都是自己的时代精神的精华。"脱离社会现实，就无法把握时代精神的精华，也不是真正的哲学，只能是一些烦琐的、经院的、教条的说教。加缪神话精神对于文化心理的意义之一就如同霍克海默对哲学所做的界定一样"把意识的光芒普照到人际关系和行为模式之上"②。

加缪是一个奇特的作家。社会学家从他那里读出对于"异化"的反击。心理学家从他那里读出对于抑郁的疗救。史学家从他那里读出由现实接通远古的神话通道。哲学家从他那里读出富有激情的哲理。文学家从他那里读到扫除

---

① 黄晞耘：《重读加缪》，商务印书馆2011年版，第3页。
② ［德］麦克斯·霍尔海默：《批判理论》，李小兵等译，重庆出版社1989年版，第243页。

阴霾的光照。爱国主义者从他那里读到突破国族狭隘的大爱思想。伦理学家从他那里读出释放正能量的人际关系……一言以蔽之，不同的读者能从他那里读出不同的启迪。有多少读者，就会有多少个加缪神话精神。

（三）加缪神话精神对当代精神生态构建的启迪

现代化的激流带来了当今社会的城市化、全球化和科技化。这些变化曾经唤起了多少人幸福憧憬。许多美好的理想都遇到了这样一个残酷的事实：人类的"精神生态"一如"铁笼囚徒"（马克斯·韦伯语）。疗救全球性的"精神病变"成了地球文明的当务之急。国内外都有不少有识之士为之殚精竭虑。学界也有建设"精神生态学"的呼吁。鲁枢元说"精神生态学"是"研究作为精神性存在主体（主要是人）与其生存的环境（包括自然环境、社会环境、文化环境）之间相互关系的学科。它一方面还关涉精神主体的健康成长，一方面关涉一个生态系统在精神变量协调下的平衡、稳定和演进"①。

神话产生于洪荒之际，自然是其最初和最重要的符号。神话从未停止过人和自然关系的探索，甚至可以说，神话面对的主要命题就是解答人与自然的关系。"当神话中用这一种感性、直观、抽象神秘的符号与图示（注：指物象与心象）来言说或建构原始先民对人与自然之间关系的片段的、零散的思想观念和逻辑法则，以表现对人与自然的原初秩序即神话秩序的整体理解，并不自觉地转化为人类的道德规范或行为范式，我们称之为神话生态伦理意象。"②这种关系随着社会和文化的日益发展，推演为人与自然、社会、文化的综合关系。

在死亡与生存角力的全新考验之际，人文学、社会学等学科都在思考精神生态危机的问题。从精神现象学的角度看，神话是迄今为止人类遇到生存考验时最有涵摄力的创造。地球先民有神话，这是一种造化。神话中蕴含了人类与自然摧折、社会压迫和心理障碍抗争的丰富资源。这一宝藏被古来许多圣贤窥知。在20世纪，也被一个叫作加缪的文学家和思想家所领悟。加缪在《介绍海尔曼·麦尔维尔》的文章中写道："这（注：指《鼠疫》）是人所能想象出来的最为惊心动魄的一个神话，写人对抗恶的搏斗，写这种不可抗拒的逻辑，终将培育起正义的人；他首先起来反对创世和造物主，再反对他的同胞和他

---

① 鲁枢元：《生态文艺学》，陕西人民出版社2000年版，第148页。
② 康琼：《中国神话的生态伦理审视》，北京师范大学出版社2014年版，第11页。

自身。"①

　　《鼠疫》不仅是故事，更是神话，它揭示人类的文化、生命都面临考验的危险境地。这种考验更需要勇气，需要智慧，需要柔韧顽强的奉献乃至牺牲精神，夸父、精卫、西西弗斯，在神话中接受考验的不止于此。加缪的神话思想与古代神话给予后人的启示一脉相承。其中的启发集中到一点，那就是唤起并提升人类应对各类危机的胆识。人们需不断思考如何与自然相处，如何与同类相处，如何与自己创造出的文化资源相处，才能营造和平共赢的局面。自然性灵随着文明的发展失去自身灵性以及人们之前投注在它们身上的神圣敬畏，开始为创造经济价值服务。过度挖掘，生态破坏，为了发展物质经济，几乎每一个文明国家都开始对自然进行过度的开发或肆意的破坏。土地、森林、山川、植被、空气这些曾给予人类繁衍生长庇护的自然生灵被肆意践踏，引发大自然激烈地报复，生态问题成为继战争之后人类最急需解决的问题被提请重视。许多有识之士和民间团体纷纷发声倡导这一问题的有效解决。加缪用其一贯精准的预言揭示了这场人与自然角力的未来："也许有一天，鼠疫会再度唤醒它的鼠群，让它们葬身于某座幸福的城市，使人们再罹祸患，重新吸取教训。"②

　　在这个预言被发出的几十年间，人类被过度开发的自然重创多次，"非典"、核泄漏、地震、海啸、埃博拉……不一而足的灾难提醒人们亟须回归对自然的尊重，避免两败俱伤的局面扩大。"环境危机日益严重、人与自然关系日益紧张的今天，我们重提神话生态伦理意象，并非是要回到史前那个茹毛饮血的时代，而且我们也回不去了，如同成年人，那快乐的童年依稀在梦中，却永远不能回去。重提或重述神话生态伦理意象，只是想向人类最初文明的源头追溯，找寻实现环境伦理学与本土文化之间的嫁接的文化因子，并期求在社会实践中能帮助人们在世俗生活的层面上渗透应有的诗性智慧，最终实现人与自然之间的和谐共生。"③这也是加缪精神在人与自然关系给予人类的疾呼。自然作为一种人类生活的独立存在，自成一格且有神秘之美。在加缪的作品中，但凡提及自然，皆笔触温柔，时而热情，时而深沉，字里行间都显示出对于自然的恭谨膜拜。加缪对于人与自然的关系持一种古典的和谐态度，希望人与自然平衡相处，与时下流行的生态写作有相同的旨归。

　　加缪的神话精神解析的是人类社会，特别是现当代社会的文明综合征。文

---

① 李玉民：《加缪生平与创作年表》，载《加缪全集·散文卷Ⅱ》，上海译文出版社2010年版，第517页。
② [法] 阿尔贝·加缪：《鼠疫》，载《加缪全集·小说卷》，刘方译，上海译文出版社2010年版，第288页。
③ 康琼：《中国神话的生态伦理审视》，北京师范大学出版社2014年版，第181页。

明综合征的疗救关系到对人与自然、社会、文化的综合关系的梳理。加缪当然知道，神话精神不是万能灵药，但是从中可以得出一些改善或重建人类关系的思想。他在批判恶性文化，他在激扬人文正气，他在各种各样的对立与竞争中寻求友善、阳光和美好的定点定位。他以其天才的敏锐和诡异的直觉，预言了欧洲的未来走向："只要欧洲不毁于战火，它就会获得重生，最后，俄国也会带着它的特性加入欧洲大家庭。"① 加缪对于黑格尔现代哲学做过如下评论："黑格尔公然写道，'唯有现代城市才为思维提供了可以意识到它自身的场所。'如今我们便生活在一个大都市的时代，这个世界被人故意截去了让它得以长存的那些东西：自然界、大海、山岭、傍晚的沉思。如今只有城市的街道上才有人在思考，因为只有城市的街道上才有历史事件发生。……人类的历史既不能解释先于它存在的自然界，也不能解释位于它之上的美……自然界始终存在着，以它的宁静天空和理性对照出人类的疯狂。"加缪的这段话表现出对于自然的推崇以及人与自然关系异化的不满。由于与现时现实契合，加缪的很多感喟成为箴言。这也是他成为越来越多年轻一代精神导师的原因。尤其在当今社会，和平与发展成为全世界的主题。无论在哪个领域，人们都在呼唤人文关怀，追求和保护人的价值和尊严，企图在历史的废墟之上，重新建立起新人文主义传统。不难看出，加缪祈愿的这个世界发展趋势，就是其梦寐以求的"地中海思想"的理想蓝图。

（四）加缪神话精神对人伦关系之重塑意义

《局外人》虽然描写了一个反抗世俗人伦关系的默尔索的形象。但加缪并非是完全摒弃人伦道德的。囿于内心对孤独日积月累深刻感受，加缪将社会的人同周围世界孤立。他所谓的人往往是孤立的，与世俗格格不入的，是不受其社会关系和生活环境制约的。他所推崇或者说执念的是一种更为真实、自由、率真表现的人伦关系。被虚伪的人际关系和异化了的人伦真情，应该还原其本真的面目。如果刻意拔高加缪对于这个问题的看法无疑是不客观的，在加缪的生平和创作中显现出的加缪，并非一个传统意义上的道德楷模，特别是在两性关系上，他风流、不相信婚姻、交往甚众。但不可否认的是，他在众多关系中都表现了真诚，甚至直率。他的岳母弗尔夫人请他"向令尊②加缪夫人转达真

---

① [法]奥利维耶·托德：《加缪传》，黄晞耘、何立、龚觅译，商务印书馆2010年版，第785页。
② 原文如此。

挚的心意",加缪打断了她的话:"没有什么加缪夫人。"① 他不需要虚伪的礼节。文明程度日盛,人们越为繁文缛节和旁枝末节所累。社会呼唤一种更为简单质朴的人际关系。

对于道德,加缪以其浪漫主义的自由思想给予抨击:"道德行为,如苏格拉底所阐明的或基督教所崇尚的那些行为,其自身是堕落的标志,想以人的映像代替有血有肉的人,它以纯属想象的和谐世界的名义谴责情欲与呼喊的世界。"对于道德束缚的摒弃,被加缪看作一种反抗方式。但此道德非彼道德,加缪真正反对的,是以道德为名的种种束缚。反抗束缚是对自由最大的敬意,也体现了古希腊神话中传承的人性自由的人本精神。为今天以人为本的社会关系准则指明方向。当今社会心态中,焦虑、抑郁、自杀等灰暗情绪充斥。但加缪依然在寻找、呼唤肯定性的价值理想和行为方式。加缪明确反对自杀,而他作品中流露出的肯定生命价值、夹缝中振作坚韧的正面情绪也与沉沦无关。

在《堕落》中,加缪抛出了一个伦理学上的选择题,这道题难倒了克拉芒斯,导致了他对自己彻底的反思。在巴黎的十一月,克拉芒斯在罗亚尔大桥见到一位少女倚栏而站,他刚刚经过,就听到扑通一声人体落水的巨响。克拉芒斯进行了激烈的思想斗争。"我停下脚步,却未回头。……我很想跑,却跑不动。我想一来是冷,二来是怕,我哆嗦不已。我琢磨着应该赶快做点什么,却觉得浑身瘫软,抵挡不住。我忘了当时想什么。'太晚,太远啦……'之类。我动弹不得,却侧耳聆听。然后我冒雨缓缓走开。我没向任何人报警。"② 这是一个"保全自己"与"施救他人"的伦理选择题。在今天的中国有着如此令人惊叹的相似性事件,即"扶不扶"问题。这看似是个"自私"与否的道德问题,但从伦理学的道德层面上讲,罔顾自己的生命安全去救一个自愿寻死的人也是不道德的。当道德问题上升到哲学层面,寻常的道德标准显然是浅层的。对于《堕落》中提出的这个问题,最关键的启示不是"救不救"或"扶不扶"的非此即彼选择,而是在伦理关系中,如何明确个体的边界,以及主流的意识形态对此有着怎样的判断。对于这种莫衷一是,事实上也很难一概而论的伦理问题,最基本的原则是对于选择人的尊重。因为传统的二元对立的思考模式认为,两个选项中势必有一个对的。但诸如"母亲妻子同时落水"这样的问题,显然做何选择都是无奈的。将道德绑架代替伦理学探求是克拉芒斯难题带来的重要启示。

---

① [法]奥利维耶·托德:《加缪传》,黄晞耘、何立、龚觅译,商务印书馆2010年版,第270页。
② [法]阿尔贝·加缪:《堕落》,载《加缪全集·小说卷》,丁世中译,上海译文出版社2010年版,第320页。

关于人类的伦理道德关系，需要有对现实的审度和清醒的认识，需要有远见，即尽可能找到回归点的观察。在全球化趋势日益明显的今天，人们身份多变、政治立场多变、文明生态多变，生活压力较之加缪时代更为严峻，惶恐与焦虑，何处不沉重？加缪的神话精神可谓一种预示，其先见之明为治疗这个时代的浮躁与焦虑提供了一剂良药。在科技时代，人们以理性和科学作为标准解释问题。加缪追问道："你们告诉我……宇宙归结为原子，而原子又归结为电子，……你们跟我谈到一个看不见的行星般的系统，其中电子围绕着一个核运动。你们用一种形象对我解释这个世界。我于是承认你们达到了诗的高度：我永远也认识不到。……这样，这种本应该教会我一切的科学就在假说中结束了，这种清醒在隐喻中沉没了，这种不确实变化为艺术作品了。"加缪的上述诘问，痛心疾首而又无可奈何。科学解释只能停留在物质层面上，却没有办法回答生命的本真和人生的意义。"如果说我能够通过科学把握现象并一一列举出来，我却并不能因此而理解这个世界。……盲目的理性徒劳地声称一切都是明确的，我一直等待着证据，并希望它有道理。尽管有那么多自命不凡的时代，那么多雄辩而有说服力的人，我却知道那是错误的。"在加缪看来，只有能够被心灵感知的世界才是真正意义上的世界："令我震动的，并不是按照人的面目缔造的世界，而恰恰是再度向人们关闭的世界。……没有生存的痛苦，就不会热爱生活。"① 诚然，加缪的神话精神无法对人类的伦理道德问题做出透彻的回答和有效的解决。但是有这样的思考，就可以生发一丝希望。至少不让人失望。

（五）加缪神话精神对战争暴力的警示意义

在世界反法西斯战争胜利70周年之际谈及加缪的神话精神，是非常适宜且有必要的。事实上，两次世界大战虽已过去几十年，但世界并没有因此而平静和平。局部的战争频繁，恐怖袭击不断。这一切都是因为对于纷争暴力的解决方式而导致的。加缪终其一生，都在呼吁和身体力行的，是一种非暴力和反对极权主义的解决方式，因而被冠以"叛徒"的骂名，饱受争议，身心俱疲。加缪通过亲身经历或所见所闻的阿尔及利亚定居者们关于流放、贫困和重生的带有神话色彩的抗争方式，来挑战阿尔及利亚以及法国乃至全世界的法西斯主义、暴力和战争。

---

① ［法］阿尔贝·加缪：《反与正》，载《加缪全集·散文卷Ⅰ》，丁世中译，上海译文出版社2010年版，第38页。

第六章
弥缝——加缪神话精神的当代意义

作为一个战争的直接受害者，加缪对于战争的仇视不言而喻。因为战争，他失去了父亲，这从事实上改写了他的一生。他的敏感，他的孤独，他对父亲这个角色穷其一生苦苦的追寻，他因缺乏安全感而将对异性的爱泛滥无度……这一切都是拜马恩河的那一次战役所赐。不论是从心理学上对父亲的渴望，还是从伦理学上对一个完整家庭的需求，加缪都可以说是一个实实在在的战争受害者。但加缪对于暴力和战争的方案显然不完全来自于个人的际遇和恩怨。他曾在手记中写道："战争爆发了。可战争究竟在哪里了？除了那些应该相信的新闻和应该浏览的布告以外，到哪里去寻找这场荒诞时间的标志？战争并不存在于阿尔及尔的碧海蓝天之间，不存在于夏日的蝉鸣声中，或者山岭的柏树林中，它显然不是跳动在阿尔及尔街道上的那道年轻的阳光。……再过一阵，大概就会见到泥浆、鲜血和无数令人恶心的场面。"① 这种对战争和暴力的厌弃更多的是来自于对生命的珍视，对和谐的依恋，对自由的推崇。加缪曾经说过："我历来谴责恐怖活动，我必须也谴责比如说在阿尔及利亚街头盲目肆虐的恐怖活动，这种恐怖主义也许有一天会落在我母亲或者我的亲人身上。我相信正义，但是在捍卫正义之前，我先要保卫我的母亲。"② 这是对于人性的关爱，对于人类命运的痛惜。

加缪对于暴力、杀戮等用自己的方式进行过多种反抗。除却他形式多样，恳切真挚的停战呼吁外，他的作品也是他进行反抗的方式之一。在加缪的戏剧作品中，常常对杀戮、暴政、仇恨、贫困有着极致的描写。如在《卡利古拉》中，卡利古拉犯下的罪行："帕特里西乌斯，他没收了你的财产。西皮翁，他杀害了你父亲。奥克塔维乌斯，他夺走了你妻子，收在他开的妓院里，现在让她接客。勒皮杜斯，他杀害了你儿子。"③ 在《误会》中玛尔塔说："他沉到河底了。昨天夜里把它麻醉之后，是我和我母亲把他抬去的。他没有遭罪，但终归死了。是我们，我和我母亲把他害死了。"④ 这样的描述方式，其所达到的艺术效果，与法国戏剧家安托南·阿尔托的残酷戏剧理论有一定的相似性。德里达认为阿尔托的"残酷戏剧将上帝赶出了舞台。它并没有将一种新的无神论话剧搬上舞台，它没有让无神论发言，它也没有将戏剧空间让给某种由于我

---

① [法] 奥利维耶·托德：《加缪传》，黄晞耘、何立、龚觅译，商务印书馆 2010 年版，第 206 页。
② [美] 埃尔贝·R. 洛特曼：《加缪传》，肖云上、陈良明、钱培鑫等译，漓江出版社 1999 年版，第 671 页。
③ [法] 阿尔贝·加缪：《加缪戏剧作品·卡利古拉》，载《加缪全集·戏剧卷》，李玉民译，上海译文出版社 2010 年版，第 21 页。
④ [法] 阿尔贝·加缪：《误会》，载《加缪全集·戏剧卷》，李玉民译，上海译文出版社 2010 年版，第 112 页。

们最深的疲倦而重新宣布上帝之死的哲学化逻辑"①。对于阿尔托来说，戏剧是一个有效的渠道，通过为观众表现现实的暴力来消除多余的、没用的东西。他希望通过神秘和夸张的文字、符号和身体语言来表现生活中的禁忌：比如谋杀，自杀和乱伦等。戏剧不是逃离现实，而是深刻反映、去激化现实的残酷和恐怖，以便将戾气和多余的力比多以合理的方式宣泄。加缪与阿尔托某种程度上采用相似的戏剧手法，力求在作品中创造生活极度困顿和令人战栗的恐怖，使观众达到身临其境的感觉。加缪的作品所营造出的恐惧感，会构建观众反对虚无主义、暴政和社会瓦解的概念。而这些美学策略，即使很少有人承认，但其实对理解加缪在阿尔及利亚和法国的政治立场来说是至关重要的。

For Artaud, the theatre should be alchemical, transforming the audience in a performance that supplemented a violent reality in purging excess. He sought to transform words, signs and the body itself upon the stage, through sacred incantation, mystification and the violent exploding of taboos, such as murder, suicide and incest. The theatre was not a retreat from reality, but its cruel and terrifying intensification. And it was initially in the specific context of a politically volatile colonial Algeria that Camus, appropriating aspects of Artaud's dramaturgy, sought to create in his works an immersive spectacle of collective destitution and Artaudian terror. This terror would, according to Camus, reconstitute his audience against the nihilism, tyranny and social dissolution of his era. And these aesthetic strategies, if seldom acknowledged, are crucial to understanding his political writings both on Algeria and on France. In this present era, with its own "War against Terror", when his voice is once again called upon in Anglo-American writing as the timeless voice of moderation against terrorism and totalitarianism, a historical examination of Camus's own aesthetics of terror has become all the more vital, and timely.②（对于阿尔托来说，戏剧是一个炼丹炉，是一个为观众表现现实的暴力来消除多余没用的东西的地方。他希望通过神圣的咒语，神秘和夸张化表现禁忌，比如谋杀、自杀和乱伦的方法在舞台上把文字，符号和身体转化为舞台表演。戏剧不是逃离现实，而是深刻反映、去激化现实的残酷和恐怖。最初是在政局动荡的殖民地阿尔及利亚的特定背景下，加缪借用阿尔托的戏剧手法，力求在作品中创造集体

---

① ［法］德里达：《残酷戏剧与再现的关闭》，载德里达《书写与差异》，张宁译，生活·读书·新知三联书店2001年版，第422页。
② Christopher Churchill. Camus and Theatre of Terror：Artaudian Dramaturgy and Settler Society in the Works of Albert Camus. 梁紫晴译. Modern Intellectual History, 2010. 7：93.

极度贫困和阿尔托式的恐怖来达到身临其境感觉。在"世界反对恐怖主义"的当代,加缪的观点作为适度打击恐怖主义和极权主义的永恒的声音在英美写作中被再次提起。加缪的恐怖审美接受历史的考验正成为一件至关重要,迫在眉睫的事情。)

在战争的狂热冲击至每一个角落的时候,需要的是加缪这样冷静而独立的思考者,对战争说不。"他既反对纳粹和法西斯的帝国主义,也反对'革命的帝国主义'。在1939年那个时期,有多少左翼人士敢于写下(即使他们是这么想的)'今天的苏联已经成为凶狠贪婪的国家'这样的话?"① 加缪的时代是一个人类生存的荒诞状态似乎已经达到顶峰的时代。第二次世界大战,集中营,一个被占领的法国和维希傀儡政权,冷战,苏联的崛起和他的镇压战略,美国和麦卡锡主义,等等。除这些之外,在战后法国,处死那些曾经在战争中和纳粹合作过的人是一个很平常的举措。加缪认为在这个荒诞的时代,政治不是第一次也不是唯一一次控制道德,事实上在历史上,似乎后者总是服从于前者的。在《反叛者》中,加缪痛斥了这些反对人性的残暴行径,并提出用和谐反抗暴行的主张。加缪认为,人必须有判断是非的清醒意识,有能力与智慧将说"不"与说"是"放在同等重要的位置,才能够在正确与谬误之间进行正确地选择。这种主张在狂热的时代显得不合时宜,因而遭受的都是责难、讽刺和痛斥。尽管如此,这个单薄的声音在时代发展的过程中越来越振聋发聩,促使人们不禁停下来认真思考,这样的提议是否有被忽视的意义。

战争是什么?为什么会发生战争?这是两个非常宏大的话题,也是莫衷一是的两个话题。站在不同的立场上,可能会得出不同的结论。事实上,从人类有历史记载开始,就是一部战争史。但无论这部历史的执笔者是谁,恐怕都无法忽视这样的现实,那就是战争无论输赢,对于人类都是戕害,对人性都是摧残。也许《鼠疫》中的那段话,是加缪最真实的想法所在:"他们对我说,为了实现没有人杀人的世界,死那几个人是必要的。在某种意义上来说,这是对的,不过,无论如何,我恐怕都不可能再坚持这样的真理了。"② 在冷兵器时代,躲避战争的方式是迁徙,在现代的战争环境下,无所谓前方后方,没有人可以做到隔岸观火,独善其身。特别是恐怖袭击已发生至每一个城市和角落的时候,对暴行说"不"应该成为有责任感的现代人义不容辞的义务。

---

① [法]奥利维耶·托德:《加缪传》,黄晞耘、何立、龚觅译,商务印书馆2010年版,第216页。
② [法]阿尔贝·加缪:《鼠疫》,载《加缪全集·小说卷》,刘方译,上海译文出版社2010年版,第246-247页。

结　　语

　　写完这本论文，有一种恍如隔世之感。一方面，笔者潜心、醉心、痴心地追踪神话式人物加缪，不知不觉中进入了古希腊神话世界，进入了与现实世界抗争的局内局外世界，进入了一种别样的地中海时空。这是一种独特的、美妙的感受。另一方面，加缪的嬉笑怒骂，他的悲欢离合，他的生死去留，都把笔者的思绪拖回了沉重的现实世界，"地中海之子"的文化底蕴，他的倔强果决，他的豪爽率直，他的口诛笔伐，他的毫不妥协……都在不断地让人深思，使人浮想联翩，欲罢不能。总之，两个世界在凸显而又遮蔽着加缪，在吸引却又拒斥着每一个念头。笔者的探幽未必算得上览胜，但毕竟在加缪的两个世界中做了一次探险……

　　神话意识作为一种文学意象，是创作者在大脑中构思的文学模型、文学蓝图。它作为一种稳定和固化的心理模式，是创作者借助记忆与想象，对曾经体验过的情绪感受的回味与提炼，和对某种未实现的理想的憧憬与向往。加缪在对神话意识、神话意象的综合把握的基础之上生成其独特的精神特质。这种精神特质可以被称作加缪的神话精神。加缪的神话精神其文化品格根源于地中海精神和古希腊文化，以乐观、和谐、人本主义作为其精神内核；在阿尔及利亚问题上的思辨探索，存在主义思潮的接收扬弃，荒诞哲学的立论阐发作为其催发要素，结合加缪悲悯善感的个人特质综合形成。对加缪来说，古希腊文化和地中海阳光赋予其灵性，夹缝中的生活和现实中的苦难沉淀其灵魂，这些人生行李共同铸就了加缪的艺术特质。

　　加缪的神话意识渗透在他的血液中，凝练在他的文字里，在加缪的世界中，刻板的秩序、神圣的上帝，都是无谓而荒谬的。在他平静的表述之下，奔涌的是激情的反抗与坚定的勇气。面对人类恒常不变的命运，不期而至的灾难，迷茫痛苦的现状，意义匮乏的精神，唯有这种激情的反抗与坚定的勇气，才是拯救自身于水火的力量。这种力量来自于神话，来自于蒙千万年历史尘埃仍熠熠生辉的神话，因为神话回归至历史中最绝对的真实，反映人类最原初的本能，是人类心理中最恒定的动力因素。正如马克·肖勒在《威廉·布莱克的政治远见》一书中讲的那样："神话是一切之本，它戏剧性地表现了我们隐藏最深的本能生活和宇宙中人类的原始认识;它具有许多想象构造力,而所有独特的思想和见解都基于这些构造力。"①构筑在对于神话如此地位的认知基础之上,加缪的神话意识对其本人才有了基础和源泉的价值意义。

对于像加缪这样的现代作家来说,神话成为他们构造文学作品必不可少的组织原则之一。对神话的热爱倾心不仅是形式的、结构的,同时也是内容的、精神的。如果说科技时代不能再为人类提供一个赖以信仰的生存乐园,那么可以通过艺术,通过艺术对神话的触摸和召唤,为人类重新找回沉睡湮没于历史尘埃之下的神圣。用神话来治愈文明冲击带给现代人的精神危机感和失落感,成为加缪们孜孜不倦、梦寐以求的目标。加缪的哲学思考、文学创作以及人生信仰,从不同层面展现了一个当代智者的精神生活状态和心灵世界。

加缪的神话意识体现在对神话传统精神的继承和新神话的延续创作上。加缪对神话传统的继承主要通过以下方式:一是直接引用神话中的元素和典故;二是提炼神话含义投射于作品之中;三是神话成为一种意象,内化为作家的思维范式。在加缪的作品中,频繁使用神话中的元素。同时,更为强大的神话意象则在加缪的意识中发挥了重要的作用,使他的作品、人生、思考都呈现出一种神话的审美观照。加缪的神话意识就是这些神话结构、符号、元素、意象在个体创作和思考方面的综合体现。加缪神话意识的价值和意义在于,它不仅继承了古典神话中结构、元素、思维等要素,还创造了文明社会的新神话,以新的存在范式和符号象征赋予神话现代意味。在工业文明膨胀的时代,工具理性对人类情感挤压侵占,导致人类精神家园的迷失,整个社会呈现意义缺失,精神迷茫的虚无主义倾向。加缪以对生活和人性复杂性的准确把握,携古典的浪漫情怀,持有度反抗之态度,针对现代文明异化进行神话创作,对文明强权进行奋力反抗,由此开启了一个神话的新传统。

加缪用《鼠疫》回顾了人类的苦难深重;用《西西弗神话》和《反抗者》表明了与荒谬世界坚定而节制的对峙态度;用《误会》泣诉人类心底深处的家园情结与命运不可挣脱的魔力;《局外人》跳脱文明辖制的自由呐喊振聋发聩;《卡利古拉》揭示了人类最隐秘最无奈的归宿;《堕落》对于人性给出了最鞭辟入里的剖析;在散文中,加缪用唯美诚挚的笔触膜拜了希腊、自然和美;在政论文中,加缪用当代英雄的坚守和执着讲述了勇敢与真……加缪的创作,是完整而伟大的神话创作,而这一切源自于他对人类命运的深沉爱恋。"一个作家可能拥有屈辱的人生,也可能拥有平常甚至体面的人生,无论怎

---

① 威尔弗雷德·L. 古尔灵、厄尔·雷伯尔、李·莫根、约翰·R. 威灵厄姆:《文学批评方法手册》,姚锦清、黄虹炜、叶宪、邹溱译,春风文艺出版社 1988 年版,第 214 页。

样，他都必须为全世界的屈辱和厄运担当情感痛苦。"① 日常生活的普通甚至失意不是衡量一个伟大思想者的标准，他的伟大与深邃体现在心灵，体现在他观察世界的敏锐度与角度上。加缪找到了神话这样的精妙的观察和思考视角，他与神话的融合如此完美，他自己也对此有准确的定位："他更多地将自己之前的作品理解为神话，他在1950年写道：'我不是那种人们眼中的小说家，我更多的是一位以自身热情及忧思创造神话的艺术家。'同样地，他在评价自己的第一部小说的主题时就说道：'局外人既不是现实的也不是幻想的。我在当中看到更多的是一个透过时代血肉和热度所展现的神话。'"②

人类从开始对世界和自然进行探索之初，就通过神话不断进行着弥合心理裂变和化解现世困惑的尝试与努力。世事变迁，当物质文明的充盈填补了生活的物质需求，科技文化解释了自然的部分奥秘和规律，心灵和精神的黑洞却日益扩张。人们甚至比以往更需要神话，以及由其衍生的神话意识和神话精神。现代神话的回归浪潮正是基于神话的弥合作用的现代尝试。神话的心理补偿机制可以给处于情感荒漠和焦虑漩涡的现代人以安慰和平复。

加缪携神话而来的是隽永而不朽的人性光辉。只要人类存在人性精神的需要和对心灵的关怀，加缪的思想就永远不会过时。在充沛的人类热爱和自然追寻的过程中，加缪所表现出的对于意义的探寻，价值的确认，使他在世界观念和人生信仰及政治理念等方面都呈现了"传统"的样态。在工业文明湮灭自然和谐，信息爆炸间隔人间距离的时代，"传统"并不代表价值判断，而是代表了人性回归的怀旧意识。加缪所持有的隽永思想和人文精神是在工业文明和工具理性中迷失的现代人类所追寻的精神家园和心智救赎。加缪对于神话的反思以及他对其所赋予的含意，超越个人并阐明人类共同的境遇。这是他所处的时代对他提出的要求，更是加缪本着对人类无上的敬意和热爱，以其天才的敏锐性和观察力，对生存的有限性和人性罪恶的体察，倾注全部心力铸就的精神献礼。

在收笔之际，笔者也有着清晰的自知，作为一个有着无穷潜力而且尚未被完全开发的领域，加缪研究是一个未完待续的漫长过程。汉斯·罗伯特·尧斯曾说过："后世人之所以关心过去时代的某些文学作品或过去文学已提出的某些问题，最主要的动力是人们的现实兴趣。"③ 加缪虽然在半个世纪之前奔走呼号，但他所处的时代及时代问题至今仍困扰当代人，与今天的生活有暗合之

---

① 摩罗：《悲悯情怀》，中国青年出版社2008年版，第99页。
② Joseph Jurt. Le mythe d'Adam. Le Premier Homme d'Albert Camus. 邓家盛译. Sonderdrucke aus der Albert-Ludwigs-Universität Freiburg. 2002：308.
③ 刘庆璋：《欧美文学理论史》，福建教育出版社1995年版，第692页。

处：世界局势动荡，不安定因素暗潮涌动，变革脚步匆匆，人们迷茫依旧。对于中国来说，处于转型时期，物质日益充盈，心灵却常陷空虚。工业文明和工具理性攻城略地，使意义和信仰无处容身……对于中国学者来说，"站在中国的大地上，提出真正属于中国的问题"① 是急迫而切实的需求。所以加缪研究不止于文学探索，更是一种现实思考。加缪神话精神有积极的现实情怀，对当代社会的价值体系构建、人文思想建设、精神生态构建、人伦关系重塑、战争暴力恐怖事件的处理等方面都有积极的当代意义。

伊丽莎白·豪斯女士在她所著的加缪传记中说："在写作的过程中，我深深地爱上了他。那种爱不是那种唯一意义上的浪漫爱情——过于热切的渴望交织着永远做不完的白日梦——而是某种更为深刻的感情，就像是两个灵魂的结合。"② 这应该是所有做作家研究的研究者们都会面临的问题，即如何保持学术的中立，而不过多有感情的倾斜。笔者尽量保持自己的学术中立，但始终认为，如果没有对自己的研究对象充满兴趣甚至感情，也许没法更为深入的理解这个立体的人所包蕴的深刻的内涵，而况且是加缪这样的有着深邃思想的天才。当然在写作的过程中如何让感情的偏倚更为客观和中立是非常考验人性的。

今天本研究所做的所有解读都是建立在自我阐释基础之上的二次接受，不乏贸然揣测之嫌疑。且这种解读囿于笔者个人自身局限，欠缺之处在所难免。希望对于这个时代热切关注、对于人类常怀热爱的学者能共同关注关于加缪的学术讨论，使意义隽永，价值永驻。

---

① 摩罗：《悲悯情怀》，中国青年出版社 2008 年版，第 86 页。
② ［美］伊丽莎白·豪斯：《加缪，一个浪漫传奇》，李立群、刘启升译，中国人民大学出版社 2011 年版，第 1 页。

参 考 文 献

一、中文文献

［1］［德］阿诺德·盖伦. 技术时代的人类心灵：工业社会的社会心理问题［M］. 何兆武，译校. 上海：上海科技教育出版社，2003.

［2］［美］埃尔贝·R. 洛特曼. 加缪传［M］. 肖云上，陈良明，钱培鑫，等译. 桂林：漓江出版社，1999.

［3］［美］埃里克·吉尔伯特，乔纳森·T. 雷诺兹. 非洲史［M］. 黄磷，译. 海口：海南出版社，三环出版社，2007.

［4］［法］迪迪埃·埃里蓬. 今昔纵横谈：克劳德·列维-斯特劳斯［M］. 袁文强，译. 北京：北京大学出版社，1997.

［5］北京大学哲学系外国哲学史教研室. 古希腊罗马哲学［M］. 北京：商务印书馆，1961.

［6］陈建宪. 神祇与英雄［M］. 北京：生活·读书·新知三联书店，1994.

［7］［日］大林太良. 神话学入门［M］. 林相泰，贾福水，译. 北京：中国民间文艺出版社，1988.

［8］［美］戴维·利明，埃德温·贝尔德. 神话学［M］. 李培茱，等译. 上海：上海人民出版社，1990.

［9］代显梅. 超验主义时代的旁观者——霍桑思想研究［M］. 北京：社会科学文献出版社，2013.

［10］［美］丹尼尔·贝尔. 资本主义文化矛盾［M］. 蒲隆，译. 北京：生活·读书·新知三联书店，1989.

［11］［德］恩斯特·卡西尔. 人论［M］. 甘阳，译. 上海：上海译文出版社，1985.

［12］［德］恩斯特·卡西尔. 神话思维［M］. 黄龙保，周振选，译. 北京：中国社会科学出版社，1992.

［13］［加］诺斯洛普·弗莱. 现代百年［M］. 盛宁，译. 沈阳：辽宁教育出版社，1998.

[14] [加] 诺斯洛普·弗莱. 批评的解剖 [M]. 陈慧，袁宪军，吴伟仁，译. 天津：百花文艺出版社，2006.

[15] [奥] 弗洛伊德. 文明及其缺憾 [M]. 车文博，主编. 北京：九州出版社，2014.

[16] 高乐田. 神话之光与神话之镜——卡西尔神话哲学的一个价值论视角 [M]. 北京：中国社会科学出版社，2004.

[17] 郭宏安. 从蒙田到加缪：重建法国文学的阅读空间 [M]. 北京：生活·读书·新知三联书店，2007.

[18] [德] 海德格尔. 时间与存在 [M]. 陈嘉映，王庆节，译. 北京：生活·读书·新知三联书店，2012.

[19] [美] 伊丽莎白·豪斯. 加缪，一个浪漫传奇 [M]. 李立群，刘启升，译. 北京：中国人民大学出版社，2012.

[20] 黄晞耘. 重读加缪 [M]. 北京：商务印书馆，2011.

[21] 黄悦. 神话叙事与集体记忆：《淮南子》的文化阐释 [M]. 广州：南方日报出版社，2010.

[22] [英] 艾瑞克·霍布斯鲍姆. 极端的年代：1914—1991 [M]. 郑明萱，译. 南京：江苏人民出版社，1998.

[23] [法] 阿尔贝·加缪. 加缪全集·散文卷Ⅱ [C]. 王殿忠，译. 上海：上海译文出版社，2010.

[24] [法] 阿尔贝·加缪. 加缪全集·散文卷Ⅰ [C]. 吕永真，译. 上海：上海译文出版社，2010.

[25] [法] 阿尔贝·加缪. 加缪全集·小说卷 [C]. 刘方，译. 上海：上海译文出版社，2010.

[26] [法] 阿尔贝·加缪. 加缪全集·戏剧卷 [C]. 李玉民，译. 上海：上海译文出版社，2010.

[27] [法] 阿尔贝·加缪. 戏剧集（美国版）序言 [A]. 加缪全集·戏剧卷 [C]. 李玉民，译. 石家庄：河北教育出版社，2002.

[28] [法] 阿尔贝·加缪. 加缪全集·散文卷Ⅱ [C]. 王殿忠，译. 石家庄：河北教育出版社，2002.

[29] [法] 阿尔贝·加缪. 西西弗的神话 [M]. 刘琼歌，译. 北京：光明日报出版社，2009.

[30] [法] 阿尔贝·加缪. 置身于苦难与阳光之间 [M]. 杜小真，顾嘉琛，译. 上海：上海三联书店，1997.

[31] [法] 阿尔贝·加缪. 致一位德国友人的信·第四封信 [C]//加缪全

集·散文卷Ⅱ. 王殿忠，译. 上海：上海译文出版社，2010.

[32] 蒋传红. 罗兰·巴特的符号学美学研究［M］. 镇江：江苏大学出版社，2013.

[33] ［德］恩斯特·卡西尔. 语言与神话［M］. 于晓，等译. 北京：生活.读书.新知三联书店，1988.

[34] 康琼. 中国神话的生态伦理审视［M］. 北京：北京师范大学出版社，2014.

[35] ［美］W. 考夫曼. 存在主义［M］. 孟祥森，刘崎，陈鼓应，译. 北京：商务印书馆，1987.

[36] ［俄］尼·库恩. 希腊神话［M］. 朱志顺，译. 上海：上海译文出版社，2006.

[37] ［法］罗兰·巴特. 神话——大众文化诠释［M］. 许蔷蔷，等译. 上海：上海人民出版社，1999.

[38] ［法］罗歇·格勒尼埃. 阳光与阴影——阿尔贝·加缪传［M］. 顾嘉琛，译. 北京：北京大学出版社，1997.

[39] ［美］罗纳德·阿隆森. 加缪和萨特：段传奇友谊及其崩解［M］. 章乐天，译. 上海：华东师范大学出版社，2005.

[40] ［美］理查德·坎伯. 加缪［M］. 马振涛，杨淑学，译. 贾安伦，校. 北京：中华书局，2002.

[41] 栾栋：感性学发微［M］. 北京：商务印书馆，1999.

[42] 李军. 加缪在中国的译介与研究［J］. 山东社会科学，2008（21）：110 - 114.

[43] 李元. 加缪的新人本主义哲学［M］. 上海：上海社会科学院出版社，2007.

[44] ［德］利奇德. 古希腊风化史［M］. 杜之，常鸣，译. 沈阳：辽宁教育出版社，2000.

[45] ［德］汉斯·利希特. 古希腊人的性与情［M］. 弗里兹，英译. 刘岩，等中译. 桂林：广西师范大学出版社，2008.

[46] 李玉民. 加缪生平与创作年表［C］//加缪全集·散文卷Ⅱ. 王殿忠，译. 上海：上海译文出版社，2010.

[47] 李元. 加缪的新人本主义哲学［M］. 上海：上海社会科学院出版社，2007.

[48] ［法］路先·列维-布留尔. 原始思维［M］. 丁由，译. 北京：商务印书馆，1981.

[49] [法] 克劳德·列维-斯特劳斯. 结构人类学 [M]. 陆晓禾，黄锡光，等译. 北京：文化艺术出版社，1989.

[50] 林玮生. 论希腊神话的伦理缺位 [J]. 长江大学学报（社会科学版），2007 (2)：11 - 14.

[51] 柳鸣九，沈志明. 加缪全集（第 2 卷） [C]. 石家庄：河北教育出版社，2002.

[52] 柳鸣九. 从选择到反抗——法国二十世纪文学史观（五十年代——新寓言派） [M]. 上海：文汇出版社，2005.

[53] 刘小枫. 尼采在西方 [M]. 上海：华东师范大学出版社，2014.

[54] 罗伯特·西格尔. 约坎贝尔的神话理论 [C]//阿兰·邓迪斯，编. 西方神话学论文选. 朝戈金等译. 上海：上海文艺出版社，1994.

[55] 鲁枢元. 生态文艺学 [M]. 西安：陕西人民出版社，2000.

[56] 鲁迅. 鲁迅全集 [M]. 北京：人民文学出版社，2005.

[57] 马克思恩格斯选集 [C]. 北京：人民出版社，1966.

[58] [德] 马克斯·韦伯. 学术与政治 [M]. 冯克利，译. 北京：生活·读书·新知三联书店，1998.

[59] [俄] 叶·英·梅列金斯基. 神话的诗学 [M]. 魏庆征，译. 北京：商务印书馆，1990.

[60] 米兰·昆德拉. 无知 [M]. 许钧，译. 上海：上海译文出版社，2011.

[61] 摩罗. 鲁迅比我们多出什么. 鲁迅研究月刊 [J]. 1998 (3)：4 - 5.

[62] [德] 尼采. 悲剧的诞生：尼采美学文选 [C]. 周国平，译. 上海：上海人民出版社，2009.

[63] [德] 尼采. 悲剧的诞生 [M]. 周国平，译. 桂林：广西师范大学出版社，2002.

[64] [美] 特伦斯·欧文. 古典思想 [M]. 覃方明，译. 沈阳：辽宁教育出版社，1998.

[65] 潜明兹. 中国神话学 [M]. 上海：上海人民出版社，2008.

[66] 邱运华. 文学批评方法与案例 [M]. 北京：北京大学出版社，2005.

[67] [瑞士] 卡尔·荣格. 象征生活 [M]. 储昭华，王世鹏，译. 北京：国际文化出版公司，2011.

[68] [瑞士] 卡尔·荣格. 心灵和象征 [C]//西方文学方法评介. 赖干坚，编. 厦门：厦门大学出版社，1986.

[69] [法] 萨特. 阿尔贝·加缪 [C]//萨特文集（第 7 卷）. 沈志明，艾珉，主编. 北京：人民文学出版社，2000.

[70] [美] S. E. 斯通普夫, J. 菲泽. 西方哲学史：从苏格拉底到萨特及其后 [M]. 匡宏, 邓晓芒, 等译. 上海. 世界图书出版公司, 2009.
[71] [法] 奥利维邪·托德. 加缪传 [M]. 黄晞耘, 何立, 龚觅, 译. 北京：商务印书馆, 2010.
[72] 王洪琛. 加缪的思想世界 [M]. 桂林：广西师范大学出版社, 2012.
[73] 王逢振. 诺贝尔文学奖辞典 [C]. 桂林：漓江出版社, 1997.
[74] 王坤庆. 精神与教育 [M]. 上海：上海教育出版社, 2002.
[75] 王宁. 诺贝尔文学奖获奖作家谈创作 [C]. 北京：北京大学出版社, 1987.
[76] 王孝廉. 中国的神话世界 [M]. 北京：作家出版社, 1991.
[77] 汪晖. 反抗绝望——鲁迅及其文学世界 [M]. 石家庄：河北教育出版社, 2000.
[78] [美] 魏伯·司各特. 西方文艺批评的五种模式 [M]. 蓝仁哲, 译. 重庆：重庆出版社, 1988.
[79] [美] 威尔弗雷德·L. 古尔灵, 厄尔·雷伯尔, 李·莫根等. 文学批评方法手册 [C]. 姚锦清, 黄虹炜, 叶宪, 邹溱, 译. 沈阳：春风文艺出版社, 1988.
[80] [法] 让-皮埃尔·韦尔南. 古希腊的神话与宗教 [M]. 杜小真, 译. 北京：商务印书馆, 2015.
[81] [意] 维柯. 新科学 [M]. 朱光潜, 译. 北京：人民文学出版社, 1986.
[82] 吴持哲. 诺思洛普·弗莱文论选集 [C]. 北京：中国社会科学出版社, 1997.
[83] 吴晓群. 希腊思想与文化 [M]. 上海：上海社会科学院出版社, 2012.
[84] 萧红, 俞芳, 等. 我记忆中的鲁迅先生——女性笔下的鲁迅 [M]. 石家庄：河北教育出版社, 2000.
[85] 谢选骏. 神话与民族精神——几个文化圈的比较 [M]. 济南：山东文艺出版社, 1986.
[86] 徐真华, 黄建华. 文学与哲学的双重品格：20 世纪法国文学回顾 [M]. 上海：上海外语教育出版社, 2008.
[87] 徐志摩. 志摩的诗 [M]. 南京：江苏文艺出版社, 2009.
[88] 杨利慧. 神话一定是"神圣的叙事"吗？——对神话界定的反思 [J]. 民族文学研究, 2006 (3)：81-87.
[89] 叶舒宪. 神话—原型批评 [M]. 西安：陕西师范大学出版总社有限公司, 2011.

[90] 叶舒宪. 新神话主义与文化寻根 [N]. 人民政协报. 2010 – 07 – 12, C03.

[91] 余乔乔. 加缪作品中的荒诞哲理 [J]. 中国社会科学院研究生院学报. 2002 (4): 72 – 75, 111.

[92] 袁珂. 从狭义的神话到广义的神话 [C]//袁珂神话论集. 成都: 四川大学出版社, 1996.

[93] 袁筱一. 文字·传奇: 法国现代经典作家与作品 [M]. 上海: 复旦大学出版社, 2008.

[94] 张金丽. 神话: 一种不可忽视的教育资源 [D]. 济南: 山东师范大学, 2008.

[95] 张茂军. 加缪, 一个对抗荒诞的反抗者——加缪文学思想研究 [M]. 成都: 西南交通大学出版社, 2013.

[96] 张容. 加缪——西绪福斯到反抗者 [M]. 长春: 长春出版社, 1995.

[97] 张容. 形而上的反抗——加缪思想研究 [M]. 北京: 社会科学文献出版社, 1998.

[98] 张缨. 多恩的内在承继与思辨书写 [M]. 广州: 世界图书出版广东有限公司, 2014.

[99] 中国科学院语言研究所词典编辑室. 现代汉语词典 [M]. 北京: 商务印书馆, 1973.

[100] [英] 托尼·朱特. 责任的重负: 布鲁姆、加缪、阿隆和法国的 20 世纪 [M]. 章乐天, 译. 北京: 中信出版社, 2014.

[101] 周作人. 知堂书话 [M]. 钟叔河, 编订. 长沙: 岳麓书社, 2016.

二、外文文献

[1] Aidan Curzon-Hobson. Confronting the Absurd: An educational reading of Camus' The stranger [J]. Educational Philosophy and Theory, 2013, 45 (4): 461 – 474.

[2] Aidan Curzon-Hobson. Extending the Contribution of Albert Camus to Educational Thought: An analysis of The Rebel [J]. Educational Philosophy and Theory. 2014, 46 (10): 1098 – 1110.

[3] Alan W. Woolfolk. The Dangers of "Engagement": Camus' Political Esthetics [J]. Contemporary Literary Criticism, 2000, 124.

[4] Angel López-Santiago. Albert Camus' political thought: from passion to compas-

sion [D]. The City University of New York. 2014.
[5] Brent C. Sleasman. Meeting the Absurd: Camus and the Communication Ethics of the Everyday [D]. McAnutlty College. December 2007.
[6] Camilla Mryglod. The Sacred Flesh: On Camus's Philosophy of the Body [D]. McMaster University. January 2010.
[7] Caroline Sheaffer-Jones. A Deconstructive Reading of Albert Camus' Caligula: Justice and the Game of Calculations [J]. Australian Journal of French Studies, 2012, 49 (1): 32 – 42.
[8] Nathan A. Cervo. Camus' the Plague [J]. Explicator 2003, 62 (3): 169 – 172.
[9] Chad Justin Pearson, B. S., M. F. A. Confronting the Void: Murder and Authenticity in Existentialist literature [D]. The University of Texas at Dallas. December, 2006.
[10] Christopher Churchill. Camus and the Theatre of Terror: Artaudian Dramaturgy and Settler Society in the Works of Albert Camus [J]. Modern Intellectual History, 2010, 7 (1): 93 – 121.
[11] Christopher D. Love. Creating Tragic Spectators: Rebellion and Ambiguity in World Tragedy [D]. The University of Michigan. 2009.
[12] Christine Margerrison, Mark Orme, Lissa Lincoln. Albert Camus in the 21st Century: A Reassessment of His Thinking at the Dawn of the New Millennium [M]. Rodopi, 2008.
[13] Daniel Jon Friedman. Pedagogies of Resistance [D]. Yale University, 2004.
[14] Doyle Bruce Decker. The Liberation Humanism of Albert Camus [D]. California State University Dominguez Hills, 2010.
[15] Emmanuelle Anne Vanborre Martinvalet. A Travers Blanchot: Nouvelles Lectures De Malraux Et Camus [D]. Boston College. May 2007.
[16] Fakhri Ahmed Grine. From Isolation to Whole Sight: A Study of Humanist Existentialism in John Fowles, Albert Camus, and Jean-Paul Sartre [D]. The Pennsylvania State University, 1987.
[17] Hillary Ione LaMont. The Existence of Dualistic Absurdism: Presented by Albert Camus and Generatively Absented by Edward Albee [D]. Indiana University of Pennsylvania. August 2012.
[18] Jacques Le Marinel. Camus Et Les Mythes Grecs [J]. Revue Dhistoire Littéraire France. 2013, 113 (4): 797 – 805.

[19] Jason Ryan Herbeck. Awakening Routinists: Consciousness, Quest and Albert Camus [D]. The University of Wisconsin-Madison. 2002.

[20] Jennifer Aileen Orth-Veillon. Ignazio Silone, Albert Camus, and Manès Sperber: Writing Between Stalinism and Fascism [D]. Université de Paris. 2011.

[21] Joan Parkin. The Art of Politics and the Politics of Tragedy [D]. The City University of New York. 2006.

[22] Joanna R. Gill. Between Rejection and Redemption: Representations of the Father in Sartre, Beauvoir, Genet, and the Camus, 1939 – 1949 [D]. The University of Michigan. 2006.

[23] Joe Holman. Excavating Textual Anticipations of Michel Foucault's Power/Knowledge from the Writing of Albert Camus [D]. California State University Dominguez Hills. Summer 2004.

[24] John Foley. Albert Camus: from the absurd to revolt [M]. Acumen Publishing Ltd, 2008.

[25] John H. Gillespie. Mythes, métaphores et métaphysique : le drame du *Mythe de Sisyphe* [J]. Synergies *Inde* n° 5 – 2010 pp. 87 – 103.

[26] Jonathon William Schramm. Historical Legacies, Competition and Dispersal Control Patterns of Invasion by A Non-native Grass, *Microstegium Vimineum* Trin. (A. Camus) [D]. The State University of New Jersey. May 2008.

[27] Jorge Lizarzaburu. Albert Camus and Absurd Communication: From Ündecidability to Ubercommunication [D]. University of Colorado. 2010.

[28] Joseph Jurt. Le mythe d'Adam: *Le Premier Homme* d'Albert Camus [J]. Sonderdrucke aus der Albert-Ludwigs-Universität Freiburg. 2002.

[29] Kevin Michael Watson. Philosophy and the Confessional Novel: A Critical Confession Analysis [D]. Purdue University. December 2011.

[30] Kimberly Lewis. Version of Engagement: A Journal, The Novel, And Postwar Italy and France [D]. The University of Chicago. August 2007.

[31] Lissa Lincoln. Le Juste Chez Camus [D]. McGill University. August 2001.

[32] Lydia Distefano Thiel. Mother and Son Conversations in Crises in the Modern Novel [D]. Kent State University. May 2007.

[33] Matthew Hamilton Bowker. Albert Camus and the Political Philosophy of the Absurd [D]. University of Maryland. 2008.

[34] Nadine Ahmed. Camus and Sartre: The Unsettled Conflict on Violence and

Terror [D]. University of Maryland, College Park. 2010.
[35] Najat Sebti. Existentialism and Writing: A Multi-Critical Approach to John Fowles [D]. University of Massachusetts Amherts. February 1992.
[36] Patrice G. Cole. Environmental Constraints on the Distribution of the Nonnative Invasive Grass, Microstegium vimineum [D]. University of Tennessee, Knoxville. May 2003.
[37] Paul Archambault. Camus'Hellenic Sources [M]. Chapel Hill: The University of North Carolina Press, 1972.
[38] Patrick Long. The Path of Truth: An Archetypal Analysis of Meursault's Hero Quest as Enlightened Bodhisattva [D]. California State University, Dominguez Hills. Fall 2008.
[39] Paul Corey, MA. Evil in Modern Theatre: Eschatology, Expediency and the Tragic Vision [D]. McMaster University. April 2003.
[40] Peter Roberts, Andrew Gibbons, Richard Heraud. Camus and Education [J]. Educational Philosophy and Theory, 2013, 41 (11): 1085 – 1091.
[41] Philip A. Nelson. Irony's Devices: Modes of Irony from Voltaire to Camus [D]. The Ohio State University. 2010.
[42] Richard Eugene Baker. The Dynamics of the Absurd in the Existentialist Novel [D]. University of Colorado. 1991.
[43] Rosalie C. Otero. The Novels of Nadine Gordimer [D]. The University of New Mexico. December 1983.
[44] Rosario Dolores Leparulo. The Archetype of Christ in the Works of Albert Camus and Antoine De Saint-Exupery [D]. The Florida State University. 1991.
[45] Richard J. Golsan. Spain and the Lessons of History: Albert Camus and the Spanish Civil War [J]. Twentieth-Century Literary Criticism. Ed. Thomas J. Schoenberg and Lawrence J. Trudeau. Vol. 174. Detroit: Gale, 2006. From Literature Resource Center.
[46] Rubin Merle. Complex Life of Camus Defies Traditional "Existentialist" [J]. The Christian Science Monitor. 1998, 2 (4): 13.
[47] Sheaffer-Jones Caroline. A Deconstructive Reading of Albert Camus' "Caligula": Justice and the Game of Calculations [J]. Australian Journal of French Studies. 2012, 49 (1): 31 – 42.
[48] Steven Earnshaw. 存在主义 [M]. 上海: 上海外语教育出版社, 2009.

[49] Steven M. Verolla. Albert Camus: His Quest for A Paradise Lost and the Poetics of Nostalgia [D]. The City University of New York. 2004.

[50] Tal Sessler. Between Transcendent and Immanent Humanism: Levinas, Camus, and the Struggle against Totalitarianiam [D]. Political and Social Science of the New School for Social Research. December 2003.

[51] Thomas Wendell Neal. Franz Kafka and Albert Camus: A Critical Study [D]. The University of Wyoming. June 1966.

[52] Tommie L. Jackson. The Existential Fiction of Ayi Kwei Armah, Albert Camus, and Jean-Paul Sartre [J]. Research in African Literatures. 1996 (3): 178 – 179.

[53] Vivienne Blackburn. Albert Camus: The Challenge of the Unbeliever [J]. Scottish Journal of Theology. 2011, 64 (3): 313 – 326.

[54] Yi-Ping Ong. Existentialism, Realism, and the Novel [D]. Harvard University. September 2009.

[55] Zachary Simpson. Life as Art From Nietzsche to Foucault: Life, Aesthetic, and the Task of Thinking [D]. Claremont Graduate University. 2009.

附录　加缪年谱

1913 年	11 月 7 日	阿尔贝·加缪在蒙多维附近的圣—保罗农庄出生。这里距离当时法国的保护地突尼斯边境只有数十公里的距离。
1914 年	7 月	阿尔贝·加缪的父亲吕西安·奥古斯特应征入伍，作为朱阿夫第一团的一名二等兵乘船奔赴远在法国的作战前线。母亲带着 4 岁多的大儿子吕西安和 8 个月的小儿子阿尔贝离开蒙多维，搬到了阿尔及尔贫民区贝尔古的里昂街 17 号外祖母家。
1914 年	8 月	吕西安·奥古斯特在马恩河战役中被炮弹片击中头部，被送往圣—布里厄小镇的 107 临时医院，于 10 月 11 日不治身亡，安葬在圣—布里厄镇的圣—米歇尔墓地。他的第二个儿子阿尔贝·加缪此时不到一岁。
1919 年		进入贝尔古奥默拉的公立小学读书。教师路易·热尔曼对战争孤儿加缪怀有父亲般的爱，帮助家境贫穷的他备考并获得继续中学学业的奖学金。加缪在遗著《第一人》中写到他。获得诺贝尔文学奖后，加缪第一个想到的人是母亲，第二个就是路易·热尔曼。
1920 年	5 月 21 日	因为父亲在第一次世界大战中牺牲，加缪和哥哥吕西安正式成为领取抚恤金的战争孤儿。
1924 年	10 月	进入阿尔及尔的彼若中学读书。
1930 年		搬出贝尔古里昂街那套公寓，住到姨妈安托瓦奈特和姨夫古斯塔夫家。这一年加缪 17 岁。此后他仍然经常回贝尔古，有时是为了探望仍然住在那里的母亲和舅舅，有时是把那里当作临时居所。
	10 月	进入高中二年级就读，哲学社教师让·格勒尼耶

		后来成为他的良师益友，他对地中海的热爱深刻影响了加缪。
	12月	出现肺结核病症，此后加缪一生都未能摆脱病魔的阴影。
1932年	6月	顺利通过高中毕业的第二部分会考。
1933年	10月	进入阿尔及尔大学的哲学专业学习。教师中包括加缪高中时的哲学教师让·格勒尼耶。
1934年	6月16日	与西蒙娜·伊埃结婚。加缪搬出姨妈姨夫家，由岳母资助与西蒙娜住到阿尔及尔港口的一家海运公司短暂工作过，这段经历在小说《幸福的死亡》和《局外人》中都曾提到。 创作兼具叙事和随笔性质的《贫民区的声音》，并于1934年圣诞节将其题先给妻子西蒙娜，这些文字后来成了加缪的第一本书《反与正》的原始素材。
1935年	秋天	在好友克洛德·德·费雷曼维尔的劝说下秘密加入法国共产党。 创办"劳动剧团"。
	6月	完成题为《基督教形而上学与新柏拉图主义，普罗提诺与圣·奥古斯丁》的高等教育文凭论文，取得文学学士学位。由于身患肺结核病，加缪无法参加教师资格证的考试，曾经想当一名教师的愿望破灭。
1936年	1月25日	加缪将自己根据马尔罗同名小说改编的戏剧《轻蔑的时代》搬上舞台。
	春天	加缪与来自奥兰的女大学生让娜·西卡尔和玛格丽特·多布莱纳在位于阿尔及尔最高处的西迪—布拉伊姆街合租了一处住宅，因房主乔治·翡虚的名字而被叫作"翡虚院"。该处住宅能够俯瞰整个阿尔及尔的港湾，加缪和他两个女友因而又将其称作"面对世界的房子"。加缪后来在小说《幸福的死亡》中对这座房子做过非常详细和抒情的描写。
	7月初	加缪与妻子西蒙娜和朋友伊夫·布尔儒瓦到中欧

		（奥地利、德国、捷克）旅行。返回阿尔及尔后，与西蒙娜分手。
		在夏尔洛出版社出版与朋友合著的戏剧《阿斯图里亚斯的反抗》。
		开始创作随笔《婚礼集》。
1937 年		与朋友一起创办"文化之家"。
		开始创作第一部长篇小说《幸福的死亡》。
	5 月 10 日	在夏尔洛出版社出版随笔集《反与正》，题献给让·格勒尼耶。
	7 月 9 日	到法国和意大利旅行。
	11 月	因政见不同，加缪被法国共产党开除党籍。
		与朋友们一起创办"团队剧社"。
	12 月	开始构思小说《局外人》。在一段创作笔记中写下了后来那部杰作的开场白："今天，妈妈死了。也许是昨天，我不知道。"
1938 年		担任出版商夏尔洛的文学顾问。与后来成为文学作家的罗布莱斯成为朋友。
	8 月	完成随笔集《婚礼集》的写作。
	9 月	成为《阿尔及尔共和报》的记者，与该报主编帕斯卡尔·彼亚共事并成为好朋友。
	年底	几乎同时开始了"荒诞系列"三部作品的写作，包括戏剧《卡利古拉》、小说《局外人》、哲学论著《西西弗的神话》。
1939 年	5 月 23 日	加缪在夏尔洛出版社出版随笔《婚礼集》。
	6 月	《阿尔及尔共和报》刊登加缪撰写的系列报道《卡比里亚的苦难》。
	8 月	完成戏剧《卡拉古拉》的初稿。
	9 月	第二次世界大战的爆发。加缪在 9 月 7 日的日记中写道："野兽的统治开始了。我们已经感受到了人类身上增长的仇恨和暴力。在他们身上已不存在任何纯洁的东西……我们所遇见的都是兽类，是那些欧洲人野兽般的嘴脸……"
	9 月 15 日	《阿尔及尔共和报》的姊妹报《共和晚报》创刊，加缪担任主编。

1940 年	1 月 10 日	阿尔及利亚新闻审查部门认为《共和晚报》"是由共产党领导的"而查封了该报。
	2 月 20 日	法院解除了加缪与西蒙娜·伊埃的婚约。
	3 月	加缪到达巴黎,担任《巴黎晚报》的排版编辑。
	5 月	完成《局外人》的创作,同时还在继续撰写《西西弗的神话》。
	6 月 10—12 日	德军逼近巴黎,加缪随《巴黎晚报》工作人员搬离到克莱蒙-费朗,随后有于 9 月继续撤到里昂。
	12 月 3 日	他在里昂与弗朗西娜·费尔结婚。
	12 月底	《巴黎晚报》自撤出巴黎后第三次裁员,加缪失去了工作。
1941 年	1 月初	加缪和妻子弗朗西娜从里昂回到阿尔及利亚,暂住在奥兰。
		在奥兰的一所私立学校教书。
	2 月 21 日	完成哲学论著《西西弗神话》的撰写。
	4 月	阿尔及利亚的特莱门森地区爆发大规模斑疹伤寒。加缪通过身处疫区的好友罗布莱斯详细得知了疫情。
	10 月	开始构思小说《鼠疫》。
1942 年	1 月底	肺结核病情急剧恶化。
	6 月 15 日	小说《局外人》由巴黎的伽利马出版社出版。
	8 月	到法国上卢瓦尔大区的维瓦莱山区疗养。
		创作《鼠疫》的初稿,同时还开始创作戏剧《误会》。
	10 月 16 日	哲学论著《西西弗的神话》由伽利马出版社出版。
	11 月 8 日	盟军在阿尔及利亚登陆。11 日,德军越过分界线,侵入被称作"自由区"的法国南部。加缪意识到无法从尚蓬山区返回奥兰。
1943 年	2 月	《致一位德国朋友的信》的第一封在地下出版物《自由杂志》第二期上刊登。
	6 月 1 日	从尚蓬山区抵达巴黎。
	6 月 3 日	在萨特的戏剧《苍蝇》彩排时第一次与萨特见面。
	11 月 1 日	成为伽利马出版社的审读委员。
	11 月 7 日	加缪年满 30 岁。

	11月初	经帕斯卡尔·彼亚介绍成为抵抗组织地下出版物《战斗报》的成员。
1944年	5月	完成戏剧《卡利古拉》和《误会》，由伽利马出版社出版。
	6月	戏剧《误会》首演，女主角由玛丽亚·卡萨雷斯担任。
		《致一位德国朋友的信》的第二封在《解放手册》第三期上刊登。
	8月24日	巴黎解放。
	8月27日	地下刊物《战斗报》首次公开发行，并第一次登出了全体报社人员的名单。几周后读者方才得知帕斯卡尔·彼亚是报社长，阿尔贝·加缪是主编。
1945年	4月—5月	加缪到阿尔及利亚进行了为期三周的调查，旨在向法国人全面介绍那里的局势和化解民族仇恨的出路。在此期间，塞提夫和盖尔马两座城市发生了流血骚乱。
	9月5日	妻子弗朗西娜生下双胞胎卡特琳娜和让。
	9月15日	剧作《卡利古拉》首演，主角由杰拉尔德·菲利普担任。
		加缪将四封《致一位德国朋友的信》结集出版。
1946年	3月至6月	赴美国旅行。
	4月11日	《局外人》的英译本在美国发行。
1947年	6月3日	加缪与朋友们将《战斗报》的领导权转让给克洛德·布尔代。
	6月10日	小说《鼠疫》由伽利马出版社出版，立即大获成功。
	7月11日	加缪获得法国政府授予的抵抗运动玫瑰勋章。
	11月19—30日	在《战斗报》上发表系列文章《不做受害者，也不当刽子手》。
1948年	1月	到阿尔及利亚旅行。在朋友路易·吉尤的陪同下重游蒂巴萨。
	10月27日	剧作《戒严》上演，未获成功。剧本由伽利马出版社出版。
1949年	6—9月	赴南美的巴西、阿根廷和智利巡回演讲。

		返回法国后，最严重的一次肺结核病发作，于 1949 年底被迫离开巴黎住到南方格拉斯附近的卡布里斯休养。
	12 月 15 日	剧作《正义者》上演，男女主人公分别由塞尔日·雷吉阿尼和玛丽亚·卡萨雷斯扮演。
1950 年		在格拉斯附近的卡布里斯休养，同时撰写思想论著《反抗者》。
		他的书桌上摆放着卡利亚耶夫的照片：戏剧《正义者》的主人公，同时在很大程度上也是《反抗者》的主人公。
		《时评之一，（1944—1948）编年事记》由伽利马出版社出版。
		9 月，回到巴黎后他租下了夫人街 29 号的一套房子，与妻子和两个孩子安顿下来。
1951 年	10 月 18 日	《反抗者》由伽利马出版社出版。
1952 年		萨特领导的《现代》杂志 5 月号刊登弗朗西斯·让松尖锐抨击《反抗者》的文章。此后，《现代》杂志 8 月号上又同时刊登了加缪回答萨特阵营的公开信和萨特的《答加缪书》。这场激烈论战使两人从此断交。
	11 月	迅速回阿尔及利亚探望因骨折住院的母亲。回巴黎前去了蒂巴萨。
	12 月 1 日	再次回阿尔及利亚探望母亲，然后去蒂巴萨待了一天（后来写成《重返蒂巴萨》一文），并开车到阿尔及利亚内地做了一次长途旅行，穿越北非高原，到过阿尔及利亚以南 430 千米的一个绿洲小城拉古阿，后来收入《流亡与王国》的小说《不贞的女人》就是以这个地方作为背景。
1953 年		改编卡尔德隆的剧作《对十字架的虔诚》并搬上舞台。
		出版《时评之二，（1948—1953）编年事记》。
		开始构思长篇小说《第一人》。
1954 年		随笔集《夏天》在伽利马出版社出版。
	10 月 4—7 日	到荷兰短暂旅行，在阿姆斯特丹逗留了将近 2 天

		时间。这是加缪唯一一次到荷兰，但是阿姆斯特丹却为他后期的重要作品《堕落》提供了背景。
	11月1日	阿尔及利亚战争爆发。
	11—12月	应意大利协会邀请，加缪到意大利都灵、热那亚、米兰和罗马巡回演讲，题目是《艺术家和他的时代》。
1955年	1月8日	为美国一家大学出版社出版的《局外人》撰写序言。
	1月11日	写信给评论作家罗兰·巴特，抗议他对《鼠疫》所做的诠释。
	4月26日	到希腊旅行。在接受《雅典日报》记者采访时，加缪热情洋溢地赞美希腊是地中海文明的摇篮，并解释说地中海文明使他有别于大多数受德国文学熏陶的法国作家。
	7月末	开车前往意大利沿海度假。
	8—9月	完成中篇小说集《流亡与王国》的初稿。
	10月	成为《快报》"时局"专栏撰稿人。
	11月10日	在《快报》发表题为《为平民休战》的文章，呼吁阿尔及利亚冲突双方停止屠杀平民。
1956年	1月22日	在阿尔及利亚参加"平民休战委员会"召开的呼吁停战的大会。加缪在大会上发表演讲。从2月6日起，中止为《快报》撰稿。
	5月	发表中篇小说《堕落》，并获得巨大成功。
	9月22日	由加缪根据福克纳小说《对一位修女的追思》改编的同名戏剧上演，备受观众的赞誉。
1957年	3月	出版中篇小说集《流亡与王国》。
	6月	发表随笔《关于断头台的思考》。
	10月16日	获得诺贝尔文学奖。
	12月	赴斯德哥尔摩领取诺贝尔奖。
	12月10日	在浅蓝色音乐厅的授奖仪式上发表获奖演说。12日与斯德哥尔摩大学的学生座谈。14日到乌普萨拉夫大学演讲，题目是《艺术家与他的时代》，但内容不同于1954年在意大利所做的同名演讲。
1958年	2月	在瑞典发表的两次演讲结集出版。

	3月	随笔集《反与正》再版，加缪撰写"再版序言"。
	6月	出版《时评之三，(1939—1958) 阿尔及利亚编年事记》这一年加缪的健康状况欠佳。6月到希腊旅行。
	10月	在法国东南部普罗旺斯地区的鲁尔马兰村购置了一处房产。
1959年	1月30日	加缪根据陀思妥耶夫斯基小说《群魔》改编的同名戏剧上演。剧本由伽利马出版社出版。
	5月	搬入鲁尔马兰的新居。
	9月	开始创作自传体长篇小说《第一人》。
	12月21日	加缪写信给已经77岁的母亲："亲爱的妈妈，我希望你永远年轻美丽，也希望你永远保持你的心灵，因为它是人世间最善良的……"
1960年	1月4日	加缪在由鲁尔马兰前往巴黎的途中因车祸身亡，随身携带的公文包中装有未完成的长篇小说《第一人》的手稿，已经写到114页。手稿的第一页上，加缪将这部作品题献给他的母亲："献给永远不能读这本书的你。" 当天，加缪年迈的母亲在阿尔及利亚得知了噩耗，欲哭无泪，只说了一句："太年轻了。"加缪死后，母亲只活了9个多月，于1960年9月在贝尔古的寓所去世。
	1月6日	阿尔贝·加缪的遗体被安葬在鲁尔马兰村的墓地。

后　　记

　　本书是在我博士论文的基础之上整理而成的。对于加缪的最初关注，源自偶然读到的一本小册子。加缪的笔触如同春风拂面，喁喁私语般描绘了他热爱的那片热土的使人迷醉的美。当时使我感喟的是，一定是充沛的爱与热忱催发了这多情的文字。愈接触他的文字，愈是沉醉，或激越或自持，或缱绻或慷慨，引人入胜，使人遐思。及至接触到他的小说、戏剧、杂文，发觉有一种神秘的力量沉潜其中。进入博士阶段的学习后，在课堂上听到栾栋教授谈及的神话意识的勃发，如醍醐灌顶。加缪始在我的脑海里与神话意识有了初步的联系。这个选题在与老师和同学们多次讨论后确定下来，写作的过程却并不顺畅。神话是一个宏大的课题，抽炼其中的神话意识，是一件非常艰难的工作。而作为一个杂家，加缪的作品涉及文学、哲学、政治等领域，系统阐发其中的神话意识也是一件较为艰难的事。几件难事夹杂一处，再加上本人学识水平有限，使得写作这篇论文成为一个漫长而艰辛的过程。

　　设定的很多的方向都推演不成功，也有一些角度不错，但由于所掌握的材料不够或者掌控的能力有限，最终无法完成。比如关于神话教育的角度，对于几个神话教育比较成熟的国度（如印度），本想与中国进行比较，但由于史料问题等原因未及实现。有了以上种种的波折，我曾经多次设想博士论文完稿的那一刻，将有怎样的欢欣与雀跃。但事实上，初稿终于完结的那一刻，我非常平静，在这一刻迎接我的，还有满满的遗憾与怅然。读博确是一件充实的事，我却对这段时光满是歉意。求学之际，我工作负重，怀孕生子，处于人生最困难的阶段，分身乏术，兼顾无门，生理心理都不堪重负，读书数度中断，很多想读应读之书都没有细读透读。在"为伊消得人憔悴"的这些时光，虽然身边亲友关爱如初，我却时时有踽踽独行之感慨。时过境迁，回首当年的自怨自艾，颇有顾影自怜之意味。读书也是一种修炼的过程，需要的是开阔的胸襟和眼光。

　　虽然写作的过程异常艰辛，但我仍认为这个选题是非常有意义并有问题意识的。如果成果并不尽如人意，那是因为我的写作功底及学术功底不够。事实上，这一路走来，我是非常幸运的。在这篇文章写作的过程中，我得到了很多良师益友的关照与帮助，无论是在学术还是生活上，我都得到了这些师友的诸多帮助、指点、包容和理解。

首先，需对我的博士阶段导师徐真华先生稽首致谢并致歉。先生治学严谨、为人儒雅，虽学生愚钝，但从未出言训斥，仍谆谆教诲。无论是在博士早期的理论学习阶段，还是在中后期的论文选题、撰写阶段，徐老师都以其敏锐的学术眼光和深厚的文学功底给予了精心的指导和帮助。每每念及先生的殷切告诫，谆谆教诲，特别是在每一次我退缩之际，先生的鼓励和支持，都让我感激不尽。先生亦师亦父，每一次人生关键的时刻，都会去向先生求问，先生从不吝惜回答，其丰富卓绝的人生智慧，练达通透的世情分析，每每使我深受启迪。我木讷的天性及拘谨的个性，让我对先生的孺慕之情不能诉之万一，在此宣之笔端，略表一二。师母林秀雅女士，干练爽朗，对我的生活关怀备至，也为我出谋划策，希望我能更好地协调生活与学习和工作的关系，她出于女性的理解和母性的关爱使我倍感温暖。

广东外语外贸大学外国文学文化中心的栾栋先生亦是我的授业恩师和人生导师。从博士面试到授课课堂，栾先生的渊博与达观常使我诚惶诚恐，无比折服。我从栾先生这里收获的除却对于学术的倾心渴求的态度，还有严谨大胆的推演方法。在求学的这段时光，我一直得到栾老师无私的帮助、支持与教诲。他严谨的治学态度、渊博的知识、创新的思维和高尚的人格给我留下了深刻的印象，并将使我受益终身。栾老师经常性的从早上八点半至中午一点半的授课，谈论古今，洋洒自若，众横捭阖，让我更懂得了师者的苦心，见识了大师的风范。师母关宝艳女士，对我而言是另一个母亲，所有的难事在她慈和的笑容面前都不堪一击。

感谢杨晓敏老师在预答辩时对我论文的肯定。虽然这肯定很大程度上出自善意，但杨老师对我的处境的理解和对文字认真的研读，以及给予的中肯意见都赋予了我力量，而且这力量不可估量。这肯定让我在极度惶惑与不自信中平复，坚定地写下去。

感谢西语学院的郑立华教授、陈穗湘教授、张弛教授等老师在论文工作中给予的大量帮助和有益讨论。感谢西语学院的邓家盛同学，商学院的蔡琼宜、梁紫晴和李正玉等同学，他们在本书法文及英文的译注过程中给予了莫大的帮助。

感谢我的家人，他们无微不至地照顾我，承受了我在求学阶段的所有焦躁和烦恼。为了我的求学他们一直在无怨无悔地付出着，感谢他们对我的理解、支持和耐心。

曾经若干次听过别人讲述读博的艰难经历以及完成一篇文章的艰辛，坦白说当时并不以为然，以为所有的讲述都有夸张的成分和告诫的意味。我为自己的无知惭愧。"若待上林花似锦，出门俱是看花人"，想要在众多的研究中发出一点自己的声音，安放自己的思绪，唯有咬牙坚持，虽然这样的表述缺乏美感还稍有殚精竭虑的疲态，但却非常贴切地体现了我的成书状态。事实上，从最初选题时的舍我其谁，到中期的义无反顾，再到后期的惶恐不安，这个纠结的过程跌宕起伏，甘苦自知。

感谢所有的经历，也许当时备受熬煎，但回首反观，一切都是最好的安排。

最后，感谢自己，在艰难前行的路上，仍坚持最初的方向。

尚　丹
2017 年 1 月 12 日
于广州番禺